LES
COMPAGNONS
DU
DÉSESPOIR

PAR

ALEX. DE LAMOTHE

TOME PREMIER

PARIS

LIBRAIRIE CH. BLÉRIOT, ÉDITEUR

55, QUAI DES GRANDS-AUGUSTINS, 55

LES COMPAGNONS DU DÉSESPOIR.

OUVRAGES DE M. AL. DE LAMOTHE.

MÉMOIRES D'UN DÉPORTE A LA GUYANE FRANÇAISE, 6e édition, prix :   60 c.

HISTOIRE D'UNE PIPE, 2 vol. imprimés avec le plus grand soin sur papier glacé et satiné, illustrés de très-nombreuses gravures, prix :   4 fr.

LES CAMISARDS suivis des CADETS DE LA CROIX, 3 vol. imprimés avec luxe sur papier de choix ; tous les chapitres sont ornés d'une gravure très-fine et très-soignée, prix :   6 fr.

LES FAUCHEURS DE LA MORT, drame émouvant sur la Pologne, avec de nombreuses illustrations, prix :   4 fr.

LES SOIRÉES DE CONSTANTINOPLE, 3e édition, 1 vol. in-18 jésus, prix :   2 fr. 50 c.

L'ORPHELINE des CARRIÈRES de JAUMONT, *roman national*, 1 fort vol. in-18 jésus, prix :   3 fr.

LE TAUREAU des VOSGES, *roman national*, 1 vol. in-18 jésus, prix :   2 fr. 50

AVENTURES d'un ALSACIEN PRISONNIER en ALLEMAGNE, *roman national*, 1 vol. in-18 jésus, prix :   2 fr.

L'AUBERGE de la MORT, *roman national*, 1 vol. in-18 jésus, prix :   2 fr. 50

JOURNAL de L'ORPHELINE de JAUMONT, par MARIE-MARGUERITE, publié par A. DE LAMOTHE, 1 vol. in-18 jésus, prix :   1 fr. 50

Ces ouvrages seront envoyés *franco* par la poste à tous ceux qui en enverront le prix à M. BLÉRIOT, éditeur, 55, quai des Grands-Augustins, à Paris

Angers, imp. de Lainé frères, rue Saint-Laud, 9.

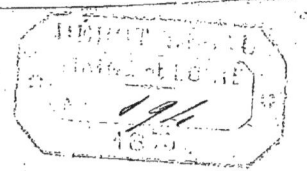

LES
COMPAGNONS DU DÉSESPOIR

par

AL. DE LAMOTHE

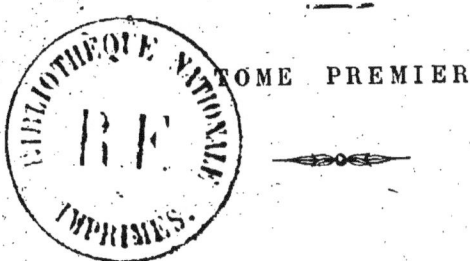

TOME PREMIER

PARIS

CH. BLÉRIOT, LIBRAIRE - ÉDITEUR

Directeur de l'*Ouvrier* et de la *Gazette des Campagnes*

55, QUAI DES GRANDS-AUGUSTINS

1875

LES COMPAGNONS DU DÉSESPOIR

CHAPITRE Ier

Elle et lui.

Le 29 mai 1871, une jeune femme en deuil, tenant par la main une frêle et gracieuse enfant, dont un petit fichu noir noué sur ses épaules faisait ressortir la pâleur maladive, descendit de wagon à la gare de Versailles et, s'approchant d'un des employés, lui demanda, les larmes aux yeux, le chemin de l'orangerie du palais.

L'employé avait fort à faire en ce moment et peu de temps à lui pour donner des renseignements de ce genre, cependant la douceur si triste de la voix de l'étrangère et l'anxiété peinte sur son visage arrêtèrent sur ses lèvres la réponse un peu brutale qu'il avait déjà faite à d'autres questionneurs :

— Adressez-vous aux facteurs.

Et, indiquant à la solliciteuse un monsieur décoré, qui descendait du même train, il lui dit :

— Vous voyez ce monsieur, c'est un député qui se rend à la séance; suivez-le, il vous mènera droit à la cour du palais, là tout le monde vous donnera les indications que vous désirez.

1

La jeune femme remercia, en rougissant, chargea son petit paquet sous son bras et sortit avec sa fille, suivant à quelques pas de distance, de manière à ne pas le perdre de vue, le député qui, sans se douter qu'il servait de cicérone ou tout au moins de guide, cheminait en causant, avec un ami, des terribles événements dont Paris venait d'être le théâtre.

Sans prêter l'oreille à leur conversation, sans rien regarder autour d'elle, la pauvre affligée marchait derrière eux, tout absorbée par de douloureuses pensées et par d'amers souvenirs.

Une fois déjà, il y avait six ans, et presque à la même époque, elle était venue dans cette ville ; c'était aussi à la fin de mai, et elle se souvenait que ce jour-là le soleil était moins brillant, que ses rayons avaient peine à percer le brouillard dans lequel s'enveloppait la ville à demi-déserte. Le soir, il avait même plu pendant que, debout au bord du grand bassin de Neptune et les pieds dans le gazon humide, elle attendait le moment où des roues du char, des naseaux des chevaux, des urnes des nymphes, des conques des tritons, s'élanceraient ces mille jets d'eau, du milieu desquels une immense colonne de cristal jaillit vers le ciel, se couronne d'un chapiteau d'argent, puis retombe en poussière liquide que le moindre souffle de vent fait flotter comme une écharpe de gaze, dont les couleurs de l'arc-en-ciel irrisent et font chatoyer chaque repli.

Mais alors, que lui importait le brouillard et même la pluie, il faisait si beau dans son cœur de vingt ans ; ses yeux étaient un prisme à travers lequel elle voyait tout en rose ; chaque goutelette, tremblant à l'extrémité des feuilles lustrées par l'humidité, jetait les mêmes feux que le rubis, l'émeraude ou la topaze scintillant sous les lustres, il lui semblait que pour elle seule la nature s'était si joyeusement parée, que pour elle seule les fleurs brillaient de tout leur éclat, que les oiseaux chantaient sous la verte feuillée ; et, rieuse, insouciante, elle s'appuyait sur le bras de son mari, ne voyant que fête dans la nature et remerciant Dieu du fond de son cœur du bonheur qu'il avait versé dans la coupe de son existence.

Combien tout cela était changé!

Le soleil n'avait pourtant jamais été plus brillant, les arbres plus verts, les oiseaux plus harmonieux, les fleurs plus embaumées, le ciel plus bleu, mais le cœur de la jeune femme saignait cruellement, et aujourd'hui, à travers son deuil, elle ne voyait plus qu'en noir.

Ses lèvres, qui d'abord n'avaient rencontré qu'une goutte de nectar au bord de la coupe, n'y trouvaient plus que fiel et amertume, et, quoique bien jeune encore, elle traînait déjà après elle la lourde chaîne de ses espérances mises à néant.

Sous cette apparence de faiblesse et d'affaissement moral, il y avait cependant une grande vaillance au fond de ce cœur brisé, cette vaillance chrétienne qui s'appelle résignation et respect du devoir.

Un de ces héros païens, que le philosophisme se plaît à exalter, aurait, en pareil cas, mis fin à son existence et lâchement cherché dans le suicide un refuge contre sa douleur; chrétienne, elle s'était souvenue de cette grande parole:

« Il faut que celui qui m'aime porte ma croix et me suive. »

Elle avait donc chargé la croix sur son épaule et elle marchait, demandant à Dieu de la soutenir, non pas pour moins souffrir, mais pour mieux remplir ses devoirs de mère et d'épouse.

— Que pensez-vous que le gouvernement fera de tous ces monstres? dit tout-à-coup, en s'arrêtant, l'ami du député.

— Je ne le sais pas encore, fit celui-ci.

— Ils ont été sans pitié pour les otages, j'espère qu'on sera sans pitié pour eux, continua le premier interlocuteur.

La femme en deuil tressaillit comme sous la piqûre d'un fer rouge.

— Rien encore n'a été décidé, reprit le monsieur décoré; il faut du temps à la justice pour s'éclairer.

— Pour s'éclairer, elle a le reflet des incendies allumés par ces scélérats.

— A peine si les interrogatoires sont commencés.

— Oui, et tous ceux qui ont comparu sont innocents comme des agneaux qui viennent de naître, s'écria l'ami; aucun d'eux n'a le courage de son crime; des écoliers surpris en faute par leur pédagogue ne mentiraient pas aussi pitoyablement pour s'excuser.

— Je ne dis pas le contraire, mais encore m'accorderez-vous que parmi eux il peut y avoir des innocents.

— Pas le moins du monde; il n'y a que des assassins et leurs complices.

— En voilà un qui parle bien, s'exclama un ouvrier faisant partie d'un groupe de Versaillais qui remontait vers la gare; on devrait fusiller en masse toute cette canaille.

— Oh! répondit un autre, c'est le conseil de guerre qui va les juger; ils seront fins ceux qui échapperont.

— Mon Dieu, ayez pitié du père de mon enfant! murmura la pauvre mère.

A la grille de la cour d'honneur, le député et son ami se séparèrent; le député entra seul.

Deux soldats, l'arme au pied, montaient la garde, un de chaque côté de la porte; la cour était remplie de groupes de militaires, au milieu desquels se promenaient des officiers.

La veuve voulut passer.

— On n'entre pas! cria la sentinelle.

— C'est pour visiter un prisonnier, fit timidement la pauvre femme.

— Parlez au sergent, répondit le soldat, en montrant son chef, qui fumait, assis sur un banc.

— Monsieur le militaire, seriez-vous assez bon pour me permettre d'entrer? demanda, en rougissant, la voyageuse, qui s'était rapprochée du terrible sergent, dont la petite fille regardait avec effroi les longues moustaches rousses.

— Pourquoi faire?

— Pour voir mon mari.

— Il est député, votre mari?

— Non, monsieur, fit-elle, les larmes aux yeux.

— Eh bien! que fait-il subséquemment?

— Il est prisonnier.

— Aïe! Ce n'est pas la même chose; et où est-il prisonnier?

— A l'Orangerie; est-ce loin?

— Nonobstant oui et non. C'est très-près si vous avez une permission en règle; mais itérativement c'est fort loin, si vous n'en avez pas.

— Il faut une permission?

— Oui, ma petite dame, une permission en règle, comme qui dirait une feuille de route délivrée à l'intendance.

-- A qui faut-il la demander, s'il vous plaît?

— Il vous faut nonobstant écrire votre demande, mettre vos noms, prénoms, qualités et adresse au bas, la porter à cette maison où vous voyez une guérite, la remettre au planton, et pour lors, vous pourrez vous retirer en attendant la réponse.

— Je préfère l'attendre là même; ce ne sera pas bien long, je pense?

— Quatre ou cinq jours, au minimum, ma bonne dame; et pour lors, je vous engage à retourner à votre quartier.

— Mais, monsieur, je suis venue pour voir mon mari; j'arrive de Paris, et.....

— Comme moi, de Bourg-en-Bresse, **et pas** pour mon plaisir, je vous en réponds; je venais de **rentrer**, après la guerre, et je me disais comme cela : Plus que six mois de service, Barthélemy Gigognoux; tu ne décrocheras plus le flingot et tu ne mangeras plus de rata; nom d'un tremblement! la Commune arrive, et me voilà repris.

— Mon Dieu, que faire? que faire? murmura l'étrangère.

— Prendre patience, ma pauvre dame; à moins que vous ne connaissiez quelque député.

— Je n'en connais aucun.

— Alors, un général, un colonel, un civil en place; cherchez bien.

— Personne, absolument personne.

— C'est réciproquement bien peu, fit le soldat; mais, enfin, si votre mari est dans une bonne catégorie, ça ira vite tout de même. Dans quelle catégorie est-il?

— Dans l'Orangerie, répondit-elle naïvement, ne comprenant pas la question.

— Catégorie, fit le sergent, en se redressant, c'est comme qui dirait compagnie; dans un régiment, il y a la première, la seconde et la troisième du premier, du deuxième et du troisième, et subséquemment il y a dans chaque dépôt de prisonniers les trois catégories, des pétroleurs, des dangereux et des intéressants et, vous comprenez, il est plus facile de voir les derniers que les premiers.

— Mon mari doit être dans la dernière; c'était un bon ouvrier, monsieur, un bon père de famille, un bon mari, avant que.....

— Oui, connu; avant n'est pas la même chose qu'après, reprit le sergent. Mais, dites-moi, avait-il un grade, votre mari?

— Il était sergent.

— Hum! Dans quel bataillon?

— Dans les Vengeurs de Flourens.

— Peste! dans les Vengeurs de Flourens, et gradé, arme spéciale, compagnie d'élite, brigands premier choix! s'écria le sergent, en tordant sa moustache avec indignation; il sera bien noté au Conseil de guerre, votre mari, et vous ne risquez pas qu'on vous accorde votre pétition : c'est un dangereux.

La malheureuse femme demeura un instant comme pétrifiée. Puis, poussant un profond soupir, elle s'éloigna dans la direction de la maison indiquée, sans même savoir ce qu'elle allait y faire.

Elle allait y arriver quand, à une église voisine, elle entendit une cloche qui appelait les fidèles à la messe; ses sons argentins avaient la douceur d'une voix amie; il sembla à l'étrangère que c'était à elle que cette voix s'adressait pour lui dire : « Venez à moi, vous tous qui êtes dans l'affliction, et je vous consolerai. »

Les hommes la repoussaient, elle se réfugia dans la maison de Dieu, et s'agenouilla sur la pierre.

L'église était presque déserte, calme, silencieuse, recueillie; devant l'autel principal, une lampe brûlait en face du tabernacle, au fond duquel se cachait la majesté du grand Consolateur; à droite, sur un autre autel, la Mère du genre humain, la Vierge immaculée, ouvrait ses mains à la pauvre affligée; à gauche, l'Enfant divin, assis sur le bras de saint Joseph, le patron du travail et de l'humilité, semblait lui sourire de ses petites lèvres divines.

Ingrate, qui s'était crue abandonnée et qui se retrouvait entourée des protecteurs de toutes les faiblesses, des amis de tous ceux qui souffrent; elle les avait oubliés, eux l'attendaient pour panser ses blessures, pour fortifier sa faiblesse; au-dessus de la croix, qu'ils entouraient comme une auréole, resplendissaient ces mots, écrits en lettres d'or :

« Demandez et vous recevrez. »

La confiance s'éveilla dans son âme et, comme l'eau pure d'une source qui s'épanche, la prière monta de son cœur à ses lèvres.

Au bout de quelques instants, une petite porte s'ouvrit, un enfant, revêtu d'un surplis blanc, par-dessus sa robe rouge, vint allumer les cierges, puis se retira.

Deux ou trois minutes s'écoulèrent, une sonnette résonna et un prêtre, au front austère et doux, couronné de cheveux blancs, s'avança vers l'autel et, s'inclinant avec la même majesté que les vieillards qui se prosternent aux pieds du trône de l'Agneau, prononça, à haute voix, les premières paroles du psaume:

« Je m'avancerai vers l'autel du Seigneur, qui fut la joie de ma jeunesse.

» Notre secours est dans le nom du Seigneur, qui créa le ciel et la terre. »

Puis, après avoir terminé le psaume et fait, en se frappant la poitrine, l'aveu de sa faiblesse et de son indignité, il monta lentement les marches du nouveau Calvaire où chaque jour, par amour pour sa créature, le Dieu de toute bonté renouvelle le sanglant et ineffable sacrifice d'amour, consommé, pour la première fois, sur la cime du Golgotha.

L'étrangère priait avec ardeur, comme prient les malheureux, quand ils n'abandonnent pas la prière pour le blasphème.

Le prêtre se retourna, ouvrit les bras et dit :

« La paix soit avec vous ! »

La suppliante porta la main à son front, comme si elle avait eu un éblouissement, et put à peine étouffer un cri de joie et de reconnaissance, prêt à s'échapper de sa poitrine.

Puis, elle pencha la tête et fondit en larmes.

— Qu'as-tu, maman ? lui demanda sa fille.

— Oh ! répondit-elle, prie bien le bon Dieu, il a eu pitié de nous et tu reverras ton père.

L'enfant ne comprit pas, mais joignit les mains et récita ces petites prières enfantines que les anges recueillent pour les répandre dans le ciel, comme une jonchée de lys et de roses blanches.

La messe terminée, le prêtre se retira pour quitter ses habits sacerdotaux et revint s'agenouiller sur les degrés de l'autel ; puis, après un quart d'heure d'actions de grâces, il rentra dans la sacristie.

Dans l'église déserte, il ne restait plus que la mère agenouillée et l'enfant, doucement endormie sur une chaise, sous l'œil de Dieu.

Une demi-heure s'écoula encore.

La femme se leva alors, éveilla sa fille avec un baiser et, le cœur gonflé d'émotion, se dirigea vers la sacristie.

L'enfant de chœur achevait d'y ranger des flambeaux et des vases.

— Que demandez-vous? dit-il à l'étrangère.

— M. Vidal, fit-elle.

Il la regarda étonné.

— Qu'est-ce que M. Vidal?

— Le prêtre qui vient de dire la messe.

— Ah! vous le connaissez? Moi, je ne savais pas son nom; il est sorti.

— Sorti? Je ne l'ai pas vu passer.

— Je crois bien, il est sorti par là, dit l'enfant, en montrant une porte.

— Où demeure-t-il?

— Je ne sais pas; c'est un étranger.

— Reviendra-t-il?

— Pourquoi reviendrait-il? les offices sont finis.

— Mais, demain, à la même heure? reprit la voyageuse, d'une voix tremblante d'anxiété.

— Je ne sais pas; il n'a rien dit.

— Quel malheur! murmura l'affligée; enfin, je chercherai.

Et elle se retira, emmenant sa fille et s'agenouilla encore un instant dans l'église, pour supplier la bonne Vierge de lui venir en aide.

Elle allait se relever, quand le petit sacristain accourut:

— Votre prêtre avait oublié son bréviaire, il vient de l'envoyer chercher par la domestique de M. le curé; allez à la cure, vous l'y trouverez sûrement.

— Merci, mon enfant; où est la cure?

— Passez par ici, je vais vous l'indiquer; c'est tout près, vous ne pouvez pas vous tromper.

1.

Elle le suivit radieuse, et alla frapper à la porte qu'il lui montra.

Une vieille femme vint lui ouvrir.

— M. le curé est-il ici?

— M. le curé ne reçoit pas; nous sommes malades et voici trois jours que nous n'avons pas pu confesser, répondit majestueusement la gouvernante, en faisant le geste de refermer.

— Pardon, je me trompe, c'est M. l'abbé Vidal que je voulais dire.

— Il ne demeure pas ici.

— Où demeure-t-il, s'il vous plaît?

— Que lui voulez-vous?

— Lui parler; je suis de son pays et j'ai entendu sa messe ce matin.

— Je vous ai dit qu'il ne demeure pas ici, comment voulez-vous que je sache où il est.

— Parce que l'on m'a assuré que vous étiez venue, il n'y a que quelques instants, chercher le bréviaire qu'il avait oublié.

La vieille se pinça les lèvres, comme indignée d'une semblable indiscrétion; mais, n'osant pas mentir, et, se voyant serrée de près, elle répondit maussadement qu'il était descendu à l'hôtel de la _Croix-d'Argent_, et que si des mendiants l'y poursuivaient, ce n'était pas sa faute à elle.

Sans relever ce que cette réponse pouvait avoir de blessant, l'étrangère remercia et s'éloigna pour se faire indiquer l'hôtel par quelqu'un de meilleure volonté.

Cela ne lui fut pas difficile.

Midi sonnait quand elle arriva à la _Croix-d'Argent_; M. l'abbé Vidal allait se mettre à table.

Pour ne pas être importune, la pauvre femme entra dans la boutique d'un pâtissier voisin, pour faire manger sa fille; puis elle acheva de laisser s'écouler trois quarts d'heure, longs comme des siècles, à examiner des devantures de magasins, et revint à l'hôtel.

Cette fois, M. Vidal était bien dans sa chambre; mais il allait sortir pour affaires.

— Je n'ai qu'un mot à lui dire, insista-t-elle; demandez-lui s'il veut recevoir, ne fût-ce qu'une minute, une de ses anciennes paroissiennes de Mareuil.

Le garçon d'hôtel eût préféré se dispenser de ce message; cependant la présence de quelques voyageurs l'empêcha de refuser et, un instant après, il revint en disant :

— Vous pouvez monter, n° 27, au second.

Elle monta aussitôt et frappa timidement.

— Entrez! fit une grosse voix.

Au milieu d'une toute petite chambre, le digne vieillard était à genoux, fouillant dans une valise, d'où s'échappaient, pêle-mêle, du linge et des livres.

— Ah! Louise, mon enfant, c'est vous! s'écria le prêtre, sans se relever. Je suis heureux de vous revoir; comment allez-vous?

— Merci, monsieur le curé, très-bien; je vous ai reconnu ce matin à la messe et......

— Allons! allons! c'est bien, vous allez à la messe les jours ouvriers, c'est très-bien. C'est votre fille, n'est-il pas vrai? Comme elle vous ressemble; vous en ferez une bonne chrétienne. Je vais te donner une image, ma petite; asseyez-vous, Louise, moi, je vous demande la permission de chercher des papiers pour un pauvre homme qui a mal tourné et que je cherche à tirer de peine; c'est bien difficile, allez, et je n'espère pas y parvenir. Lui est un imbécile plus encore qu'un méchant, sa pauvre femme est surtout à plaindre, une sainte et digne femme. Enfin, qu'y faire? Sans doute Dieu a ses raisons pour envoyer des peines à ceux qu'il aime, et c'en est une terrible que d'avoir un mari qui se laisse aller. Ah! ma bonne Louise, tout le monde n'a pas votre bonheur; un brave garçon comme Vincent pour mari, un homme qui jamais.....

Un sanglot arrêta le bon prêtre dans sa petite homélie ; il regarda tout étonné, croyant avoir mal entendu, et remarqua pour la première fois que l'ouvrière était en deuil.

— Qu'avez-vous, mon enfant, pourquoi pleurez-vous ? s'écria-t-il, en repoussant vivement la malle et, se relevant pour se rapprocher de l'affligée, contez-moi vos peines, ma fille, car vous êtes ma fille, c'est moi qui vous ai baptisée, qui vous ai préparée à votre première communion, qui vous ai mariée ; la main de Dieu se serait-elle appesantie sur vous, Vincent serait-il malade ou bien auriez-vous eu la douleur de le perdre ?

— Il n'est pas mort, mon père, répondit Louise, en fondant en larmes, mais pourtant je l'ai perdu !

— Mon Dieu ! que me dites-vous là ; vous aurait-il abandonnée ?

— Oh ! fit-elle avec un accent de douleur navrante, il a fait comme celui dont vous parliez tout à l'heure..... et, à présent, il est...... en prison.

— Pauvre enfant, que je vous plains ; comment cela a-t-il pu arriver, lui que j'ai connu si travailleur, si honnête, si religieux, lui que j'ai vu, il y a quatre ans à peine, le modèle de nos jeunes gens à Mareuil ?

— Ce sont les mauvaises connaissances qui l'ont perdu ; je n'ai pas su lui faire aimer son intérieur. Le soir, il allait passer ses heures de liberté au café, puis au club ; ce qu'il y a entendu a achevé de lui tourner la tête ; il s'est dégoûté du travail et de l'église ; il était faible de caractère et aurait rougi de ne pas faire comme ses camarades. Les mauvaises habitudes sont bientôt prises, le corps-de-garde pendant le siége, puis les troubles de la Commune lui ont persuadé que sans rien faire on pouvait parvenir à tout. Peu à peu il s'est laissé entraîner toujours plus avant ; de chute en chute, il en vint à fréquenter les cabarets les plus mal famés, rendez-vous des futurs assassins et des futures pétroleuses de la Commune ; des scélérats, qu'il croyait ses amis, l'ont poussé au bord de l'abîme ; il y est tombé, et quand les troupes sont entrées dans Paris elles l'ont fait prisonnier, les armes à la main, derrière une barricade.

— Toujours le même récit, murmura le prêtre. Paris, ville fatale, que d'âmes tu as perdues ! Pauvres enfants, pourquoi ne pas m'avoir écouté, pourquoi ne pas être restés à Mareuil, dans votre petite ville, si calme, où la vie est si douce et si facile !

— Oh ! monsieur le curé, faites sortir mon mari de prison et nous retournerons là-bas pour n'en plus sortir, nous irons demeurer dans notre petite maison, au bord de la Selle ; il y a toujours de l'ouvrage dans les châteaux des environs ; Vincent ira travailler, comme autrefois, à Bellevue, à Lafaye, à ce joli château d'Aucors qui, du haut de son rocher, regarde la Lisonne se dérouler dans la prairie ; nous serons tout près de l'église ; je reprendrai mon métier de couturière et, pendant que je ferai mon ouvrage, Laure culti_ vera sous mes yeux, dans le jardinet, ces jolies fleurs que nous donnait la si bonne et si gracieuse Mme Dupin de Saint-Cyr ; puis, le dimanche, nous les porterons à.....

— Rêves ! rêves ! que tout cela, interrompit doucement M. Vidal ; on ne rentre pas au paradis terrestre quand on en est sorti par sa faute, et une fois déchirée, la robe de l'innocence ne peut pas se recoudre ; sans doute vous pouvez revenir à Dieu, mais il ne faut pas recommencer déjà ces rêves pleins d'illusions en présence de la fatale réalité. Votre mari a été bien coupable, et vous, ma fille, votre conscience n'est pas non plus sans reproche, vous n'avez pas été la femme forte dont parle l'Évangile, la femme du devoir ; tous deux vous avez mérité une punition. Tâchons de faire adoucir, par un sincère repentir, la rigueur de la sentence prononcée contre vous et hélas ! contre toute notre chère patrie ; Dieu a permis que je vinsse à Paris, dans ces tristes circonstances, pour vous aider : occupons-nous d'abord de votre mari.

Louise baissait la tête, car les paroles du prêtre lui faisaient sentir sa part de responsabilité dans les fautes de son mari; elle répondit humblement :

— C'est, en effet, une grande miséricorde de Dieu et que je n'aurais jamais osé espérer.

— Oui, fit M. Vidal, ce bon Père se sert de tous les moyens pour ramener au bercail la brebis égarée; je ne quitte jamais ma cure, il a fallu une circonstance extraordinaire pour m'amener à Versailles, une lettre de mon neveu Louis qui, désigné par ses supérieurs pour les missions de la nouvelle Calédonie, va partir, dans quelques jours pour cette île lointaine où, s'il est vrai qu'on doive déporter les plus grands criminels de la Commune, il se trouvera le père spirituel et l'ange consolateur de ceux-là même qui ont voulu l'égorger.

— Comment, ce bon M. Louis a été en danger?

— Il était prisonnier à la Roquette, avec Mgr Darboy, les Pères Olivaint, Ducoudray et tant d'autres vénérables prêtres que les insurgés ont si horriblement égorgés; son tour allait venir; il attendait l'heure de l'appel fatal, ne regrettant de mourir si jeune que parce qu'il aurait voulu travailler plus utilement à la vigne du Seigneur; la Providence n'a pas permis qu'il pérît, et le voici qui, à peine échappé au poignard des assassins, va évangéliser des anthropophages et peut-être, comme je vous le disais tout à l'heure, ces autres sauvages, plus féroces que les premiers, et surtout plus coupables, puisque les lumières de l'Evangile ne leur ont pas manqué.

— Mais, mon père, pensez-vous que réellement il y en ait beaucoup qui soient déportés là-bas?

— Je l'ignore, mon enfant; dans tous les cas ce ne seront que les plus coupables.

— Pas Vincent, alors?

— Je l'espère, ma fille, car j'espère qu'il est du nombre de ceux qui ont suivi le torrent sans commettre de crimes.

— Et cette île est bien loin?

— A l'autre bout du monde, soupira le prêtre.

— Mon Dieu! fit-elle, en se cachant le visage entre les mains, si mon mari allait être.....

Elle n'acheva pas et serra dans ses bras sa fille à l'étouffer.

Sans trop comprendre, Laure pleurait.

— Pauvre enfant! continua-t-elle, que deviendrais-tu?

— Vous pourriez la ramener à Mareuil et vous y établir avec elle; je......

— Oh! non! fit-elle, en relevant la tête. S'il va là-bas, je l'y accompagnerai; j'ai participé à la faute, je prendrai ma part à l'expiation; j'ai contribué à le perdre, je dois contribuer à le sauver.

— Bien, ma fille, bien; mais nous n'en sommes pas là. J'espère que votre courage ne sera pas mis à une aussi grande épreuve; dans tous les cas, cette résolution est trop grave pour pouvoir être prise aussi subitement. Vous aurez le temps de réfléchir et de peser mûrement ce que vous croyez être votre devoir de femme et de mère chrétienne; pour le moment, ce que vous désirez le plus, c'est de visiter votre mari, suivez-moi, je vais vous faire avoir la permission que vous sollicitez. J'irai moi-même voir Vincent demain; aujourd'hui, je ne veux pas vous accompagner; dans l'état où il est, la vue de ma soutane pourrait l'impressionner désagréablement ou même le gêner, e tje ne veux pas vous troubler dans votre première entrevue.

CHAPITRE II

L'Orangerie.

––––––

L'Orangerie de Versailles est un vaste bâtiment, aux murailles épaisses, divisé en salles voûtées, s'ouvrant, du côté du jardin, par une série d'arcades assez hautes pour donner passage aux magnifiques orangers qui, à la fin de chaque été, après avoir fait l'ornement des jardins, reviennent en voiture, prendre leurs quartiers d'hiver dans ces salles immenses, dont l'atmosphère, entretenue à une température toujours égale, permet à ces arbres exotiques de braver impunément la rigueur de l'hiver dans nos climats.

Au moment de l'arrivée des premières bandes d'insurgés tombés au pouvoir des soldats de l'ordre, les orangers, alignés sur la magnifique terrasse du palais ou disposés, suivant l'habitude, le long des allées du parc, secouaient, sous la brise printanière, leur feuillage lustré et, comme pour répondre aux caresses du soleil, commençaient à entr'ouvrir, sous sa douce influence, leurs boutons gonflés par la sève et leurs blancs pétales remplis de parfums.

On avait cru d'abord que les prisons de Versailles suffiraient pour renfermer les prisonniers; on se flattait alors que la guerre fratricide, allumée par la révolte de quelques énergumènes, ne serait pas de longue durée, et que la population parisienne, indignée de se voir asservie par des brigands, pour la plupart étrangers, ne

tarderait pas à secouer leur joug odieux; mais, cette guerre, au lieu
de se terminer, devenant au contraire plus acharnée, il fallut trouver
de nouveaux locaux pour y emmagasiner une moisson de bandits, chaque jour plus encombrante, et tout naturellement on pensa à utili-
ser les immenses serres, en y parquant chaque fournée d'insurgés,
à mesure qu'ils étaient conduits à Versailles.

L'installation n'était ni longue ni difficile, et il avait suffi de fer-
mer chaque arcade au moyen d'une forte palissade de pieux, surveil-
lée nuit et jour par de nombreuses sentinelles, se promenant sans
relâche, le fusil chargé sur l'épaule et la baïonnette au bout du canon, pour transformer l'Orangerie en une longue série de cellules,
semblables aux cages grillées dans lesquelles les montreurs de mé-
nageries enferment leurs animaux féroces.

Des cloisons intérieures séparant ces cages les unes des autres,
formaient autant de compartiments isolés, dans lesquels on enfer-
mait les prisonniers par catégories, selon qu'ils étaient plus fortement accusés, qu'ils portaient les galons de chefs ou le simple képi
de fédérés.

Les pétroleuses avaient le privilége d'occuper une chambrée particulière; presque toutes, hideuses mégéres en haillons, le visage
flétri par le vice et plissé par les rides d'une vieillesse prématurée,
elles erraient autour de leur cage, ou se couchaient le long des
murs, la tête basse comme des hyènes prises au piége, et ne sortant
de leur affaissement que pour se montrer les dents et les ongles,
avec des grognements hargneux.

De distance en distance, des postes avaient été disposés en face de
ces antres plongés dans une demi-obscurité, au fond desquels, à
travers les grilles, on apercevait un hideux grouillement d'unifor-
mes déchirés, de blouses en loques, de képis usés et de robes ta-
chées de pétrole.

En promettant à sa protégée de lui faire obtenir la permission
dont elle avait besoin pour pouvoir retrouver le malheureux mais

trop coupable Vincent, l'abbé Vidal n'avait pas trop préjugé de son influence.

Sa charité était si grande que, là où il y avait des malheureux, on était sûr de le rencontrer, et déjà il était venu si souvent à l'Orangerie que sa personne y était connue et respectée par tous les soldats.

Aussi, grâce à cet introducteur, tenu en grande estime par tous les chefs militaires, Louise reçut-elle presque aussitôt ce bienheureux carré de papier, dont la présentation à l'officier commandant le poste, donne aux parents et aux amis un libre accès près des prisonniers.

La pauvre femme était si heureuse dans son malheur, qu'en sortant, elle fondit en larmes et, prenant la main du bon curé, elle voulut la baiser.

Il ne le permit pas.

Alors, se confondant en remerciements, elle se jeta à ses genoux.

— Levez-vous, dit le prêtre; je suis certainement très-content d'avoir pu vous rendre ce petit service, mais ce n'est pas à moi que vous devez en témoigner tant de reconnaissance. C'est Dieu qui vous a conduite à moi, c'est lui qui a eu pitié de votre chagrin, c'est à lui que vous en témoignerez votre gratitude au pied de ses autels.

» A présent, ma fille, levez-vous et, sans perdre plus de temps, allez visiter votre mari.

— Au moins, mon père, bénissez-moi, cela me portera bonheur; vous êtes si saint.....

— Louise, Louise, pas de ces éloges que je ne mérite pas, répondit l'abbé Vidal, sévèrement. Je suis loin d'être un saint, vous le savez aussi bien que moi, et priez Dieu qu'il me rende plus digne du ministère sacré dont il a daigné me revêtir, moi, misérable pécheur.

— Mon père, je vous en supplie, ne refusez pas de me bénir.

— Non, mon enfant, je ne le refuserai pas; car la bénédiction que vous demandez ne vient pas de moi, mais du ciel, en passant par mes lèvres.

Et, étendant la main sur la tête de la pauvre ouvrière prosternée, il prononça les paroles canoniques, en traçant le signe de la croix.

— Allez, maintenant, en paix, Louise! ajouta-t-il, en frappant doucement, du revers de sa main, la joue de la petite Germaine; allez et que Dieu vous conduise!

— Quand pourrai-je vous revoir, mon père?

— Ce soir, à la tombée de la nuit, je me promènerai devant la porte de l'église, avec mon neveu; venez me trouver et vous me direz comment est votre mari.

Au moment où ils franchissaient le seuil de la maison, pour aller chacun de son côté, deux femmes, dont l'une du peuple et l'autre semblant appartenir à la classe aisée, imploraient la protection du planton pour pénétrer jusqu'au bureau des permissions.

— C'est inutile, répondait le militaire; écrivez votre demande, je la remettrai; c'est tout ce que je puis faire : l'heure est passée.

— Mais, cependant.....

— Il n'y a pas de cependant qui tienne; je vous l'ai dit, c'est la consigne : l'heure des admissions est passée.

— Mon Dieu! pensa Louise, quelle chance d'avoir rencontré M. Vidal; sans lui, je serais aussi restée à cette porte.

Et, jetant sur le prêtre un coup d'œil dans lequel se peignait une muette reconnaissance, elle s'éloigna dans la direction du palais.

Le factionnaire auquel elle s'était adressée la première fois n'était plus de garde, et causait devant la grille d'honneur avec deux ou trois camarades, assis sur un banc.

Il reconnut l'ouvrière et lui dit :

— Eh bien! la mère, avez-vous trouvé le bureau?

— Merci, monsieur le militaire, répondit-elle; j'en sors, et voici la permission.

— La permission, déjà? fit-il tout étonné.

— La voici; que faut-il faire?

— Attendez; je vais avertir le sargeant.

— Vous êtes bien honnête; merci bien.

— Il n'y a pas de quoi, dit-il, en riant.

Et il alla prévenir son chef.

C'était bien le même qu'elle avait vu, quelques heures auparavant, un sous-officier portant le képi avec une crânerie toute particulière, deux brisques sur sa manche, et si beau parleur que, dans la première du second, on ne le connaissait que sous le nom du sergent *Frise-parole*.

— Pour lors, fit-il, en prenant à deux mains le papier, comme s'il eût eu l'intention d'en faire la lecture à haute voix devant le bataillon formé en carré et l'arme au pied, voilà une permission qui me paraît itérativement suspecte.

— On m'a pourtant dit qu'elle était en règle.

— Ta! ta! ta! c'est ce que nous allons voir.

Il la lut et la relut; puis, n'y trouvant rien qui pût confirmer ses soupçons, d'un coup de pouce il renvoya son képi prendre position à l'arrière de son crâne, absolument comme un notaire qui, pour mieux lire, fait passer ses lunettes de son nez sur son front, relut encore et, la rendant avec un geste plein de majesté :

— C'est nonobstant exact, équivalent et en règle, dit-il, en regardant ses inférieurs; suivez-moi auprès du lieutenant.

Le lieutenant était un jeune homme aussi simple que son sergent l'était peu. Il jeta les yeux sur le papier et se contenta de dire :

— Faites conduire cette dame.

Puis, il reprit sa lecture.

Le soldat désigné pour cette corvée s'avança.

— Casemate des dangereux, n° 5, lui dit le beau parleur, dont la présence du lieutenant contenait l'éloquente faconde; bon pour un quart d'heure.

Louise et son guide longèrent la façade de l'Orangerie. A cette heure, il y avait peu de visiteurs, et les prisonniers oisifs se pressaient contre les grilles, à travers lesquelles plusieurs passaient les pieds ou les bras, comme des animaux féroces, étendant leurs griffes pour saisir tout ce qui se trouverait à leur portée.

— Qu'as-tu donc à trembler, Germaine, demanda doucement Louise à sa fille; es-tu malade?

— Non, répondit l'enfant; j'ai peur.

— Peur de quoi?

— Bien sûr, maman, il y a des loups dans ce noir; entends comme ils grognent.

— Eh! non, ce ne sont pas des loups; tu vois bien leurs pieds et leurs mains, et même leurs figures; ce sont des hommes qui demeurent là-dedans; papa y est aussi, nous allons le voir, et il ne faut pas avoir peur, il ne te fera pas de mal.

L'enfant la regarda sans répondre; puis, après un court silence.

— C'est égal, maman, il ne faudra pas s'approcher.

— Pourquoi donc?

— Parce qu'il te bat toujours, quand tu vas le chercher là où il y a tant d'hommes, répondit Germaine, qui n'avait pas oublié certaines scènes du club.

La pauvre mère regarda furtivement le soldat pour s'assurer qu'il n'avait rien entendu et dit tout bas :

— Si tu veux qu'il ne me batte pas, il faut être bien sage et ne pas pleurer.

— Je serai sage, reprit la pauvrette, avec un soupir et en se frottant les yeux.

— Tiens! la Louise, glapit en ce moment une voix, insolemment railleuse; la moucharde est venue se faire payer par les Versaillais auxquels elle a vendu son mari. Ah! dis donc, égreneuse de chapelets, combien te l'ont-ils payé, ton homme? Que la bonne me fasse sortir d'ici et ton compte sera bon, coureuse de sacristie.

En même temps, à travers les barreaux, une femme jeune encore, et qui aurait pu passer pour belle, si le vice n'eût pas donné à ses traits, d'une régularité remarquable, une expression bestiale, allongea la main en faisant un signe de menace.

Louise n'eut pas peur comme sa fille, mais elle murmura :

— La malheureuse! cela devait arriver.

— Vous connaissez cette particulière? demanda le soldat.

— Oui, elle demeurait dans notre quartier, où elle était connue sous le nom de Victoire.

— Une fière canaille, reprit-il; quand nous l'avons pincée, rue Saint-Honoré, elle portait l'uniforme de commandante des pétroleuses, et tenait encore à la main un sceau de pétrole et un pinceau; son compte sera bientôt réglé. C'est égal, je regrette de ne lui avoir pas passé ma baïonnette à travers le corps.

— Oh! à une femme!

— Ah! bien oui, une femme, dites donc un diable déguisé, avec son képi galonné et son chassepot en bandoulière; quand Bridou lui a mis la main au collet, elle lui a déchargé son révolver en plein visage; une ligne plus bas; elle lui faisait passer le goût du pain, heureusement que le camarade a baissé la tête, et il en sera quitte pour quinze jours d'hôpital.

— Je m'étonne qu'elle fût à la rue Saint-Honoré, elle commandait les pétroleuses du Panthéon.

— C'est possible; mais la mitraille avait rabattu toute cette vermine du côté du Louvre et de l'Hôtel-de-Ville; la coquine, une fois prisonnière, faisait encore sa tête, et, tout le long de la route, elle n'a cessé de nous injurier.

— Vous en avez pris plusieurs?

— Une douzaine d'un coup. La commandante et son état-major, de vieilles sorcières édentées; tout cela est là, enfermé ensemble, et va passer devant le Conseil de guerre. Ah! voici la casemate des dangereux, n° 5; comment qu'il s'appelle votre connaissance?

— Vincent.

— C'est bon; on va l'appeler. Attention à ne rien lui passer, ni papiers, ni argent, ni liqueurs : c'est la consigne, vous savez.

— Je ne lui apporte qu'un peu de linge.

— Bien sûr?

— Si vous voulez examiner, voilà le paquet.

— Non, je vous crois; avancez par ici.

Il la fit placer à trois pas de la grille des dangereux et cria :

— Vincent! Vincent! avancez à l'ordre.

— Par ici, Vincent! répétèrent, à l'intérieur, plusieurs voix.

Personne ne répondit; mais bientôt, entre tous les visages hideux qui se plaquaient à la grille, apparut celui du mari de Louise.

Malgré sa promesse d'être sage et de ne pas pleurer, Germaine se cramponna avec terreur à l'épaule de sa mère, et celle-ci elle-même ne put se défendre d'un mouvement d'effroi.

Vincent n'était plus reconnaissable, lui, que ses camarades appelaient autrefois l'élégant, et qui, même sous la Commune, se distinguait de ses compagnons de cabaret, par la propreté de son linge et la correction de sa mise, ressemblait à un hideux mendiant.

Depuis plus de huit jours qu'il n'avait pas changé de linge, coiffé d'une casquette militaire, dont il avait perdu la visière et arraché les galons; vêtu d'un mauvais pantalon de drap sale, déchiré, frangé, et d'un bourgeron taché de sang et maculé de boue, il avait le visage entouré par un haillon sordide et sanglant, la barbe longue, les traits décomposés, le teint de cette couleur grise et terreuse qui indique à la fois la saleté et la souffrance.

En un mot, il était hideux et méconnaissable.

A la vue de sa femme, le malheureux eut un mouvement de pudeur, il pâlit davantage encore et baissa la tête sans dire un mot

Après un premier moment de saisissement, la pitié l'emportant sur l'horreur, Louise fit quelques pas en avant et lui tendit la main.

Il la prit dans la sienne, la serra en silence et appuya son front à la barrière en pleurant.

— Je t'ai apporté un **peu de** linge, **mon** ami, dit la visiteuse, d'une voix émue; n'as-tu pas besoin d'**autre chose**?

— Il a besoin seulement de tout, comme les camarades, ricana un bandit déjà vieux, dont Germaine contemplait avec terreur la tête enveloppée dans un lambeau de mouchoir, à travers les trous duquel s'échappaient des mèches de cheveux gris et crépus.

— Je voudrais une bande de toile pour bander ma blessure et un peu d'eau pour la rafraîchir, fit Vincent.

— Demande plutôt un litre d'eau-de-vie, du tabac et un paquet de cartes, vociféra un jeune bandit à figure sinistre.

— Monsieur, demanda Louise au soldat, ne pourrais-je pas me procurer un peu d'eau?

— A votre prochaine visite vous en porterez, répondit celui-ci; je ne puis pas vous quitter, et je crains, si vous allez en chercher, qu'on ne vous laisse pas revenir.

— Tas de brigands et d'assassins! rugit une voix rauque. Ils veulent nous faire mourir de faim et de soif, parce que nous sommes les défenseurs de la liberté et des droits du peuple.

— J'ai un mouchoir de toile, reprit la femme du prisonnier; je vais en déchirer une bande pour attacher la compresse que tu feras avec le reste et demain matin.....

— La bande ne sera pas assez longue.

— Je crois que si; essaie.

Elle déchira le mouchoir, plia le morceau le plus large en double et se rapprocha encore de la barrière.

— Fais voir ta blessure, dit-elle.

Il défit son haillon et appliqua sa joue à l'ouverture.

2

La plaie était vive, mais peu profonde, avec un peu de soin elle pouvait facilement se cicatriser; cependant il était à craindre que la saleté et le frottement ne la fissent s'étendre.

— N'avez-vous pas une cruche d'eau ici? demanda l'ouvrière.

— Je crois qu'il y en a, mais elle doit être tiède, répondit le blessé.

— N'importe, mouille la compresse et rends-la-moi.

Un prisonnier passa la cruche et imbiba le linge, que Vincent voulut appliquer sur la plaie.

— Non, non, fit sa femme; il faut la laver d'abord : approche ta tête et laisse-moi faire.

Elle passa les bras entre deux barreaux, épongea la blessure avec soin; puis, après avoir posé l'appareil, fixa la bande avec une épingle.

Ces soins donnés à travers une grille avaient quelque chose de si touchant, qu'un des plus jeunes détenus, chez lequel le vice n'avait pas eu le temps de s'enraciner aussi profondément que chez ses complices, ne put s'empêcher de s'écrier :

— Une Sœur de Charité ne ferait pas mieux.

— Quel est le clérical qui ose parler de Sœur de Charité, ici ? C'est une insulte aux martyrs, rugit le bandit aux cheveux gris, en se retournant furieux. Pour soigner un soldat de la République radicale, il faut les mains et le cœur libre d'une citoyenne sans préjugés.

— Avec ça que la tienne se presse, riposta une voix railleuse; les citoyennes sans préjugés se soucient peu des vieillards en prison.

— La mienne est enfermée dans la cage aux pétroleuses, vociféra le communard furieux, et tu la verras calme et fière devant les tribunaux.

— Oui, comme témoin à charge, pour te faire envoyer aux galères et se débarrasser de toi, continua l'impitoyable railleur.

— Qui a osé m'insulter? s'écria le vieux, en promenant autour de lui un regard de bête fauve blessée.

Et il se replongea dans la foule, en blasphémant.

Entre tous ces scélérats, les injures, les disputes violentes et les rixes étaient trop fréquentes pour causer la moindre émotion. Un autre prisonnier prit sa place à la barrière, plus curieux d'assister à l'entrevue de Vincent et de sa femme qu'au combat à coups de pieds et de poings, entre deux frères et amis.

Cependant Vincent, lui aussi, s'était éloigné pour changer de linge, pendant que sa femme, profitant de son absence, achevait de rassurer Germaine et de lui persuader de s'approcher de la grille quand son père reviendrait.

L'enfant, qui jusque-là s'était tenue en arrière de sa mère et cramponnée des deux mains à sa jupe, commençait à s'habituer au spectacle effrayant qu'elle avait sous les yeux, aussi promit-elle d'obéir, à condition pourtant de ne pas lâcher la main protectrice de sa mère.

N'eût été cette mise en scène impressionnante, à laquelle elle assistait pour la première fois, elle avait trop vécu au milieu des fédérés, pendant le règne odieux de la Commune, pour ne pas être habituée à ces figures bassement féroces, et si quelque chose l'étonnait, c'était de voir le calme inaccoutumé de ce ramassis de brigands qui, pour la plupart frappés de stupeur par le triomphe des Versaillais et la crainte de châtiments par trop mérités, demeuraient plongés dans un accablement profond et dans une sorte d'hébétement semblable à celui d'un animal féroce qui, pris au piége, cesse tout-à-coup de rugir pour se blottir au coin le plus reculé de la fosse dans laquelle il est tombé.

Vincent revint bientôt. La blancheur de son linge contrastait singulièrement avec la saleté des vêtements de ses compagnons, et pourtant, loin de rendre au prisonnier une apparence moins repoussante que celle qu'il avait auparavant, cette propreté même donnait à ses mains et à son visage une teinte grise plus prononcée et augmentait la pâleur maladive de ses traits.

On aurait dit qu'il avait conscience de l'effet produit par son changement de toilette, car aussitôt il demanda à sa femme de lui apporter du savon à sa première visite.

— Germaine t'en apportera, répondit Louise, essayant d'attirer l'attention du prisonnier sur sa fille.

La glace était rompue, le prisonnier reçut avec une émotion aussi sincère que vive les caresses de sa fille et les lui rendit avec usure, car il l'aimait dans le fond, autant qu'un père peut aimer son enfant quand le vice n'a pas encore entièrement desséché son cœur et n'a fait que le flétrir.

Or, Vincent n'avait jamais été foncièrement mauvais, longtemps même on l'avait cité comme le modèle des bons maris et des bons travailleurs; si plus tard il s'était éloigné du droit chemin, c'était non par penchant naturel d'une nature vicieuse, mais par accident, par suites de fréquentations mauvaises, par désœuvrement et par vanité.

Il ne fut malheureusement pas le seul.

Car, il ne faut pas se le dissimuler, les conséquences du siége de Paris après la paix furent beaucoup plus funestes que les maux qu'il causa pendant sa durée.

Sans doute les rigueurs du blocus ne passèrent pas inaperçues pour les Parisiens et imposèrent à la population de rudes privations. Il y eut des quartiers atteints par les obus prussiens, des hommes, des femmes, des enfants tués par les projectiles lancés par l'ennemi. Toutefois ces maux matériels ne furent rien en comparaison des maux moraux qui en découlèrent.

Il y eut dans ce siége moins de corps atteints que d'âmes perdues. Les nécessités de la défense désorganisèrent les ateliers, arrachèrent d'excellents ouvriers à leurs occupations habituelles pour en faire de détestables soldats, créant une armée de l'émeute, favorisant l'éclosion des clubs, donnèrent droit de cité à la paresse, à l'ivrognerie et dévoyèrent les esprits faibles ou vaniteux en les poussant dans la voie d'une ambition malsaine où le vrai mérite n'était compté pour rien dans l'obtention des grades et des honneurs.

C'était en glissant peu à peu sur la pente dangereuse de cette chasse aux distinctions que le prisonnier était tombé au milieu de la tourbe immonde dans laquelle il se trouvait sans avoir eu la force de se raccrocher aux bons principes qu'il avait reçus et dont il entendait encore comme un écho au fond de sa conscience.

Malheureusement, il n'était plus en son pouvoir, au moins en ce moment, de s'arracher du milieu abject dans lequel il se trouvait, de séparer sa cause de celle des bandits dont il avait partagé les crimes et avec lesquels il allait comparaître devant la justice pour rendre compte de sa conduite.

Jusqu'à cette heure, l'excitation fébrile de la lutte et l'abattement de la défaite avaient étouffé dans son âme la voix du remords, mais a vue de sa femme et de sa fille venaient de la lui faire entendre pour la première fois et comme nos premiers parents, chassés du paradis terrestre, il ne commençait à sentir l'étendue de la perte qu'il avait faite que lorsque cette perte était irrémédiable et que le glaive de la justice lui interdisait le retour à son foyer abandonné.

Seul en présence des deux visiteuses il aurait versé des larmes amères et confessé son chagrin profond, l'orgueil fut plus fort que l'amour dans cette âme ulcérée ; il se raidit contre sa propre douleur pour ne pas paraître faible en présence de ses complices et, refoulant l'émotion qui brisait sa poitrine, il donna un dernier baiser à sa fille, essuya furtivement ses larmes et, se relevant avec une sorte d'impassibilité que démentait la paleur de ses traits, il demanda à Louise, d'un ton sec et dur, par quel moyen elle avait pu parvenir jusqu'à lui, permission que n'obtenaient pas facile-

2.

ment, ajouta-t-il, en se redressant et avec un sourire amer, les parents et les amis des martyrs de la liberté.

— C'est à Dieu seul que je le dois, répondit Louise, et après lui à notre excellent ami que la Providence....

— Dieu et la Providence n'ont rien à voir avec nous, citoyenne, interrompit un vieux forçat vêtu d'un de ces costumes de saltimbanques si communs dans l'état-major de la commune.

— Nomme-moi le protecteur et fais-moi grâce de toutes ces momeries, reprit Vincent honteux du cléricalisme de sa femme, je ne me connais pas d'amis parmi les Versaillais.

— L'ami ou plutôt le protecteur dont je parle, reprit la jeune femme, est l'abbé Vidal, notre ancien curé de Mareuil.

— Un éclat de rire grossièrement insolent accueillit cette réponse.

— Je ne sais ce que tu me chantes avec ton curé, je n'ai jamais eu de calotin pour protecteur, répartit aigrement le fédéré et je ne veux ni de son affection ni de sa protection.

— Bien répondu, fit le vieux bandit, le peuple n'a que faire de la prêtraille.

— Il a à la fusiller en masse quand le jour de la vengeance arrivera, cria un ignoble gavroche.

— Oui, tous jusqu'au dernier, comme il a fait pour l'archevêque et les jésuites à la rue Haxo, hurla une voix sinistre.

Sans comprendre le sens de ces paroles, Germaine, effrayée par l'accent de rage avec lequel elles étaient proférées, battit en retraite derrière sa mère.

— Demain je reviendrai, fit celle-ci, se hâtant de couper court à une conversation qui ne pouvait que provoquer de nouvelles injures sans produire aucun résultat utile; je t'apporterai du linge et du savon, ne te faut-il pas autre chose?

— Apporte-moi du pain, de la viande, quelques bouteilles de vin et de l'argent, puisque tu as un curé pour protecteur, répondit d'un air de bravade le prisonnier, afin de se rehausser dans l'estime des misérables qui l'entouraient, c'est bien le moins que cette soutane noire fasse quelque chose pour ses victimes, et par manière de péroraison il termina sa phrase par un ignoble juron.

Cette ingrate insolence fit rire ses complices et pleurer sa femme.

— Lâche canaille, va! grogna le soldat entre ses moustaches, ils n'ont pas même le courage d'avoir honte.

— Et, se rapprochant de la grille :

— Allons, dit-il, ma petite dame, l'heure de la permission est passée, il faut partir.

— Croyez-vous qu'on me permette de revenir demain, répondit doucement la pauvre femme.

— Oui, pour sûr, en même temps que les autres, aujourd'hui ce n'est que par faveur que vous avez reçu l'autorisation.

— Partons donc, dit tristement Louise en tendant la main à son mari, qui la lui serra de manière à lui prouver que sa bouche exprimait toute autre chose que ce qu'il ressentait au fond du cœur.

— Il vaut mieux qu'il ne le dit, fit la pauvre femme en s'adressant à sa fille, mais en réalité en parlant au soldat.

— Je l'espère pour lui et pour vous, répondit brusquement celui-ci, car ses paroles sont celles d'une franche canaille.

Louise sentait que son guide avait raison, elle garda le silence et feignit d'être tout occupée de Germaine.

Ce fut ainsi qu'elle sortit de la cour de l'Orangerie.

Cinq heures sonnaient et le train qui la ramenait à Paris ne devant pas partir avant 6 heures et demie, elle revint en toute hâte à l'hôtel de la Croix-d'Argent pour remercier encore une fois le bon abbé Vidal et lui rendre compte de sa visite.

L'excellent prêtre s'y attendait :

— Mon enfant, dit-il, vous avez peu de temps et votre petite Laure doit avoir faim, descendez avec moi à la salle à manger, nous y causerons en parfaite tranquillité, il n'y a personne en ce moment, et pendant ce temps elle pourra.....

— Nous serons à Paris encore de bonne heure et Germaine a déjà mangé un gâteau.

— Bon, bon, parlez pour vous, ma chère Louise, je suis sûr que votre fille n'est pas de cet avis. N'est-il pas vrai que tu as faim, petite?

— Oui !

— Et que tu serais bien aise de dîner?

— Oh ! oui !

— Vous voyez bien, mon enfant, suivez-moi.

Et il descendit.

A cette heure, dans la salle à manger, il n'y avait en effet personne, M. Vidal fit servir à ses protégées un modeste repas, dont elles avaient réellement bien besoin l'une et l'autre et, s'asseyant auprès d'elles, les mains croisées sur sa longue canne, il se fit raconter tout au long, par Louise, l'histoire de sa vie, on pourrait dire de son martyre, depuis son départ de Mareuil pour Paris avec son mari.

De la part du prêtre, cette confession était moins un moyen de satisfaire sa curiosité ou même d'entendre le récit des aventures pénibles de personnes auxquelles il s'intéressait réellement, que de provoquer, sous forme de causerie intime, des révélations sincères qui pussent lui faire juger de la gravité de la situation dans laquelle se trouvait Vincent, afin de pouvoir plus efficacement lui venir en aide.

Il fallait que cette situation lui parût bien périlleuse, car plusieurs fois, pendant que Louise parlait, il ne put s'empêcher de lever les yeux au ciel, en poussant de profonds soupirs et que, pour dissimuler autant qu'il lui était possible l'impression trop forte de son étonnement douloureux, il puisa, à plusieurs reprises dans sa tabatière, de larges prises de tabac qui eussent épuisé un réservoir moins bien fourni que le sien.

Malgré tout ce que l'ouvrière avait eu à souffrir de son mari, elle ressentait encore pour lui une affection profonde et, l'excusant en elle-même, elle s'atténuait ses crimes à ses propres yeux, de manière à se faire une complète illusion sur le sort qui l'attendait.

C'était, disait-elle, par erreur, qu'on l'avait enfermé dans la section des prisonniers dangereux; aussi ne doutait-elle pas que bientôt il ne passât dans une autre catégorie, pour être, sinon élargi après avoir comparu, au moins pour ne s'entendre condamner par le Conseil de guerre qu'à une réclusion de quelques mois.

Elle était déjà si malheureuse de ce que, naïvement, elle appelait la sévérité de la justice, que M. Vidal crut plus charitable de ne pas lui ouvrir les yeux du premier coup, mais il jugea aussi devoir la prévenir contre une quiétude trompeuse et des espérances irréalisables, dont l'écroulement eût pu la jeter dans le désespoir.

— Votre mari, lui dit-il, ma chère enfant, est dans une position plus grave que vous ne le soupçonnez; je ne dis pas que ce soit un scélérat, Dieu m'en garde et je suis loin de le penser, mais il n'en est pas moins vrai qu'il s'est enrôlé parmi eux, qu'il a accepté un grade dans leur armée, qu'il a combattu avec eux derrière les barricades et tiré sur les vrais défenseurs de l'ordre et de la société.....

— Par faiblesse et par entraînement, monsieur le curé.

— Oui, par faiblesse, mais ce sont des faiblesses de cette nature qui ont fait la force de la révolution, la force d'une poignée de scélérats qui, par eux-mêmes, n'auraient rien pu, rien osé, et qui avec l'aide de complices, entraînés par leurs excitations, ont couvert Paris de sang, ont assassiné ses plus nobles enfants, brûlé ses monuments, renversé sa colonne et déshonoré le nom Français sous les yeux des Prussiens, auxquels, par leur lâcheté, ils avaient livré leur patrie. Devant de pareilles abominations, la justice doit être sévère, ou bien elle n'existerait plus; son devoir est de frapper inexorablement les assassins de la France et de se montrer rigoureuse vis-à-vis de ceux qui ont prêté la main à ces effroyables attentats.

A mesure que M. Vidal parlait, Louise baissait la tête. Pour que ce vénérable prêtre parlât si sévèrement, lui l'indulgence même, il fallait que Vincent fût bien coupable, bien plus qu'elle ne l'avait supposé.

Tout-à-coup elle fondit en larmes et, prenant sa fille entre ses bras, elle la serra sur sa poitrine, en s'écriant :

— Ah! ma fille, ma pauvre fille, nous sommes perdues!

L'enfant jeta autour d'elle un regard effrayé, ne comprenant pas d'où venait le danger.

— Vous vous exagérez tout, Louise, reprit doucement M. Vidal, et vous faites peur à cette enfant; voyons, soyez un peu plus raisonnable, de ce que Vincent est plus coupable que vous ne pensiez aux yeux de la justice, il ne s'ensuit nullement qu'il soit perdu, seulement il est probable qu'il en aura pour quelques années de détention; il faut vous faire d'avance à cette idée, et arranger votre vie pour lui être utile et donner à Laure une éducation en rapport avec la vie à laquelle la Providence la destine.

— On les fusillera peut-être.....

— Ceci est simplement de la folie, Louise, reprit sévèrement le prêtre; la liberté de votre mari est certainement menacée, mais, quant à sa vie, elle n'a aucun danger à courir.

— Sa vie, sa vie, qui sait si quand il sera en prison, les Versaillais ne les empoisonneront pas tous pour s'en défaire.

— Voilà bien qui prouve que vous avez perdu la raison, et qu'à force d'entendre des mensonges et des calomnies, vous en êtes arrivée à vous faire l'écho des mensonges les plus odieux et les plus ineptes.

— C'est vrai, pardonnez-moi, je suis si malheureuse; je sens ma tête qui se perd. Une fois que vous serez retourné à Mareuil, je serai abandonnée de tous.

— Dieu qui vous envoie cette épreuve, vous donnera la force de la supporter, ma fille; vous êtes chrétienne, levez les yeux vers le ciel, c'est de là que descend toute force, que découle toute consolation.

Peu à peu la douleur de la pauvre mère se calma, et elle revint à des idées plus saines.

L'enfant, attristée, ne touchait pas aux fruits que l'abbé avait placés devant elle.

— Es-tu malade, ma petite Laure? demanda M. Vidal, en passant sa main dans les cheveux de la petite fille.

— Je m'appelle Germaine, répondit l'enfant.

M. Vidal regarda Louise.

— Oui, Germaine, fit celle-ci.

— Ce matin, vous m'avez pourtant bien dit Laure.

— C'est en effet le premier nom qu'elle a porté; mais, depuis la mort de sa marraine, nous l'appelons Germaine; cela vous prouve encore une fois que je ne sais plus ce que je fais.

— Aujourd'hui, c'est possible, et je le comprends, mais demain, tout cela ira mieux. Voici bientôt l'heure du départ, emportez ces fruits pour Germaine. Voyons, quel jour reviendrez-vous, mon enfant?

— Demain, mon père.

— Demain, je serai probablement absent; comptez-vous rester ici quelques jours?

— Je repartirai demain soir, pour tâcher de revenir ensuite deux fois au moins par semaine, jusqu'au jugement.

— Mon Dieu, ma fille, vous vous ruinerez en voyages, et vous perdrez tout votre temps.

— Hélas! je le sais bien; mais, qu'y faire? Je ne puis pas abandonner mon mari.

Le prêtre demeura un instant soucieux. Pendant ce temps, l'aiguille de la pendule marchait toujours.

— Il faut que je vous quitte, dit la pauvre affligée.

Le curé prit son chapeau et sa canne.

— Je vais vous accompagner, fit-il ; cela me fera faire de l'exercice. Germaine, prends ces fruits et ces gâteaux : ce sera pour ton déjeûner.

Et, comme elle n'osait pas y toucher, le bon prêtre lui remplit les poches de son tablier, en lui donnant sur la joue une petite tape d'amitié.

Ensuite, ils sortirent et se dirigèrent vers la longue avenue qui conduit à la gare.

M. Vidal continuait à garder le silence et à réfléchir.

Tout-à-coup il s'arrêta, puisa dans sa tabatière et tout en se barbouillant les narines dit :

— Avec quarante sous par jour il me semble que vous pourriez bien vivre.

— Je n'en dépense pas tant, dieu merci ? répondit Louise, sans cela je serais il y a longtemps réduite à la mendicité.

— Combien gagnez-vous à Paris ?

— Vingt-cinq sous, sur lesquels il faut encore payer ma chambre.

— Combien la chambre ?

— Dix francs par mois.

— A Versailles, il faudrait en ce moment au moins compter sur le double, mettons quinze sous par jour !....

— C'est beaucoup certainement. On trouverait à moins.

— Oui à dix sous par jour, 15 francs par mois, cela ferait trente sous pour le reste, avec cela vous vivriez, hein ?

— Avec un franc cinquante, je le crois bien.

— Ne m'embrouillez pas avec vos centimes, ma chère, moi je me perds dans cette monnaie, je dis trente sous comme à Mareuil-sur-Belle ; à mon âge on ne se refait pas.

— Trente sous, soit.

— Dites-moi, vous étiez couturière là-bas au pays?

— C'est toujours mon métier.

— Ah! bien! très-bien! En sorte qu'en travaillant vous ga-gneriez plus qu'à Paris, en outre vous n'auriez pas de voyage à payer.

— Assurément ce serait bien avantageux.

— A votre place, j'y penserais.

— Ce n'est pas tout de penser, il faut trouver.

— Voulez-vous que je cherche? peut-être trouverai-je moi.

— Ah! Monsieur le curé, je vous en bénirais toute ma vie.

— Voilà qui est convenu, marchons plus vite, avec mon bavar-dage je vous ferais manquer le train.

— Nous sommes arrivés, mais tout juste, il n'y a plus que trois minutes, je cours prendre mon billet; merci, Monsieur le curé, c'est Dieu qui vous a envoyé à mon secours.

— Au revoir, Louise; tous les jours à la Croix-d'Argent jusqu'à dix heures; bon voyage, mes enfants; Dieu te bénisse, Germaine.

— Dis merci, Monsieur le curé, fit la mère.

— Merci, répéta la petite.

— Merci, Monsieur, reprit la mère, il faut toujours dire Mon-sieur ou Madame.

Pendant cette leçon de civilité, M. Vidal retournait vers Ver-sailles, la canne sous le bras et occupé de chercher dans son bré-viaire l'office du jour pour le réciter.

— Ce soir j'irai voir Mme la supérieure, murmura-t-il entre ses dents, ces dames sont très au courant des affaires de la couture et je suis sûr, Dieu et sa charité aidant, que je trouverai mon affaire.

CHAPITRE III

Le Conseil de guerre.

Que ce soit dans la joie ou dans la douleur, dans le travail ou dans l'oisiveté, les jours s'écoulent rapidement sur cette terre où jamais le temps ne s'arrête.

Déjà trois mois s'étaient écoulés depuis la providentielle rencontre de Louise avec l'abbé Vidal et de sa première entrevue avec Vincent, et, comme cela arrive presque toujours, rien de ce que croyaient avoir prévu le prêtre et la femme du prisonnier ne s'était réalisé.

Le sergent de fédérés était encore en prison, attendant son jugement; le jeune missionnaire n'était pas parti.

Deux ou trois jours avant l'époque fixée pour la cérémonie touchante qui précède l'envoi des missionnaires à la partie de la vigne qu'ils auront à arroser de leurs sueurs et souvent de leur sang, l'abbé Louis s'était vu subitement arrêté par une de ces terribles maladies auxquelles ne prédisposent que trop les violentes émotions qui, dans les dernières convulsions de la Commune, avaient ébranlé son cerveau.

Ni la peur d'une mort sans cesse suspendue sur sa tête, ni les privations et les mauvais traitements subis dans les prisons de Mazas et de la Roquette n'avaient pu troubler la sérénité de sa belle

âme, mais l'assassinat des otages, l'incendie roulant sur Paris ses
vagues de flammes l'avaient fortement impressionné, et lorsque ses
nerfs, surexcités par tant d'émotions diverses, commencèrent à se
détendre, il se sentit peu à peu envahi par une faiblesse sans cesse
croissante qui, d'abord, ne causa pas de grandes inquiétudes, mais
bientôt à laquelle succéda une réaction violente, si violente que,
dès le troisième jour, le malade tomba dans le délire et que le médecin appelé au chevet du jeune missionnaire déclara que son état
lui inspirait les plus graves inquiétudes et qu'une fièvre typhoïde
allait éclater.

L'abbé Vidal fut atterré par cette nouvelle et, cette fois, Louise
devint à son tour sa providence. Personne mieux qu'elle ne s'entendait à soigner un malade, personne n'y apportait plus de dévouement.

Pendant plus d'un mois elle veilla au chevet du missionnaire, en
compagnie d'une Sœur de charité ; en vain, dans les premiers
temps, le bon curé essaya de l'en dissuader, lui répétant qu'elle se
fatiguait outre mesure, de se réserver pour la journée, ou tout au
moins de prendre quelques heures de repos. Elle ne voulut rien
entendre.

— La nuit, Germaine dort et n'a pas besoin de moi, lui répondit-elle, moi je fais les travaux de couture que vous m'avez procu-
rés et qui me permettent de vivre à Versailles, dans le voisinage
de mon mari ; si je suis lasse, rien n'empêche que je prenne quelques heures de repos pendant que ma fille est à l'école, puis nous
allons ensemble voir Vincent, si c'est jour de permission, ou nous
promener dans les allées du parc, afin de faire prendre l'air à ma
fillette.

Si peu égoïste qu'il fût, le curé de Mareuil se laissa persuader,
d'autant plus facilement que, dans l'impossibilité de passer longtemps hors de sa paroisse, il se sentait rassuré en pensant qu'aussitôt que son neveu entrerait en convalescence, rien n'empêcherait

que lui-même reprît le chemin du Périgord, pour n'en revenir qu'au dernier moment, c'est-à-dire à l'époque où le malade, revenu à la santé, pourrait, sans danger immédiat, partir pour son lointain voyage.

Louise, de son côté, était heureuse de pouvoir payer ainsi sa dette de reconnaissance envers l'excellent protecteur qui, après lui avoir obtenu la permission de visiter son mari, lui avait, chose assurément beaucoup plus difficile, trouvé à Versailles de l'ouvrage en quantité suffisante et assez bien payé pour lui permettre de se fixer dans cette ville avec sa fille, de s'y loger, d'y vivre et de pouvoir encore, à force d'économies, procurer quelques petites douceurs au prisonnier.

N'y eût-il pas eu toutes ces raisons, l'amitié seule que portait la jeune femme au missionnaire, qu'elle avait connu enfant, dont elle avait partagé les jeux, dans les prairies qu'arrose la Belle, et avec lequel elle s'était si souvent enfoncée dans les grandes ruines du vieux château, pour y cueillir des framboises ou dénicher des oiseaux parmi les pierres écroulées et moussues, aurait suffi pour lui rendre son dévouement facile.

La maladie fut ce que l'avait annoncé le docteur, des plus graves, mais même dans les accès d'un délire ardent, le jeune prêtre révélait sa belle âme par ses gestes et par ses paroles.

Il n'était pas de ceux que la mort peut surprendre le blasphème à la bouche, ses lèvres ne savaient que prier et bénir. Tantôt prenant ceux qui le soignaient pour les sauvages, dont la conversion faisait l'objet de toutes ses pensées, il leur adressait des discours enflammés, leur montrant le ciel et leur parlant de ses splendeurs. Tantôt se croyant encore au milieu des assassins des otages, il les suppliait de se contenter de sa vie, et offrait généreusement son sang pour sauver l'existence de ses compagnons.

Après l'accès, son teint enflammé prenait une teinte de marbre, ses yeux se fermaient, ses bras retombaient sans force; à peine, en approchant l'oreille de sa bouche entr'ouverte, pouvait-on saisir le bruit de son souffle, mais à l'expression de sa douce physionomie, éclairée par la foi, comme un vase d'albâtre par une lumière intérieure, on devinait qu'il priait et que son âme, affranchie à demi des liens de la matière, secouait ses blanches ailes pour prendre son essor vers le Dieu objet unique de son amour.

Pendant près de deux semaines, la lutte continua indécise entre la vie et la mort, puis, peu à peu, la vie reprit le dessus. La Providence, qui ne voulait pas rappeler au séjour des élus le vaillant ouvrier avant qu'il eut fécondé la vigne du Seigneur, étendit sa main sur lui, et un matin, en lui tâtant le pouls devant son oncle, muet dans sa douloureuse résignation, le médecin dit :

— A moins de complications que je ne prévois pas, M. Louis est sauvé.

Le vieux curé tomba à genoux et, d'une voix brisée par l'émotion, il récita le *Te Deum laudamus.*

— Oui, sauvé! répéta le docteur; cependant il pourrait y avoir encore une rechute, et dans tous les cas la convalescence sera longue.

Le missionnaire avait entendu; il rouvrit les yeux, sourit à ceux qui l'entouraient et, si faible qu'il pouvait à peine parler, il murmura :

— Docteur, croyez-vous que je puisse bientôt partir?

— Oui, pour l'autre monde, répondit celui-ci; mais comme un déserteur qui fuit devant l'ennemi, si vous ne voulez pas vous laisser soigner et obéir à mes prescriptions.

— J'obéirai, j'obéirai, fit-il, tout effrayé.

— Alors, je vous défends de parler de la Nouvelle-Calédonie, et même d'y penser.

— J'obéirai, répéta le malade.

— Vous avez été un peu dur, dit M. Vidal, en reconduisant le docteur.

— Que voulez-vous, répartit celui-ci; avec ces enragés du dévouement, il n'y a pas d'autre moyen pour les forcer à s'épargner,
que de les menacer de voir abréger les souffrances dont ils ont faim
et soif sur cette terre. Oh! je les connais, j'en ai vu un pareil en
Chine, où il avait la fièvre jaune.

— Dont il est mort?

— Du tout, il s'est guéri, parce que je lui dis que s'il ne s'ar-
rangeait pas de manière à en réchapper, il éviterait le supplice de
la cangue et celui des rotins.

L'abbé Louis avait sans doute non moins bonne volonté, car le
mieux persista.

Huit jours après, il commençait à prendre des aliments, et quinze
jours plus tard, à marcher.

Le curé Vidal, que ses devoirs de prêtre avaient rappelé à Mareuil, ne put s'empêcher de s'écrier, en lisant la lettre dans laquelle
Louise lui rendait compte des progrès de son neveu :

— Vous verrez que ce Louis aura encore assez de chance pour se
faire scalper vivant et dévorer par les anthropophages!

Dans la même lettre, sa protégée lui annonçait que le procès des
communeux venait de commencer; elle avait, disait-elle, assisté à
l'une des premières séances du Conseil de guerre, devant lequel
avaient comparu les principaux chefs, et en était sortie très-
abattue.

« Je n'aurais jamais cru, ajoutait-elle, en finissant, que la justice
pût être une chose si terrible; mais à présent, je ne vois que trop
combien vous aviez raison de me dire de trembler pour mon pauvre Vincent; les plus scélérats sont sans pitié pour leurs complices,
c'est à qui chargera le plus son voisin. Priez bien pour lui, monsieur le curé, et aussi pour moi et notre pauvre Germaine, nous en
avons bien besoin. »

Ce n'était pas la curiosité seule qui avait poussé Louise à assister
à quelques-unes des séances du Conseil. Vincent qui, dominé par

la mauvaise influence des bandits dont il partageait la captivité,
s'efforçait de se poser en face de sa femme en martyr de la liberté
et en citoyen héroïque, dont la chute du ciel n'eût pas un seul
instant troublé la sublime sérénité, n'en était pas moins dans
son for intérieur horriblément inquiet, et cherchait par tous les
moyens à se rassurer sur les suites redoutables du jugement qui
l'attendait.

Il est facile de dire qu'on est au-dessus de la crainte, qu'on ne
redoute ni la prison, ni le bagne, ni même l'échafaud; mais il est
difficile de pratiquer sincèrement cette doctrine du détachement
absolu, mensonge percé à jour toutes les fois qu'il n'est pas soutenu
par l'amour de Dieu ou tout au moins un de ces grands cœurs
qu'on rencontre plus facilement dans les vies de Plutarque, l'in-
venteur de tant de héros des âges anciens que dans la vie moderne
et réelle.

L'héroïque sergent de Flourens avait donc peur tout en feignant
d'être au-dessus de ce sentiment vulgaire, et ses compagnons de
l'Orangerie, tout aussi fanfarons que lui en paroles, n'étaient pas
moins effrayés. Ils n'en convenaient pas, au contraire; mais ils
tremblaient sous leur peau de lions, et l'angoisse morale à laquelle
ils étaient en proie transparait à travers leur masque de fausse bravoure.

Oh! combien peu y en avait-il alors parmi ces féroces hurleurs
de *Marseillaise* qui ne se mordissent les doigts de n'avoir pas pro-
fité à temps de ces bienheureux laissez-passer que les Prussiens
délivraient aux barrières et qui leur auraient permis d'aller demander
à la Suisse cet accueil fraternel qu'elle réserve à l'écume de tous les
peuples et profiter de cette tolérance qui, si bienveillante pour la
canaille, se change en odieuse persécution contre les prêtres et les
évêques. Mais il était trop tard, les infâmes Versaillais ne distri-
buaient pas de billets pour Bruxelles, Londres ou Genève, et la
première sortie devait conduire les soldats de la Commune de la
prison au banc des prévenus.

En pareille circonstance, il est facile de supposer avec quelle curiosité fébrile et quelle poignante inquiétude tous les accusés attendaient l'ouverture de ces assises, d'où dépendait leur sort, et combien ils étaient avides de détails sur lesquels ils pussent échafauder leurs espérances.

Partagée entre la crainte et l'espoir, Louise eût été certainement trop timide pour franchir d'elle-même le seuil de ce tribunal redoutable, si Vincent et ses co-détenus ne lui avaient demandé, non plus avec leur arrogance habituelle, mais presque à mains jointes, d'assister aux premières séances pour leur rapporter ce qui s'y passerait.

La pauvre femme prit donc son courage à deux mains et le matin du 7 août 1871, après avoir assisté à une messe dite à son intention par le missionnaire convalescent, elle s'était dirigée vers le manége.

Les portes étaient ouvertes au public, elle suivit la foule et entra.

La salle construite comme l'indique son nom pour servir d'école d'équitation est très-haute, très-large, très-longue et éclairée par dix fenêtres.

Dès les premiers pas, Louise s'aperçut qu'elle marchait dans le sable fin qu'on n'avait pas pris la peine de recouvrir d'un plancher.

D'abord elle ne vit rien, car la cohue était énorme, mais peu à peu les nouveaux arrivants la poussant devant eux, elle se trouva sans savoir trop comment à quelques pas seulement et en face de deux estrades superposées, garnies la première de pupitres en bois, la plus élevée de tables recouvertes de tapis verts.

L'ornementation de la salle était plus que simple, il consistait en un encadrement de serge verte plaquée au mur et sur le fond sombre duquel, au centre, à une hauteur de quelques mètres se détachait un crucifix de grande dimension, symbole de miséricorde mais en même temps de justice.

3.

Cette partie de la salle était vide encore, un seul officier de gendarmerie et quelques sentinelles occupaient l'espace réservé entre le public et les tribunes, d'autres sentinelles formaient cordon autour de la foule.

Un murmure confus remplissait l'enceinte, les parents ou les amis des accusés causaient à voix presque basse, les curieux et les indifférents se pressaient pour mieux voir les six gardes de Paris en nouvelle tenue appuyés sur leurs fusils aux pieds des gradins, ou la petite table couverte de képis brodés, de rosettes rouges, de brassards à franges d'or, d'insignes de franc-maçonnerie, de révolvers, d'épées de parade, de rubans de toutes couleurs, défroque d'un pouvoir aussi vaniteux que sanguinaire, dont les coryphées allaient enfin comparaître devant la justice pour y rendre compte de leurs crimes.

Soudain il se fit un grand mouvement, le lieutenant tira son sabre en criant : portez armes ! une porte s'ouvrit vers laquelle tous les yeux se tournèrent, et les juges, non pas en robes et en simarre, mais portant l'uniforme, s'avancèrent en grande tenue précédés par leur président, le colonel Martin, un homme d'âge mûr, au visage plus austère que martial et dont la physionomie respirait le calme et le recueillement.

Il y avait loin de ces hommes justes, mais sans parti pris, aux hommes de la commune que Louise avait vus siéger pendant l'émeute, assassins déguisés en juges pour assouvir leurs haines ou venger leurs injures personnelles, et la jeune femme respira plus à l'aise, car elle était sûre que le ressentiment n'entrerait pour rien dans les arrêts qui seraient rendus.

Presque au même moment une seconde porte donna passage aux accusés et défilant un à un devant le public, Ferré, Assi, Urbain, Grousset, Régère, Lullier, l'obèse Courbet et quelques autres vinrent prendre place sur les gradins disposés en arrière de leurs avocats et faisant pendant à la tribune des journalistes.

Si le public attendait les accusés, les accusés s'attendaient au public, et posaient pour lui, Ferré affectait une physionomie gouailleuse, Assi souriait agréablement, Régère croquait des pastilles, le beau Grousset, du bout de ses doigts gantés de frais, rajustait le nœud de sa cravate et relevait son col d'une blancheur immaculé.

Malgré cette préoccupation, ce groupe de malfaiteurs offrait une réunion de types tellement vulgaires, de physionomies si niaisement vaniteuses, que l'impression générale des spectateurs fut une immense déception.

— On voit mieux que cela sur les bancs de la correctionnelle, murmura un ouvrier à l'oreille de son voisin.

— Comment, ce sont ces gens-là qui ont fait trembler Paris, dit un autre.

Le fait est que rien n'était plus ridicule que ces grands citoyens posant devant le public et croyant, suivant une expression souvent répétée, faire grand.

De grand chez eux il n'y avait que le crime.

Si la vue des accusés avait fait sourire de pitié, l'audition de l'acte d'accusation dans lequel se déroulait la longue série de leurs forfaits ne pouvait qu'exciter l'indignation et l'horreur.

En l'écoutant, Louise tremblait de tous ses membres, jamais elle n'avait si bien compris que par ce réquisitoire écrasant, la part de responsabilité que Vincent avait assumée sur sa tête.

Quand il fut terminé, un avocat se leva et chercha à démontrer par des arguties que le conseil de guerre n'était pas compétent pour juger la cause.

Ces pitoyables arguments n'eurent et ne pouvaient avoir aucun effet, et le tribunal, après en avoir délibéré, suspendit la séance en décidant que le lendemain il serait procédé à l'audition des témoins.

Quand l'ouvrière ressortit, ses jambes refusaient de la porter ;

doublement épuisée par la chaleur et l'émotion, elle sentit que si elle essayait d'aller plus loin elle allait tomber, ses tempes bourdonnaient, une sueur froide ruisselait sur son front; au risque de passer pour folle elle s'assit au pied d'un arbre et cachant sa tête sous son tablier se mit à pleurer.

Ses larmes la soulagèrent.

Une jeune fille passait par là, une ouvrière, son panier au bras, revenant de son ouvrage; elle s'approcha de la pauvre affligée et, avec un accent qui naît de la commisération et que ne donne pas la curiosité, elle s'enquit de la cause de son chagrin.

A ses questions, Louise répondit par des demi-confidences, avouant que la fatigue et les émotions de cette longue séance l'avaient brisée.

— Aviez-vous parmi les accusés quelque parent ou quelque ami, demanda la charitable ouvrière.

— Non, personne, dieu merci, répondit la jeune femme en rougissant.

— Tant mieux, vous n'en seriez que plus à plaindre et voilà tout, répondit sa consolatrice.

Louise eut presque un remords de ce qu'elle était tentée d'appeler intérieurement un mensonge, mais il était trop tard pour revenir sur ce qu'elle avait dit, et se relevant elle s'essuya les yeux et essaya de marcher.

— Dieu de bonté! que vous avez l'air fatigué, fit son interlocutrice sans remarquer son embarras, de quel côté demeurez-vous?

— Tout auprès de l'église Saint-Louis.

— Voilà qui tombe bien, je vais justement de ce côté et je vous accompagnerai.

— Y demeurez-vous aussi?

— Mes parents sont à l'extrémité de la ville, mais je vais faire une commission, appuyez-vous sur mon bras; fatiguée et impressionnable comme vous êtes, vous ne devriez pas assister à ces séances de la justice.

— Je n'avais jamais vu de conseil de guerre et la curiosité m'a poussée, je n'aurais pas cru que ce spectacle me produirait un pareil effet; je suis certaine que bonne comme vous êtes....

— Oh! quant à moi je puis vous affirmer que le sort de ces scélérats ne me toucherait pas le moins du monde; ces brigands! ils ont tué un de mes cousins, sans compter tous les otages, tous les gendarmes, tous les soldats qu'ils ont assassinés, jamais on ne les punira assez.

— Il y en a parmi eux qui se sont laissés entraîner et qui peut-être..... .

— Oh! laissez donc! ces agneaux égarés sont tout aussi coupables que les autres pour la plupart, et le plus innocent de la bande n'échapperait pas à l'échafaud ou tout au moins au bagne si la justice était juste.

Personne qui ait pitié d'eux, même parmi les meilleurs, pensa la femme de Vincent et son cœur se serra de nouveau.

Heureusement son accompagnatrice était aussi expansive que bonne et elle se mit à raconter avec tant de détails l'histoire du cousin tué par les émeutiers, qu'elles arrivèrent devant la porte de l'église sans que Louise eût pu même, quand elle l'aurait voulu, trouver à placer un mot.

— Ah! mon dieu, moi qui ai dépassé ma rue, s'écria la jeune fille en reconnaissant le porche de l'église, je ne croyais pas être si loin, et il faut que je retourne en arrière.

— Je suis vraiment désolée de vous avoir ainsi fait perdre votre temps.

— Mais non, pas le moins du monde, je ne suis pas pressée et je vous accompagnerai jusqu'à votre porte.

— La voici, fit l'ouvrière en montrant l'église.

— Votre porte à vous?

— Comme à tout le monde, mais en ce moment puisque j'en suis si près j'en profiterai pour y entrer et me reposer un peu en priant.

Les deux femmes se séparèrent en se serrant la main avec une mutuelle affection et l'obligée, demeurée seule loin des regards des hommes, sous l'œil de Dieu seul et au pied de ses autels, put enfin répandre dans cet oasis de recueillement et de paix ses larmes avec ses prières.

Là seulement elle trouvait de véritables consolations à ses peines.

Elle pria longtemps, puis fortifiée par cette rosée céleste qui semble tomber du haut des voûtes sur les cœurs les plus desséchés, comme une rosée céleste, elle rentra dans sa petite chambre ramenant avec elle Germaine qui chaque soir à cette heure sortait de l'école.

Le lendemain la mère et l'enfant se rendirent de meilleure heure que d'habitude à l'Orangerie, dont les abords étaient envahis par une foule de femmes venues de Paris pour visiter les prisonniers. Quelques-unes, qui ne s'étaient pas munies de permissions, pleuraient à chaudes larmes; d'autres essayaient de vaincre la résistance des soldats à force de prières et de supplications.

Louise eut bien de la peine à se faire jour à travers ce flot pressé de visiteuses; quand elle arriva à la prison, Vincent et ses codétenus attendaient impatiemment des nouvelles.

Malgré leurs forfanteries il était facile de deviner que l'inquiétude les dévorait; ils accueillirent avec des plaisanteries forcées le récit qui leur fut fait.

Peut-être chez quelques-uns d'entre eux y avait-il au fond du cœur un vague espoir que la justice, effrayée par le nombre des coupables, n'oserait pas sévir.

Ce jour-là Vincent n'insista pourtant pas pour que sa femme retournât au conseil, par un reste de pudeur il ne se souciait pas qu'elle assistât à la déposition accablante des victimes échappées aux fureurs de ses anciens chefs.

Louise qui avait du travail en retard profita de sa journée pour regagner le temps et l'argent perdu ; quand, pour nourrir deux personnes et fournir du tabac à une troisième, on ne possède que ses doigts et son aiguille, chaque heure a une valeur que les oisifs ne soupçonnent pas.

Le surlendemain elle allait pourtant y retourner, pensant que le jugement serait peut-être rendu ce jour-là, mais l'abbé Louis, dont elle alla prendre des nouvelles, l'en dissuada en lui disant que l'audition des témoins durerait longtemps encore et qu'elle serait tout aussi avancée en lisant le compte rendu des débats dans un journal qu'il lui prêterait.

On était au 22 août et le procès traînait depuis plusieurs semaines, quand la femme du prisonnier se décida à braver de nouveau les fatigues et les douleurs d'une seconde séance pour entendre le réquisitoire du commissaire du gouvernement.

C'était toujours la même foule, la même mise en scène, mais plus les mêmes physionomies, les accusés avaient cessé de poser pour le public ; sombres, la tête basse, le teint terreux, les paupières rougies par l'insomnie, ils n'avaient plus la force de se commander à eux-mêmes et, accablés sous le poids de dépositions terribles, ils semblaient ne songer qu'à se soustraire aux regards du commandant Gavaut qui, sec, froid, impassible, dédaignant les artifices de l'éloquence, mais procédant avec une inexorable méthode, lisait d'une voix claire et vibrante des documents signés quand ils n'avaient pas été écrits tout entiers par les accusés, confessions involontaires et horribles, réquisitions de pétrole, ordres d'incendier ou de fusiller, révélations inattendues qui faisaient frémir l'auditoire et perler sur le front des scélérats une sueur visqueuse et glacée.

Tant de féroces monstruosités dépassaient les bornes du possible ;

ce ne pouvait être que le rêve d'une imagination exaltée.

Louise, confondue, écoutait sans comprendre, comprenait sans croire.

Tout-à-coup un avocat se leva.

— Je réclame, dit-il, contre la lecture des pièces qui ne nous ont pas été commuiquées.

C'était dire qu'il les croyait fausses.

— Vous n'aviez qu'à les lire dans le journal officiel de la Commune, répondit le commandant de sa voix stridente; c'est là que je les ai prises.

Ce fut un coup de massue.

Cette fois, Louise n'attendit pas les conclusions du terrible commissaire, elle sortit, ou plutôt elle s'enfuit épouvantée. Il fallut toute l'éloquence persuasive du jeune missionnaire pour la rassurer un peu, car, après ce qu'elle avait entendu, elle croyait que pas un seul prisonnier n'échapperait à l'échafaud.

Le lendemain, quand elle se rendit à l'Orangerie, les prisonniers connaissaient déjà le réquisitoire, et paraissaient attérés. Jamais ils n'auraient supposé que la société, qu'ils avaient mise en péril, osât les frapper sévèrement après les avoir vaincus, et ils comprenaient tardivement que la grandeur de leurs crimes ne servirait pas, ainsi qu'ils l'avaient espéré, à les abriter contre le châtiment.

Vincent, surtout, était particulièrement affaissé et ne cherchait plus à dissimuler les craintes et les remords qui le bourrelaient.

Sa jactance avait complétement disparu, faisant place à la prostration, et il se trouvait momentanément au moins dans le même état qu'un ivrogne qui, excité par le vin et devenu furieux, finit par s'endormir d'un sommeil de plomb, et ne sort de son sommeil que brisé par la fatigue, honteux et plein de dégoût pour sa propre personne.

Louise n'eut pas de peine à s'apercevoir de ce changement; il lui serra la main avec une affection à laquelle elle n'était plus accoutumée, et de grosses larmes tombèrent de ses yeux quand, à travers les barreaux, il embrassa sa fille.

Ce jour-là, il ne parla ni de vengeance, ni de projets, il se contenta de s'enquérir du sort que, dans le public, on croyait réservé aux chefs de la Commune et, après eux, à leurs soldats. Il remercia sa femme des attentions qu'elle avait pour lui et, n'osant encore nommer devant ses compagnons ni un prêtre ni un missionnaire, la chargea, d'une manière générale, de témoigner sa reconnaissance aux personnes qui voulaient bien s'intéresser à son triste sort.

Louise se retira, elle aussi, plus émue que jamais; évidemment un grand travail s'opérait dans son mari, et c'était au moment où il revenait vers le bien qu'elle allait peut-être s'en voir séparée pour toujours.

Les journées qui suivirent ne furent pas de nature à relever le courage des prisonniers.

Ils s'attendaient à ce que leurs chefs étonnassent le monde par leur fermeté républicaine et la grandeur de leur caractère; tous, jusqu'au dernier, se montrèrent d'une lâcheté honteuse, s'excusant de toutes leurs forces, en balbutiant d'invraisemblables mensonges et, au lieu de se draper fièrement dans la responsabilité de leurs actes, cherchant à s'annihiler en se représentant comme des esprits faibles, ayant agi sans discernement, et en rejetant leurs fautes sur leurs voisins.

Les déclamations ampoulées des avocats n'effacèrent en rien le déplorable effet produit par tant de couardise.

Enfin, le 2 décembre, à six heures et demie du soir, la première sentence fut prononcée.

Deux des accusés seulement étaient condamnés à la peine de mort, deux aux travaux forcés à perpétuité, les autres à la déportation ou simplement à la prison.

Personne ne s'attendait plus à autant de clémence; elle rendit l'espérance aux prisonniers : à quelques-uns même leur forfanterie première.

Ce fut donc, la tête haute et le geste provocateur que, le lendemain, Victoire sortit de sa cellule, avec une demi-douzaine d'autres pétroleuses, pour comparaître devant le Conseil de guerre.

— Vive la Commune! hurla un vieux forçat, au moment où elles parurent devant la loge des dangereux.

— La Commune et le pétrole! riposta Victoire, d'une voix insolente.

— Elle ferait mieux d'attendre après le jugement, remarqua Vincent.

— Il faut, au contraire, que ces citoyennes montrent aux bourreaux du peuple comment savent mourir des femmes républicaines, riposta un ex-capitaine, que le général Cluseret avait voulu, un jour de bon sens, faire fusiller, parce qu'il s'était enfui abandonnant ses soldats.

Le général se montra pourtant indulgent; il fit bien, car, deux jours après, il fuyait, avec non moins de précipitation que son subordonné, mais en voiture découverte, sans doute par respect pour les priviléges de la hiérarchie.

— Peuh! elles en auront pour trois mois, comme moi, la première fois que j'empruntai une paire de souliers à un étalage, s'écria un voyou; trois mois pour la flambaison de l'Hôtel-de-Ville, c'est pour rien, 500 francs pour le renversement de la colonne; allons, le Code s'adoucit : il y a progrès.

— Malheureusement, il y a la prévention, reprit le cheval de retour; voilà pas mal longtemps que ces gueux de Versaillais nous font pourrir sur la paille, et je ne vois pas qu'il soit question de nous faire comparaître encore devant le tribunal. Mort et sang! il en serait cependant bien temps.

— Tu trouves, camarade? ricana un voleur, que la Commune, reconnaissante, avait fait caissier aux finances.

— Un peu, que je le trouve, riposta le forçat mécontent, en accompagnant sa réponse d'une formidable bordée de jurons.

— Eh bien ! tu as tort.

— Non, je ne n'ai pas tort.

— Parfaitement tort, au contraire.

— Non, non, il a raison, crièrent plusieurs voix ; nous avons droit à être jugés.

— Oui, chacun à notre tour. Or, nous sommes quarante mille ou environ dans les cachots, et au train dont marchent les juges, en procédant par fournées de quarante, la dernière passera dans quatre-vingt-onze ans et six mois.

— Quand je disais qu'ils veulent nous faire tous mourir ici, les brigands ! rugit le prisonnier impatient. Ah ! si je les tenais, je leur arracherais le cœur et.....

Il fit le geste de le déchirer avec les dents.

Le soir, les citoyennes repassèrent, conduites par les gendarmes ; les prisonniers attendaient leur retour pour les interpeller ; mais les gendarmes ayant fait faire, à dessein, un détour aux pétroleuses, elles se trouvèrent hors de portée de la voix.

— Ce sera pour demain, mes agneaux, s'écria le voyou ; d'après le compte du notaire, elles en ont pour six mois de promenade, soir et matin.

Et, s'accrochant à la barrière, il glapit, de sa voix grêle et aiguë, un cri de : Vive la Commune ! qui demeura sans réponse.

Le lendemain matin, il était à son poste pour les interpeller au passage ; l'entrée d'une escouade de gendarmes et de sergents de ville, qui venaient chercher un certain nombre de détenus, dont le juge d'instruction n'avait pas encore complété les dossiers, l'empêcha de mettre son projet à exécution.

Le soir, il eut beau faire le guet, les femmes ne revinrent pas, et de nouveaux prisonniers prirent leur place dans leur cellule demeurée vide.

— Tiens ! fit le pupille de la Commune, déjà envolées, les tourterelles ; faut croire qu'avec ses yeux noirs, la commandante Victoire aura ensorcelé les grosses épaulettes.

Cette saillie mit en belle humeur les prisonniers, qui firent pleuvoir de grossiers lazzis sur les officiers du Conseil de guerre : les capitulards, les traîtres de Sédan, les égorgeurs du peuple et autres épithètes malséantes et orduriéres qui font partie du bagage littéraire de tout démocrate digne de ce nom.

Depuis que la mansuétude inattendue du 3me Conseil de guerre avait relevé leurs espérances, les dangereux étaient redevenus insolents, et Vincent, toujours aussi faible, se courbant de nouveau sous un joug qu'au fond il trouvait odieux, faisait chorus avec les plus exaltés, dans la crainte de passer, aux yeux de ses anciens amis, pour un clérical et un poltron.

Assis, en ce moment, sur quelques poignées de paille, il affectait une gaieté et une quiétude qu'assurément il n'éprouvait pas, quand un des détenus lui cria, de la barrière :

— Ohé ! citoyen Vincent, voici ta citoyenne qui arrive de confesse et te rapporte un sermon du Révérend Père ; elle va te servir cela tout chaud pour ton déjeûner. Elle a l'air confite en dévotion comme ces nonnes de la rue Saint-Germain, qui récitaient leurs patenôtres, en baissant les yeux, quand nous leur chantions aux oreilles des chansons auxquelles n'étaient pas accoutumés les murs de leur couvent.

— Si ma femme a des torts, c'est moi que cela regarde, répartit le prisonnier, piqué au vif par cette plaisanterie.

Et, comme si la pauvre Louise eût été coupable de cette grossièreté du communard, il s'avança, le sourcil froncé, décidé à la recevoir durement.

— Que te faut-il encore, avec tes airs lamentables? lui demanda-t-il, avec brusquerie.

Elle sourit si tristement, que son sourire fendait le cœur, et répondit :

— Je t'apporte un peu de tabac, de la part de M. Louis, et viens te dire que, probablement avant peu de jours, tu comparaîtras devant.....

— Qui te l'a dit?

— Quelqu'un qui s'intéresse à toi et qui le sait.

— Lui seul ou nous tous? demanda un prisonnier.

— Toute la catégorie des.....

Elle hésita.

— Des dangereux, pas vrai? ricana le forçat. Oh! vous pouvez dire le mot, allez, nos oreilles ne s'écorchent pas pour si peu. Les citoyennes ont donc déjà passé?

— Oui, hier soir; vous ne le saviez pas?

— On a oublié de nous porter nos journaux ce matin, cria le voyou, en allongeant sa figure de fouine à travers les jambes de ses compagnons; mais, c'est égal, nous l'avions deviné en voyant la cage vidée.

— Sur les sept, combien de condamnées? fit Vincent, avec un sourire de bravade.

— Toutes, dit gravement Louise.

— Quinze jours de prison au maximum et les frais, pas vrai, la mère?

L'ouvrière demeura sérieuse

— Combien à mort? fit le forçat, continuant la plaisanterie.

— Quatre! répondit Louise.

— Quatre à mort! Tu plaisantes? s'exclama Vincent, dont le visage prit une teinte plombée

— Je ne plaisante jamais avec l'échafaud

— Leurs noms, leurs noms? rugit une voix anxieuse.

— Rétiffe, Marchais, Suelens, et... Victoire.

L'homme à la question poussa un hurlement de bête fauve et, proférant un épouvantable blasphême, se rua, la tête en avant, contre la muraille.

On entendit un coup sourd, comme celui d'un bélier lancé avec force et, aussitôt après, la chute d'un corps sur la terre.

— Mon Dieu, il se sera tué! s'écria Louise.

Le forçat haussa les épaules.

— Il a la tête plus solide que le cœur, fit-il, sans même se détourner.

Les autres paraissaient consternés.

Sur sept pétroleuses, quatre condamnées à mort, trois à la déportation, il y avait là de quoi faire réfléchir ceux qui allaient leur succéder sur le banc des accusés.

A partir de ce jour, les physionomies s'assombrirent de plus en plus, le désespoir, les sourdes colères, l'abattement, les regrets et les remords se partagèrent l'âme des prisonniers.

Les uns devinrent pires, les autres meilleurs; mais, désormais, une seule pensée pesa de tout son poids sur les prisonniers : l'attente du jugement.

Pour Vincent, cette attente ne fut pas longue.

CHAPITRE IV

Le Jugement.

Le 11 septembre, à cinq heures du matin, une ouvrière qui, pendant toute la nuit, avait travaillé auprès du petit lit dans lequel dormait une pâle et frêle, mais charmante enfant, se leva de sa chaise, les yeux rougis par les larmes et par l'insomnie, plia soigneusement les linges fins qu'elle ourlait, souffla sa lampe et, après une courte prière, sortit doucement de sa mansarde et alla frapper à la porte du réduit voisin.

— Est-ce vous, Louise? demanda une voix de femme.

— C'est moi, madame Planchon.

— Quelle heure est-il?

— Cinq heures viennent de sonner.

— Et vous sortez déjà?

— C'est pour six heures et demie.

— Que Dieu vous assiste, pauvre dame; Germaine est-elle éveillée?

— Non, elle dort, la chère petite; j'ai laissé son déjeûner sur la table : un petit pain et du café au lait; si vous voulez bien, à huit heures.....

— Ne craignez rien, je m'en charge; elle s'amusera avec Noémie, je vous promets de ne pas la perdre de vue.

— Dieu vous récompense de votre charité, madame; quant à moi.....

— Il n'y a pas de reconnaissance à avoir; j'aurais fait cela pour la première venue, qui se serait trouvée dans votre position; mais, pour vous, je voudrais pouvoir en faire dix fois davantage.

— Vous êtes trop bonne pour moi.

— Allons donc! Est-ce que vous ne l'avez pas été, vous, la première, en passant une partie de vos nuits, quand Noémie a été malade. Attendez une minute, je me lève.

— Ne vous dérangez pas.

— C'est mon heure, et il faut que je range ma chambre avant de me mettre au travail.

Presque au même moment, la porte s'ouvrit

Les deux femmes causèrent un court instant, puis se séparèrent.

Louise rentra dans sa chambrette, s'approcha du lit de sa fille, et la baisa au front.

L'enfant dormait; sans se réveiller, elle ouvrit les bras et en fit un collier à sa mère.

Il fallut que l'ouvrière détachât les petites mains de Germaine, qui se laissa faire en souriant, les yeux fermés.

— Pauvre chérie, murmura Louise, en essuyant une larme et, le cœur gros, elle s'éloigna, la regardant toujours; puis, arrivée à la porte, la ferma sans bruit et descendit rapidement l'escalier.

Cinq heures et quart sonnaient à l'horloge de la cour de marbre; l'ouvrière jeta son châle sur sa tête en guise de capuchon et, d'un pas rapide, se dirigea vers l'église Saint-Louis.

A cette heure matinale, quelques religieuses priaient déjà dans l'église; les cierges n'étaient pas encore allumés, mais un clerc se tenait sur les marches de l'autel, à quelques pas d'un ecclésiastique qui allait célébrer la messe.

Sur un signe de la nouvelle arrivante, il toucha l'épaule de l'abbé, qui se retira après une profonde inclination, pour se rendre à la sacristie, pendant que le clerc faisait les derniers préparatifs.

Un moment après, le prêtre monta à l'autel.

C'était un tout jeune homme, amaigri par la maladie, dont on lisait les ravages sur son visage, d'une pâleur de cire, mais dont les yeux bleus respiraient l'ardeur de la foi et de la charité.

— Malade comme il est, quelle imprudence ! murmura une vieille dame à l'oreille de sa voisine.

— Ces apôtres ne doutent de rien, répondit l'autre, sur le même ton ; il serait bien à désirer que son oncle pût revenir.

Et comme, d'une voix émue et profonde, le prêtre commençait à réciter le psaume par lequel le célébrant se prépare à gravir les premières marches du Calvaire, elles s'agenouillèrent en faisant un signe de croix.

Ce jour-là, l'abbé Louis avait voulu dire la messe à l'intention de la protégée de son oncle, afin de demander à Dieu pour elle les forces qui lui seraient nécessaires pour charger sur ses épaules la lourde croix de la résignation.

L'ouvrière ne songeait qu'à sa fille et à son mari, et priait de toute l'énergie de son cœur de femme et de mère.

Cependant, quoiqu'elle eût beaucoup à demander, elle se releva au dernier évangile, fit un signe de croix et sortit précipitamment.

Six heures allaient sonner.

C'était presque l'heure indiquée pour l'ouverture des débats.

Deux jours auparavant, les accusés en avaient été prévenus par leurs avocats, et la veille, la grille de l'Orangerie avait été littéralement assiégée, tout le jour, par des mères, des femmes, des enfants et des parents qui venaient encourager les malheureux, relever leur moral, leur adresser des consolations, et quelques-uns qui ne se sentaient pas le courage de partager leur exil ou leur prison, qui,

4

même souvent, ne le pouvaient pas, leur faire un dernier et douloureux adieu.

Encore quelques heures, et leur sort allait se décider.

Il semble que cette journée eût dû être triste et sombre pour se mettre en harmonie avec tant d'angoisses, et un peintre ou un romancier n'auraient pas manqué d'encadrer ce drame dans un brouillard gris et opaque, jetant comme un voile funèbre autour du temple de la justice.

Jamais, tout au contraire, le ciel n'avait été plus pur, pas un nuage ne flottait dans son azur profond; le soleil caressait de ses premiers rayons la majestueuse façade du palais, d'où se détachaient, sur un fond rose, les fines sculptures baignées de lumière; les canons, accroupis dans la cour de marbre, reluisaient autour des statues, dont les grandes ombres s'emportaient sur le pavé en mosaïque, et les oiseaux, secouant leurs plumes sous la voûte verte des ormeaux courbés en ogive au-dessus de l'avenue qui longe la rue Colbert, gazouillaient à pleine gorge, en allongeant la tête pour regarder les recrues nouvellement arrivées au corps.

L'air était rempli du bruit saccadé des commandements, des roulements des tambours, des sonneries des clairons; les cantinières dressaient en plein vent leurs tentes légères, ou se contentaient d'étaler, sur les bancs de pierre, verres et bouteilles, au cliquetis joyeux.

Partout régnait l'activité, le mouvement, on pourrait presque dire la gaieté.

Louise, qui portait le deuil dans son cœur, passa sans rien voi

Aux abords du manége, la scène changeait et devenait plus sévère, des sentinelles silencieuses se promenaient, l'arme au bras, devant les fusils en faisceau; en arrière, deux compagnies formaient, de chaque côté de la porte, un groupe sévère, sous la surveillance de leurs officiers.

A l'extrémité de chaque avenue, scintillaient les baïonnettes : tout était gardé.

Le cœur de l'ouvrière se serra et ce fut presque avec tremblement qu'elle franchit le seuil fatal.

La salle était à peu près vide; dans le fond, deux ou trois avocats, causant au banc de la défense, cinq ou six journalistes, assis à leurs pupitres, des gendarmes, en petite tenue, accoudés à la balustrade; sur les gradins, quelques ouvriers, entrés par curiosité, en se rendant à leurs chantiers, une jeune femme, en noir, tenant entre ses deux mains son visage d'une pâleur mate, un vieillard, dont la physionomie portait la trace d'une violente douleur, quelques femmes avides d'émotion, et qui, en attendant l'entrée de la Cour, déjeûnaient, en bavardant à demi-voix, et aux places réservées, vingt personnes au plus.

Louise savait parfaitement où se plaçaient les accusés et hésita un moment si elle irait se placer au premier rang, de manière à en être le plus près possible, mais elle craignit de troubler Vincent et choisit une place d'où elle pourrait facilement le voir sans se faire remarquer.

Peu à peu la salle se remplissait, l'horloge allait sonner six heures et demie.

Il n'y avait plus que deux ou trois minutes avant l'heure fixée, lorsqu'un bruit soudain de pas et de crosses de fusils, retombant sur le plancher d'une salle voisine, fit tressaillir l'ouvrière, et presque au même moment, de l'autre côté, par la grande porte cochère, entra une compagnie de soldats qui, commandée par un officier, en grande tenue, alla se placer au pied de l'estrade.

Il se fit aussitôt, dans la grande salle, un silence profond, et chacun attendit avec respect que le tribunal entrât en séance.

Au milieu de ce recueillement solennel, le premier coup de six heures retentit comme un glas funèbre.

Au même instant, les deux portes du fond s'ouvrirent.

—: Le Conseil! cria l'huissier; chapeaux bas!

— Portez armes! présentez armes! commanda l'officier, en tirant son épée.

Et les juges, en grande tenue, s'assirent, en demi-cercle, autour des tables couvertes du tapis vert, pendant que les accusés défilaient devant le public, pour aller s'encadrer chacun entre deux gendarmes sur les gradins qui leur étaient destinés.

Louise regarda Vincent; le malheureux baissait la tête comme s'il eût été ébloui par la lumière; son linge était blanc; ses cheveux peignés et ses habits décents, mais son visage amaigri portait les traces du long emprisonnement qu'il venait de subir, et la couleur noire de sa barbe qu'il avait forcément laissé pousser, faute de pouvoir se procurer un rasoir, faisait ressortir la pâleur grisâtre de son teint.

Près de lui, à gauche, la chevelure inculte, l'œil insolent et cynique, vêtu de lambeaux et tortillant entre ses mains caleuses un vieux képi de fédéré, Machefer, le forçat en rupture de ban, grimaçait un sourire impudent.

A droite, un affreux gavroche, roux et louche, le front bas, le regard faux et méchant, étalait avec orgueil ses guenilles de pupille de la République.

Plus haut, presque au sommet des gradins et aussi carrément assis que lorsqu'il siégeait au haut de la montagne, dans son club des Folies-Belleville, Louise reconnut, du premier coup d'œil, le célèbre orateur, Paul Beslier, plumassier de son état, mais professeur de barricades par vocation, et l'un de ceux qui, par leurs mauvais conseils, avaient le plus contribué à pervertir le pauvre Vincent.

Comme figure, c'était le type complet du forçat, large visage, pommettes saillantes, teint violent à reflets rouge brique, petit œil gris, brillant d'un éclat phosphorescent sous d'épais sourcils qui, en se touchant, cachaient le bas d'un nez épaté et vulgaire, la mâchoire puissante d'un animal féroce, hérissée de poils gris, rares et rudes, et les cheveux ras comme ceux d'un galérien.

Aucun des autres, ils étaient vingt ou à peu près, ne méritait d'attirer l'attention. Têtes sans relief, profils vulgaires, masques pétris par le vice et la débauche, types ramassés dans le ruisseau, physionomies empreintes d'une bestialité féroce; le seul sentiment qu'ils pussent inspirer était un mélange confus d'horreur et de dégoût.

Ils étaient pour la plupart sortis des égoûts, dans lesquels ils grouillaient, pour s'emparer du pouvoir, après le 4 septembre, et s'étaient rués à la curée chaude de la France blessée à mort; puis, gorgés, mais non repus, ils avaient commencé à se battre entre eux et se déchirer, au moment que la chute de la Commune les fit rentrer dans la boue, où l'armée cueillit, pour le bagne, ceux qui surnageaient.

Un capitaine de la ligne, faisant fonction de procureur de la République, se leva et prit sur sa table un volumineux cahier.

Le silence redoubla.

D'une voix claire et nette, comme celle du commandement, le capitaine commença sa lecture et fit d'abord, en quelques pages, le tableau général de l'insurrection de la Commune; sobre de couleurs et ne visant aucunement à l'effet, cette peinture était pourtant saisissante par la brève précision des faits.

Si Louise n'avait pas déjà été éclairée par les entretiens de M. Vidal et de l'abbé Louis, elle aurait appris en ce moment combien plus coupable qu'elle ne le pensait était Vincent, se laissant entraîner à servir de complice et de soldat à ces organisateurs de la révolte et du crime.

Pendant cette lecture, Vincent continuait à tenir la tête baissée, Machefer à sourire, le gavroche s'étirait les bras en bâillant. Les autres demeuraient plongés dans un stupide abattement ou promenaient sur le public leur regard hébété, comme si l'acte d'accusation ne les regardait en rien.

4.

Bientôt la scène changea, et forcément chaque accusé devint attentif à son tour.

Abandonnant les généralités, le capitaine Martineau prit à partie chacun des accusés, faisant à tous leur part de responsabilité, et mettant en relief le rôle joué par eux dans ces saturnales d'une orgie anti-patriotique.

Machefer méritait une mention particulière : elle lui fut faite de main de maître, si bien faite que le vieux bandit secoua deux ou trois fois les oreilles comme si le capitaine les lui eût cinglées d'un coup de fouet. Aussitôt, il est vrai, il essayait de reprendre son ricanement, mais sa rage intérieure se trahissait malgré lui par des mouvements nerveux, et ses mâchoires se contractaient avec rage comme celles d'un loup blessé par un épieu et qui essaie de le briser avec ses dents.

Paul Beslier vint ensuite.

A l'audition de son nom, il releva fièrement la tête, comme pour se poser en martyr de la liberté, et mit la main sur son cœur, mais cette hypocrite fanfaronnade ne fit qu'attirer sur lui l'attention générale et exciter des rires de mépris, accompagnés de murmures, lorsque le capitaine, fouillant dans le passé de cet homme intègre, en exhiba cinq ou six condamnations pour vol, escroquerie et autres actions encore moins honorables, auxquelles le réformateur de la société et le défenseur des droits du peuple devait une demi-douzaine d'années de prison, tant en France qu'en Italie.

A cette révélation inattendue, Vincent, relevant vivement la tête, se tourna vers son noble ami, pensant qu'il allait réfuter avec énergie un aussi odieux mensonge; mais celui-ci se contentait de garder sa pose de martyr résigné et ne paraissait nullement tenté de laver la tache faite à son honneur.

Ce fut alors qu'éclatèrent les rires et les murmures aussitôt sévèrement réprimés par le président.

Le capitaine continua et, passant aux faits relatifs à la Commune, prouva, pièces en mains, que, non-seulement l'incorruptible citoyen avait pris part à toutes les violences du monstrueux gouvernement, mais que même, tout en le servant avec amour, il l'avait volé, lui aussi, et si bien bien volé qu'Assi, le célèbre Assi, avait, dans les derniers jours de sa puissance éphémère, signé l'ordre de l'arrêter comme voleur pris sur le fait.

Cette fois, Beslier réclama.

— Ne m'interrompez pas, fit le capitaine; voici la pièce originale et j'ai là les preuves de votre culpabilité; vous les discuterez plus tard.

Et il montra l'autographe compromettant.

Comment cette pièce et tant d'autres pouvait-elle avoir été recueillie et être tombée entre les mains de la justice : l'accusé ne la demanda pas et baissa la tête.

Le forçat haussa les épaules, en regardant Vincent.

Celui-ci était consterné.

Le capitaine poursuivit sa lecture; c'était toujours la même honorabilité de la part des patriotes, forçats en rupture de ban, voleurs émérites, escrocs, débauchés, ivrognes, imbéciles, la collection était complète; mais le public, déjà blasé sur les mérites de cette tourbe immonde de prétendus défenseurs de la patrie, ne témoignait aucun étonnement et se contentait de sourire de pitié à la révélation de toutes ces infamies, lorsqu'un incident inattendu vint réveiller les auditeurs de la torpeur à laquelle ils s'abandonnaient.

Il était alors question d'un Polonais à longues moustaches et à patriotisme ardent qui, après avoir pris part aux glorieuses expéditions de l'illustre Garibaldi, contre les jésuites et les religieuses, était venu mettre son cœur et son épée au service de la Commune. Porteur d'un nom illustre et descendant, disait-il, des anciens rois de Pologne, ce héros de l'indépendance avait, grâce à ses dorures, ses belles manières, ses grands airs, son grand plumet et ses bottes

molles, fait la conquête d'une riche et sensible patriote, libre-pen-
seuse, qui l'avait épousé civilement devant le citoyen maire Mottu,
l'expulseur des religieuses des écoles chrétiennes de son arrondisse-
ment.

C'était elle, qu'en entrant dans la salle, Louise avait remarquée,
vêtue de deuil et si pâle, le front dans ses deux mains; au nom de
son époux; si injustement confondu avec de vulgaires soldats de la
République, elle s'était relevée, droite et superbe, enveloppant tous
les juges d'un regard chargée de mépris.

Évidemment un orage se préparait.

Les premiers mots du capitaine la fit éclater

— Le sieur Psélensky, dit-il, plus connu sous le faux nom
de.....

Les yeux de la jeune femme lancèrent des éclairs, cependant elle
se contint encore.

— Lui aussi, poursuivit l'impitoyable lecteur, possède de déplorables antécédents, paresseux et débauché, il a abandonné à Bor-
deaux sa femme et deux enfants dans la misère pour.....

— C'est faux et infâme! rugit la jeune femme en deuil, c'est
moi qui suis sa femme et il ne m'a point abandonnée.

Il y eut dans l'auditoire un murmure d'étonnement; les gendarmes s'avancèrent pour expulser l'interruptrice.

Le capitaine dit quelques mots au président.

— Laissez cette femme, reprit celui-ci, en s'adressant aux gendarmes; j'espère qu'elle n'interrompra plus.

Le lecteur continua :

« Pour venir à Paris où, à l'aide de faux papiers, il parvint à
tromper une famille et à se faire accorder la main.....

— Dis donc qu'ils mentent, que c'est faux, s'écria la jeune
femme, désespérée.

L'ex-major garibaldien ne répondit pas et se contenta de sourire.

Mme Psélensky, la légitime épouse de l'accusé est ici, elle sera entendue comme témoin, reprit le président.

Pâle comme un marbre, la jeune femme en deuil fixa sur l'imposteur son regard fixe et ardent.

Il souriait toujours.

— Infâme! s'écria-t-elle, en lui montrant le poing.

Et elle tomba de sa hauteur, en poussant un cri terrible.

On l'emporta, se raidissant dans des convulsions, et la séance fut suspendue pendant quelques minutes pour donner au calme le temps de se rétablir.

Pendant l'absence des juges, Vincent, voyant toute l'attention concentrée sur le Polonais, leva enfin les yeux sur le public, sans cesse grossissant.

Tout-à-coup son regard rencontra celui de Louise; il pâlit affreusement et passa la main sur son front. Elle était là, elle avait donc entendu la biographie infâme de ces bandits pour lesquels il l'avait abandonnée et qui, après l'avoir rendu le complice de tous leurs crimes, le faisaient s'asseoir avec eux, à côté d'eux, sur ce banc où la main de la justice arrachait sans pitié le masque de patriotisme sous lequel ils cachaient leurs actes infâmes.

Louise aimait trop son mari pour ne pas ressentir en elle-même le contre-coup des sentiments qui l'agitaient, et les larmes lui vinrent aux yeux en lui voyant abaisser vers la terre ses regards humiliés.

Ce n'était, hélas! que le commencement de sa punition; le premier nom que le procureur du Conseil prononça, lorsque les juges reprirent la séance, fut celui de l'ouvrier égaré.

Ses antécédents étaient bons, excellents même; mais, s'ils pouvaient atténuer ses fautes, ils ne pouvaient pas les effacer. C'était par vanité que Vincent était tombé, et sa première punition fut l'humiliation.

— Cet accusé, dit le capitaine, en le désignant du regard, est un exemple éloquent des crimes que peuvent faire commettre la faiblesse d'esprit, jointe à une ambition malsaine. Si Vincent eût été plus fortement trempé, il aurait résisté aux coupables suggestions d'une ambition puérile et insensée, il serait resté ce qu'il était, bon père, bon ouvrier, bon Français; au lieu de cela qu'est-il devenu? Un des chefs subalternes d'une bande d'assassins, un assassin lui-même, car quel autre nom peut-on donner à un citoyen qui, loin de se ranger du côté de l'ordre, poussa la fureur aveugle jusqu'à s'embusquer derrière des barricades et, au péril de sa vie, à brûler jusqu'à sa dernière cartouche, en tirant sur l'armée.

» Deux voies étaient ouvertes devant lui, l'une, la bonne, dans laquelle sa femme essayait de le retenir, l'autre, dans laquelle le poussaient des hommes pervers et où l'attirait l'appât ridicule d'un galon de sergent.

» Oui, je le répète, par sa famille et son éducation, cet homme était né pour être honnête; il l'a été jusqu'à 1870. Depuis, voici ce qu'il a fait.......

Et, continuant son discours, le capitaine déroulait la longue liste des crimes commis par le malheureux pendant tout le règne de la Commune.

Triste victime d'une absurde vanité, à laquelle il devait la perte de son honneur et de son bonheur, Vincent, quoique le cœur brisé, se raidissait encore contre les bons sentiments de sa nature, pour ne pas paraître faible aux yeux de ceux qui l'avaient fait tomber dans l'abîme.

Seul avec Louise, il eût fondu en larmes et aurait demandé pardon à Dieu et à elle, mais Machefer, Psélensky et Beslier le regardaient, il avait honte de se repentir devant eux et se faisait violence pour conserver l'estime de bandits qu'il méprisait profondément.

Sa femme écoutait avec terreur l'acte d'accusation et versait des larmes silencieuses.

Le gavroche, Anatole Druchon, fut plus homme que lui; il se faisait gloire d'être un précoce scélérat, et quand le capitaine, faisant l'énumération des crimes qui lui étaient reprochés, raconta qu'à la barricade de la place Vendôme, il avait tiré vingt-cinq coups de feu.

— Pardon, mon commandant, c'est cinquante, glapit-il de son banc, et chacun a descendu un capitulard.

C'était faux, mais cela le posait, et pour attirer l'attention, ne fût-ce qu'une heure, ce misérable polisson eût assassiné père et mère s'il les avait connus.

Enfin l'acte d'accusation se termina et l'interrogatoire des accusés, ainsi que leur confrontation avec les témoins, commença aussitôt.

Son caractère fut le même que celui des précédents accusés, et ne servit qu'à mettre en relief une fois de plus l'incomparable lâcheté de ces misérables qui, après avoir fait parade d'un courage et d'un patriotisme à toute épreuve, tremblaient devant le juge, s'accusaient les uns les autres et, pour échapper au juste châtiment de leurs infamies, ne craignaient pas de recourir aux plus pitoyables mensonges.

S'il restait encore quelques doutes à Vincent sur la bassesse et la couardise de son ex-ami, le citoyen Beslier, la manière abjecte dont celui-ci répondit aux questions posées par le président, l'effronterie maladroite avec laquelle il rejeta sur ses complices les crimes que lui seul avait commis, le tremblement de sa parole bégayante, quand il niait contre toute évidence des actes coupables affirmés par vingt témoins, les grosses gouttes de sueur que la peur faisait tomber de son front, durent bien vite dissiper les illusions de son complice.

Cet homme était hideux de lâcheté.

Druchon, qui lui succéda, fut horrible de cynisme.

Il est vrai de dire que son âge le mettait à l'abri de la peine de mort, il le savait et en profitait pour se faire un piédestal de crimes souvent imaginaires.

A chaque explosion de murmures soulevée par l'insolence de cet affreux polisson, il se retournait vers le public et le provoquait par un sourire méchant, qui contractait ses lèvres et montrait ses dents inégales et pointues.

Il fallut abréger avec lui, pour ne pas lui permettre de continuer plus longtemps ses insolentes bravades.

Machefer et Mulasse, tous deux forçats, et qui avaient leur honneur de bagne à conserver, dédaignèrent de répondre, et comme le président insistait :

— Allons, ma vieille, fit Machefer, en haussant les épaules, c'est inutile de tant bavarder, condamnez-moi vite et que ça finisse, les amis m'attendent à la maison depuis deux ans, et j'ai hâte d'y retourner, à présent qu'il n'y a plus de Commune pour rigoler et se balader à Paris.

Mulasse ne fut pas moins insolent. C'était un grand gaillard à demi-nègre, crépu, vélu comme un singe avec un front bas et fuyant, vêtu de guenilles, et dont les larges mains étaient couvertes de tatouages rouges et bleus, représentant des bonnets phrygiens, des cœurs enflammés, et sur la paume de la main droite une guillotine toute rouge, dessinée par un condamné à perpétuité, dont la tête avait failli tomber sous le couteau.

Cette brute féroce faisait partie de la bande qui, sous les ordres de Sérizier, assassina, à coups de fusil, les dominicains d'Arcueil ; mais, ce jour-là, une orgie, à la suite de laquelle il était demeuré couché, ivre-mort, devant la porte d'un marchand de vin, l'avait mis, heureusement pour lui, hors d'état d'apporter son concours aux autres bandits, et l'acte d'accusation ne relevant contre lui aucun assassinat qualifié, il se considérait comme à l'abri de toute condamnation capitale, la seule que, grâce à son dossier, il put regarder comme une aggravation de peine.

L'interrogatoire de Vincent fut plus décent; l'accusé n'avait pas sa tête à défendre, mais, pour lui le bagne ou la déportation étaient un terrible châtiment, et il se défendit en même temps avec fermeté et convenance.

Pendant tout le temps qu'il dura, Louise ne vécut pas; chaque question la faisait trembler, chaque réponse lui rendait l'espoir. Son mari se défendait avec habileté, on eût dit qu'il avait deviné d'avance les questions qui lui seraient posées. Plus d'une fois elle le crut sauvé; mais le juge ne se contentait pas d'ambiguités, et à mesure que l'accusé se réfugiait dans des réticences calculées, celui-c devenait plus pressant.

Le public s'intéressait peu à ce duel judiciaire; pour lui, Vincent rentrait dans la catégorie des communeux vulgaires et ne méritait pas l'attention. D'ailleurs, l'heure du déjeûner était passée et la plupart des auditeurs, à jeun, commençaient à trouver que le faible attrait de l'audience ne valait pas la peine de sacrifier son appétit à la curiosité. Après l'interrogatoire, il y aurait probablement une suspension d'audience, puis viendraient les plaidoiries, cela mènerait très-probablement jusqu'au soir avant le prononcé du jugement. Cette réflexion jetait du froid. A l'arrivée de chaque train quelques nouveaux curieux arrivaient, détournant un moment l'attention en entrant, mais bientôt ils s'apercevaient qu'ils perdaient inutilement leur temps, et les bancs se dégarnissaient de plus en plus.

Ils auraient assurément pu se vider jusqu'au dernier sans que l'ouvrière s'en fût aperçue; elle ne voyait, elle n'entendait que ce qui se passait à l'estrade des juges ou au banc des accusés.

Cependant le président pressait Vincent de plus en plus et commençait à lui faire perdre du terrain. Un moment vint où, écrasé par la confrontation des témoins qui l'avaient vu encourager ses hommes derrière la barricade, y remplacer son lieutenant tué et, blessé lui-même, continuer à faire feu jusqu'à ce qu'il eut brûlé sa dernière

5

cartouche; il lui fut impossible de nier plus longtemps sa participation active aux derniers excès de la Commune.

Une déposition inattendue et terrible acheva de le démoraliser; un de ses soldats, devenu son dénonciateur, déclara lui avoir entendu dire, au dernier moment, à une bande de pétroleuses :

— C'est fini, nous ne pouvons plus tenir, mettez le feu.

— Je n'ai jamais donné cet ordre; le témoin ment, s'écria l'ex-sergent.

— C'est ce que nous verrons, répondit le président.

Et il ordonna de faire avancer un second témoin.

Celui-ci n'était pas un insurgé, mais le concierge de la première maison incendiée; lui et sa femme avaient entendu le propos attribué au chef de la barricade, qu'ils reconnaissaient parfaitement.

— Si je l'ai dit, en effet, c'est que j'avais perdu la tête, répondit Vincent, d'une voix altérée.

— Vous l'aviez perdue le jour où vous avez abandonné votre femme et votre enfant, pour vous faire soldat de l'émeute, fit sévèrement le colonel; asseyez-vous.

Vincent se laissa retomber sur son banc.

— En voilà un qui risque fort d'être fusillé, dit quelqu'un à côté de Louise.

La malheureuse était atterrée.

Quand l'interrogatoire fut terminé, les juges levèrent la séance, et les gendarmes firent sortir les prisonniers.

La salle se vida aussitôt tumultueusement; il n'y demeura que Louise, qui put enfin donner un libre cours à ses larmes.

Vers deux heures, les curieux commencèrent à revenir et à envahir les bancs; quand les juges rentrèrent, la salle était à peu près pleine; à quatre heures, tout était comble, et il y faisait chaud comme dans un four.

Excités par l'affluence, les avocats discoururent longtemps, se perdant dans d'oiseuses divagations dans lesquelles il n'était que trop visible que plusieurs d'entre eux songeaient beaucoup plus à leur propre renommée qu'aux intérêts de leurs clients, dont ils faisaient bon marché, en achevant d'indisposer le tribunal par des tirades intempestives, où, à défaut d'idées, les mots ronflants de République humanitaire, de patrie et de liberté, revenaient sans cesse; il eût été difficile de savoir pourquoi.

Le colonel-président avait beau les rappeler à la question, ces oiseux discoureurs continuaient à se lancer à droite et à gauche, faisant des incursions sur le domaine de la politique et de l'économie sociale, sans dire un mot de la question.

Le défenseur de Vincent, un petit jeune homme de 20 à 25 ans, fraîchement échappé des bancs de l'école, et qui ne voyait dans sa plaidoirie qu'un moyen de se faire de la popularité, se jeta à corps perdu dans les plus audacieux paradoxes, parla de la mission républicaine, du sacerdoce de l'idée, appela les communeux les précurseurs dévoyés de la palingénésie sociale, excita les rires de l'assemblée, se fit rappeler deux fois à l'ordre, et se rassit triomphant, sans avoir dit un mot qui pût justifier ou même excuser son client.

Il eût été payé pour faire condamner ceux qu'il était chargé de défendre qu'il n'eût pas parlé autrement.

Pendant qu'il discourait, Louise regardait Vincent avec inquiétude, lui souriait tristement et penchait son front pâle et abattu.

Après les avocats, le capitaine-commissaire reprit la parole; son réquisitoire fut bref, sévère et concis, passant en revue tous les accusés, il fit à chacun sa part avec une inexorable logique, il représenta le faux Polonais comme un aventurier dangereux, débauché, ambitieux et sans cœur, capable de tous les crimes pour assouvir sa vanité.

De Mulasse, Machefer et le jeune Druchon, il ne fit qu'un faisceau, les qualifiant de malfaiteurs de la pire espèce qui, n'ayant ni religion, ni conscience, ni honneur, ne sont retenus par aucun

frein et ne tiennent à l'espèce humaine que par la ressemblance extérieure.

Pour Beslier, corrupteur par calcul, empoisonneur de parti pris,
joignant la lâcheté à la fourberie, il fut plus sévère encore.

Enfin il arriva à Vincent.

« De tous les accusés qui ont comparu à notre barre, celui-ci,
dit-il, est peut-être le plus digne, pour ne pas dire le seul digne
d'intérêt; son éducation a été chrétienne, ses antécédents excellents,
il a été bon mari, bon père, bon ouvrier.....

La poitrine de Louise se dilata; elle se serait jetée aux genoux du
commissaire pour les embrasser.

Il poursuivit:

« Son intelligence est de beaucoup supérieure à celle de ses complices; mais, messieurs, cette intelligence même, dominée par une
faiblesse sans exemple, est une charge accablante pour lui, il pouvait
s'en servir pour faire le bien, il en a usé pour le mal, sa conscience
éclairée a cédé à sa vanité; s'il a commis des crimes, ce n'est pas
parce que l'abrutissement moral et des penchants vicieux l'entraînaient, c'est par calcul, de sang-froid, avec préméditation qu'il a
agi; plus il est intelligent, plus il est coupable, plus il doit être
sévèrement puni. »

Louise se sentit défaillir, et des deux mains se retint à son banc
pour ne pas tomber; elle avait cru son mari sauvé, elle le voyait
perdu.

Le capitaine continua. Il peignit en quelques traits cet homme né
pour faire le bien et qui n'avait fait que le mal, auquel sa conscience disait de défendre la société attaquée et qui, par un orgueil
monstrueux, avait pris les armes contre elle, et d'honnête homme
était devenu chef de barricades et commandant de misérables pétroleuses

« Si quelqu'un est responsable de ses actes, messieurs, c'est l'accusé Vincent; il avait à choisir entre la vertu et le crime, sciem-

ment, lâchement, il a choisi le crime; j'appelle sur lui les sévéri-
tés de votre justice, il est nécessaire que vous fassiez en lui un
exemple. »

— Mon Dieu! mon Dieu! ayez pitié de sa fille et de lui! murmura l'ouvrière.

Le front dans ses mains, Vincent sanglottait; la voix du remords
étouffait en ce moment chez lui celle de l'orgueil.

Beslier souriait en le regardant, Machefer haussait les épaules.

Six heures sonnaient quand le président dit, à haute voix :

— Messieurs, les débats sont terminés, le Conseil va entrer en
délibération; qu'on emmène les accusés.

Les gendarmes se levèrent et les prisonniers, défilant pour la
dernière fois devant le public, rentrèrent, un à un, dans la petite
baraque en bois où, assis sur des bancs, sous la surveillance des
gendarmes, ils allaient attendre le résultat définitif de la délibération d'où dépendait leur sort.

Dans la salle, quelques femmes pleuraient; un vieillard, pâle
comme une statue de marbre, regardait fixement le crucifix placé
au-dessus de l'estrade et priait, les autres causaient par groupes.

Çà et là on discutait avec animation les chances de chaque accusé :

— Il y aura deux condamnés à mort, disaient les uns, le Polonais et Beslier.

— Quatre au moins, soutenaient les plus sévères, Psélensky,
Beslier, Vincent et Machefer.

— Pourquoi pas Mulasse?

— Il n'y a pas d'assassinat à sa charge.

— Et cet affreux pupille de la République?

— Il est trop jeune.

— C'est dommage; quel scélérat!

— Oh! ce sera pour plus tard.

Louise écoutait avec effroi.

— Vincent, condamné à mort! Est-ce possible? Seigneur, mon Dieu, ayez pitié de nous!

Le jour baissait; le crépuscule, comme une gaze funèbre, s'épaississait sous les voûtes; à sept heures, on apporta des lampes, que l'on plaça sur le tapis vert de la table du Conseil; les journalistes écrivaient à la lueur de quelques bougies.

Tout le reste du manége était plongé dans une obscurité complète.

Cela produisait un effet bizarre d'ombres et de lumières; seul le grand christ faisait saillie éclairé fortement et sa silhouette se détachait en blanc sur le fond vert foncé de la toile.

Cette mise en scène produisait un effet lugubre et saisissant.

Tout-à-coup une voix cria :

— Le Conseil !

Tous les cœurs battirent, il se fit un silence de mort et tout le monde se leva.

Debout sur son banc, le vieillard dominait des épaules toute l'assemblée. Il avait ôté son chapeau, et ses longs cheveux blancs encadraient comme un suaire sa tête désolée.

Chacun des membres du tribunal avait repris sa place, et attendait, debout et immobile.

Le colonel leva le papier qu'il tenait à la main, lut les questions adressées aux juges et la réponse qui y avait été faite.

Ensuite il fit une pause.

Puis, d'une voix solennelle et scandant chaque parole, il dit :

— Au nom du peuple français !

Les soldats présentèrent les armes, les officiers portèrent la main au képi.

— Au nom du peuple français, Ladislas Psélensky est condamné à la peine de mort; Paul Beslier, à la déportation dans une enceinte fortifiée; Anatole Druchon, à la déportation simple; Marius Machefer, à la déportation simple; Antoine Murray, à la déportation dans une enceinte fortifiée ; Louis Mulasse, à la déportation simple ; Pierre Couturier, aux travaux forcés à perpétuité ; André Vincent, à la déportation simple ; Jules Grouchot, à six ans de prison ; les autres étaient acquittés.

Aussitôt l'arrêt prononcé, les gendarmes firent évacuer la salle, pendant que les juges et les avocats se retiraient.

La foule s'écoula bruyante et animée, les uns se hâtant vers leur dîner ou vers leur cercle, les autres courant au chemin de fer, afin de ne pas manquer le train.

Louise, elle aussi, avait sa fille à revoir, mais elle était tellement émue que ses jambes, se refusant à la porter, elle se laissa tomber sur un banc, à quelques pas du manége ; là elle se mit à pleurer.

Presque au même moment, quelqu'un vint s'asseoir auprès d'elle.

L'ouvrière releva la tête et, à la faible lueur d'un bec de gaz éloigné, vit que son compagnon était un homme.

Aussitôt elle fit le mouvement de se lever pour continuer sa route.

— Oh ! ne craignez rien, dit alors son voisin ; vous êtes affligée, je ne le suis pas moins : le malheur rend frères.

Le son de cette voix était si ému que la pauvre femme se sentit toute rassurée.

— Je ne sais pas quel est votre chagrin, répondit-elle, le mien est affreux ; je suis la femme de Vincent.

— Et moi, le grand-père de Couturier, condamné aux travaux forcés à perpétuité. J'ai eu trois fils et cinq petits-fils, il ne me restait plus que celui-ci ; c'était mon orgueil et ma joie. Il aurait pu demeurer avec moi, dans notre propriété, il a préféré se faire avocat, et j'ai eu la faiblesse d'y consentir. Il y a trois ans, il me quitta pour venir étudier le droit à Paris et eut le malheur de se lier avec l'infâme Rigault ; voilà ce qu'il en a fait. Oh ! mon Dieu ! s'il n'était que mort, mais déshonoré ! mais forçat !

Il y avait dans ces dernières paroles un tel accent de douleur que l'ouvrière lui tendit la main, en disant :

— Vous avez bien raison, nous sommes frère et sœur.

— Chut! fit le vieillard; avez-vous entendu ?

— Oui, un bruit d'armes, et il y a de la lumière dans la salle; je la vois à travers les fentes de la porte.

Comme s'ils se fussent compris, sans se parler, ils se rapprochèrent et regardèrent à travers les fissures.

Au fond de l'enceinte, les soldats, rangés en demi-cercle, entouraient une table sur laquelle était posée une lampe, éclairant l'huissier du tribunal, qui tenait un papier.

Les gendarmes rentrèrent, conduisant les condamnés qui, suivant l'usage, n'avaient pas encore entendu le prononcé du jugement, et les firent placer en face de la table.

Personne n'était là pour les regarder; tous avaient le visage inquiet et gardaient le silence.

Le greffier commença la lecture.

Seul le Polonais blêmit et poussa un cri; Vincent porta la main à son front, avec un geste de désespoir; le gavroche haussa les épaules; il fallut soutenir Beslier; pas un muscle du visage de Mulasse ne tressaillit; Couturier étendit les bras comme pour protester, mais on ne pouvait pas voir son visage.

La lecture finie, le greffier ploya le jugement.

— En avant marche! commanda le lieutenant de gendarmerie.

— Tout est fini, fit le vieillard; rentrons.

Et, sans dire une parole, ils reprirent le chemin de la ville, se donnèrent, à l'extrémité de la rue Colbert, une dernière poignée de mains et se séparèrent.

L'ouvrière monta chez sa voisine.

— Oh! maman, s'écria Germaine, en revoyant sa mère, et se suspendant à son cou, j'ai été bien sage et je me suis bien amusée, nous avons joué à la dinette : c'est moi qui étais la cuisinière.

Louise n'avait plus une larme dans les yeux, sa tête était brûlante; elle embrassa sa fille sans rien dire et tendit les bras à Mme Planchon, qui s'y jeta en murmurant :

— Pauvre femme! pauvre mère! Je sais tout.

— Fini! fini! répéta Louise, en se parlant à elle-même.

Et, tout entière à sa douleur, elle rentra dans sa chambrette avec sa fille qui, ravie de ses jeux, lui racontait avec volubilité tous ses plaisirs de la journée.

Pendant ce temps, les condamnés étaient, sous forte escorte, ramenés, non plus à leur cage, mais à la prison, d'où le Polonais ne devait sortir que pour aller à la mort, et les condamnés à la déportation, pour être transportés dans le voisinage d'un port d'embarquement.

A partir de ce moment, jusqu'à leur nouvelle installation, toute permission de les visiter était supprimée et, malgré les larmes, les prières, les supplications et même les menaces, les officiers chargés de la surveillance du dépôt furent inexorables.

CHAPITRE V

Les Pontons.

Après la chute de la Commune, le nombre des insurgés, tombés entre les mains des soldats de l'ordre, se trouva si grand qu'il devint impossible de les loger dans les prisons; on employa les forteresses, l'Orangerie de Versailles; on en forma un camp à Satory : ce ne fut pas encore assez. Chaque jour de nouvelles bandes arrivaient, hâves, déguenillées, malpropres, mourant de faim : c'était une vraie marée montante qui envahissait tous les locaux disponibles, et il fallut avoir recours à d'autres moyens.

Alors, on se souvint des pontons sur lesquels les terroristes de 93 avaient entassé prêtres, nobles et religieuses, dont leurs guillotines en permanence ne pouvaient pas couper toutes les têtes, et il fut résolu de faire servir ces prisons flottantes, imaginées par les citoyens du bonnet rouge, à enfermer leurs dignes émules, les citoyens de l'assassinat et de l'incendie.

Vieux vaisseaux de guerre ou de transport hors de service, mais capables, sinon de naviguer au moins de se soutenir sur l'eau, les pontons sont des navires rasés, sans mâts ni cordages, immobilisés sur leurs ancres, à une certaine distance de terre, et dont les lourds sabords, veufs de canons, donnent accès à l'air et à la lumière dans les batteries, converties en vastes salles et aménagées d'une manière qui les rende propres à leur nouvelle destination.

Nulle part l'usage n'en est plus commun qu'en Angleterre, on en voit dans presque tous les ports, et il n'est personne qui, remontant la Tamise, n'ait remarqué ces masses noires et énormes amarrées au milieu du fleuve, comme des monstres marins échoués, où ils servent, tantôt d'hôpital pour les vieux matelots qui ont passé leur vie sur l'Océan ou d'école pour les mousses qui bientôt, comme les abeilles d'une ruche, vont s'échapper de leurs flancs pour se disperser dans toutes les directions.

En France, on ne s'en sert d'ordinaire que comme magasins pour y entasser, soit des matières explosibles, qu'il serait dangereux de laisser dans le voisinage des habitations, soit pour se débarrasser des matières encombrantes telles que cordages et vieux apparaux ; mais, quelle que soit leur destination, leur aspect extérieur est toujours le même, sinistre comme celui d'un édifice abandonné et tombant en ruines.

En employant ces pontons pour la garde des insurgés, le gouvernement n'avait nullement l'intention d'en faire des prisons définitives, mais seulement des parcs provisoires, où ils seraient écroués sous une surveillance sévère, jusqu'à ce que les instructeurs, envoyés de Versailles, eussent expédié directement leurs rapports aux autorités militaires de cette ville, qui faisaient élargir les accusés légèrement compromis et arriver, fournées par fournées, les autres, les remplaçant au fur et à mesure par des condamnés à la déportation.

Ces derniers mêmes ne devaient pas demeurer un temps indéfini sur les pontons, mais être transportés dans les prisons ou forts du littoral dès que l'encombrement aurait cessé.

Brest et Lorient avaient été spécialement désignés pour le lieu d'internement du plus grand nombre des soldats de la Commune. Ce fut dans le voisinage de ces ports que la plupart des pontons furent réunis.

A Brest, ils étaient au nombre de douze, divisés en trois groupes, occupant chacun un point assez éloigné de la rade.

Le premier groupe, mouillé en grande rade, se composait du vaisseau *le Fontenoy*, des grands transports à batterie *l'Hermione*, *l'Aube* et *la Marne*.

Le second, près de l'île de Tréberon, comprenant la *Ville-de-Bordeaux*, le *Napoléon*, *l'Austerlitz* et le transport *l'Yonne*.

Le troisième, ayant son mouillage près de l'Ile-Ronde, renfermait la *Ville-de-Lyon*, le *Breslau* et le *Dugay-Trouin*.

Le *Tilsit* n'était pas encore aménagé.

Chaque transport pouvait contenir de 600 à 800 prisonniers, chaque vaisseau, de 1,000 à 1,200.

A Lorient, il n'y avait que trois pontons seulement.

Le surlendemain du jour où ils avaient été condamnés, les prisonniers de la section des dangereux eurent l'ordre de se tenir prêts pour le départ.

Chacun d'eux reçut un sac pour y mettre ses hardes, précaution inutile pour la plupart qui, de tout ce qu'ils avaient pu voler sous la Commune, n'avaient conservé que leurs habits de fédérés, tombant en lambeaux.

Plus heureux que ses autres compagnons d'infortune ou du moins plus riche, car, grâce aux soins et à l'économie de sa femme, il possédait quelques chemises, une vareuse et un pantalon de rechange, Vincent put garnir convenablement le sac que ses compagnons emportaient vide.

Il est vrai qu'on leur avait promis une distribution d'habits à une époque ultérieure.

Presque tous, cependant, étaient plus gais que lui, ne laissant rien derrière eux, ils partaient, pour la plupart, sans regrets, les uns curieux de voir la mer qu'ils ne connaissaient pas, les autres charmés de changer de prison et de prendre ce que le jeune bandit porteur du nom d'Anatole appelait le train de plaisir.

Un jour avait suffi au plus grand nombre de ces hommes tarés pour reprendre courage, leur gaieté était revenue, car ils se di saient philosophiquement qu'ayant échappé à la peine de mort, ils étaient au fond fort heureux. De plus, parmi eux, il se trouvait bon nombre d'anciens déportés ou de forçats qui ne cessaient de représenter la déportation comme un charme de l'existence, peu de travail, beaucoup de liberté, une surveillance facile à tromper, la chance possible d'une évasion, et si cette évasion réussissait, la chance bien plus grande encore de s'engager dans quelque troupe de pirates ou de bandits, écumeurs de terre et de mer, de piller, de voler, d'incendier, d'assassiner à cœur joie, de rouler sur l'or et de se plonger, tête baissée, dans une orgie perpétuelle, jusqu'au jour prochain où, une nouvelle révolution éclatant, ils accourraient en France, exterminer leurs ennemis et secouer sur Paris, détruit de fond en comble, le drapeau rouge de la vengeance.

Quoique n'osant pas et peut-être même ne voulant pas encore séparer sa cause de celle de ses complices, Vincent ne se sentait pas la force de s'associer à leurs bruyantes démonstrations; eux avaient tout à gagner, lui, sentait qu'il ne pouvait que perdre.

Né dans une petite ville de province, de parents honnêtes cultivateurs, il n'avait sans doute jamais connu l'opulence, mais jamais non plus la misère. Elevé chrétiennement, bon ouvrier, marié à une jeune femme douce, laborieuse, dévouée, pieuse et économe, les années s'étaient écoulées pour lui dans le calme et le bonheur jusqu'au jour où, poussé par une vanité excessive et désarmé par une faiblesse de caractère qui le rendait incapable de résister à la tentation de devenir un homme important, il s'était mis à la remorque de quelques intrigants de bas étage, auxquels il paraissait réunir toutes les conditions voulues pour leur servir de marchepied.

Pour lui, les récits fantastiques sur l'éden de la Nouvelle-Calédonie ne faisaient miroiter aucun éden à ses yeux, il se souvenait de sa petite maison de Mareuil, assise au bord de la rivière, où le dimanche il avait tant de plaisir à pêcher les goujons; des grands bois de châtaigniers où, au mois de septembre, il allait, au matin, parmi les bruyères roses, diamantées par la rosée, cueillir les ceps bruns et les oronges qui s'étalent sous les genêts verts, comme des disques d'or.

Puis encore, à travers ses paupières fermées, il voyait, comme dans un doux songe, ses amis d'enfance, l'étroite et verte vallée à travers laquelle, derrière un rideau de hauts peupliers, l'indolente Lisonne promène lentement ses eaux, où tremblent les joncs aimés des brochets qui y abondent; le moulin au monotone tic-tac, assis au pied de l'écluse, à laquelle il avait travaillé comme maçon; et le pittoresque château d'Aucors perché sur la plate-forme d'un rocher à pic, sur lequel il s'accoude, comme un curieux à un balcon, pour regarder le paysage aux longues échappées.

Là aussi il avait travaillé, en chantant, à la poivrière, accolée comme un nid d'hirondelle à la tourelle du nord, pendant que sa femme, employée comme couturière par la jeune et gracieuse châtelaine, s'occupait à l'intérieur des travaux de lingerie.

Tout cela et bien d'autres tableaux, dans lesquels se réflétaient et la touchante cérémonie de sa première communion, et le visage doucement souriant de sa vieille mère, et la physionomie grave et bienveillante de M. Vidal, le bon curé, se déroulaient devant lui, remplissant sa pensée, pendant que, la tête entre les mains, il s'isolait de la tourbe grossière des vulgaires criminels qui l'entouraient.

Mais, quand il rouvrait les yeux, toutes ces visions s'envolaient, et à leur place se dressait devant lui la dure réalité, lui montrant sa dégradation, l'abjection de ses complices, le châtiment qui l'attendait, alors les larmes lui montaient aux paupières et le désespoir le mordait au cœur; alors, pour cacher ce qu'il appelait sa faiblesse, pour se faire illusion à lui-même, il se raidissait contre la voix de sa conscience et cherchait à s'étourdir en mêlant ses blasphèmes et ses déclamations furibondes aux blasphèmes et aux déclamations de ses compagnons de captivité.

Certaines âmes pusillanimes cherchent dans l'ivresse un refuge contre leurs chagrins, lui, ne pouvant plus s'enivrer avec du vin ou de l'alcool, se grisait en paroles.

Son cœur n'en était pas moins ulcéré et sa douleur, un instant engourdie, ne s'en réveillait que plus poignante.

Ce ne fut qu'à la nuit tombante que l'ordre du départ arriva; un train spécial attendait les condamnés. Ils défilèrent entre deux haies épaisses de soldats et de gendarmes, sans qu'il fût possible à qui que ce fût de les approcher et, le sac sur le dos, allèrent monter dans les wagons, à chaque portière desquels se tenaient deux gendarmes armés jusqu'aux dents.

Chaque train se composait de 600 détenus. On les fit monter dix par dix, non pas dans des voitures de voyageurs, percées de trop de portes et de fenêtres, mais dans des wagons à bestiaux, ajourés par de petites lucarnes grillées et n'ayant que deux portes à coulisses, fermées extérieurement.

Cela parut contrarier singulièrement le gracieux Anatole.

— Ah ça! fit-il, est-ce par hasard que les Versaillais nous prendraient pour des bœufs ou pour des mulets, de nous faire voyager dans des écuries?

— Bah! répondit Mulasse, tout est bon pour mener des moutons à l'abattoir et les égorgeurs du peuple.....

— Silence! là-bas, cria le brigadier de gendarmerie; vous n'êtes pas ici pour nous injurier après avoir assassiné nos camarades.

— Ni voir dehors, ni parler dedans, grogna le voyou; v'là un train de plaisir qui manque d'agrément.

Un coup de fourreau de sabre sur les os des jambes interrompit ses observations humoristiques et lui fit faire la grimace.

— Je préfère encore la cellulaire, pensa Machefer, qui connaissait ce mode de voyager; du moins on n'est pas si serré les uns contre les autres.

Un coup de sifflet se fit entendre, auquel la machine répondit par un sourd ronflement, et le train s'ébranla.

— Maintenant, dit le brigadier, quand ils furent en mouvement, vous avez la liberté de causer entre vous, sans bruit; mais, si l'un d'entre vous se permet de chanter, de faire du tapage ou de mal parler du gouvernement et de l'armée, je lui passe les menottes, et en arrivant je le fais mettre aux fers; est-ce entendu?

— Entendu et compris, reprit Druchon, l'intrépide bavard.

Les conversations commencèrent aussitôt, semblables à un sourd bourdonnement.

La nuit était venue, et une lampe, éclairant à peine les profonds wagons, donnait une apparence horriblement fantastique à cette réunion de scélérats en guenilles.

— Dis donc, Mulasse, dit tout bas le vieux forçat à son camarade, si après la première station, quand les argousiers commenceront à pioncer, si nous nous entendions pour les cogner et les refroidir?

— Merci, je n'en suis pas, répondit celui-ci; je ne veux pas faire la promenade de l'abbaye de Monte-à-Regret, je préfère attendre d'être sur les pontons ou à la Calédonie pour me pousser de l'air.

— T'es un lâche et un cagneur, rien de plus.

— C'est possible, mais j'en suis pas; parle à Vincent.

— Puah! un sacristain déguisé.

— Alors, tant pire.

Le train courait toujours sur la voie avec un grondement sourd et une vitesse telle qu'elle imprimait aux voitures un véritable mouvement de roulis.

Quelqu'un en fit la remarque.

— Parbleu! s'écria Druchon, ne voyez-vous pas que nous traversons un bras de mer; c'est le train direct de Californie, avec première étape aux mines d'or, ousque les cailloux sont des jaunets de 20 fr.; pas vrai, Vincent?

Vincent pensait, en ce moment, à sa femme et à sa fille, il haussa les épaules sans répondre.

Bientôt le sifflet de la locomotive annonça qu'on approchait d'une station, et le mouvement du train se ralentit bientôt; des lumières passèrent devant les fenêtres et les wagons s'arrêtèrent dans une gare, mais aucune voix ne se fit entendre et personne ne se présenta aux portières pour les ouvrir.

Bien que l'on eût enlevé un volet à chaque battant, pour donner de l'air, Machefer, de sa place, ne pouvait pas voir ce qui se passait sur le quai d'embarquement, et comme il avait son idée, il s'adressa au gendarme le plus voisin pour lui demander la permission de descendre.

Deux ou trois de ses camarades se joignirent à lui pour obtenir une semblable autorisation.

Les stations entre Versailles et Brest étant très-éloignées pour les trains de déportés, le brigadier donna l'ordre d'ouvrir la portière et à deux des gendarmes d'accompagner les condamnés.

— Attendez un peu, mes agneaux, c'est moi qui vais vous faire jouer des jambes, pensait Machefer.

Et il s'avança, tout disposé à tenter une évasion, dès qu'il aurait examiné la disposition de la gare; mais son désappointement fut grand en apercevant, sur le trottoir, un bataillon tout entier, l'arme au pied.

Cette vue refroidit singulièrement ses velléités de course au clocher et il reconnut que Mulasse était dans le vrai, en remettant à plus tard tout projet d'évasion.

A la station suivante, aucun des détenus ne demanda à quitter sa place : c'était inutile.

Peu à peu, presque tous s'endormirent ou plutôt tombèrent dans cet état de torpeur qui remplace le sommeil pour des voyageurs serrés les uns contre les autres, et rudement secoués sur la planche nue qui leur sert de siége.

Le reste du voyage s'accomplit sans incident remarquable.

Il était près de trois heures du matin quand les prisonniers arrivèrent à Brest.

Au lieu d'entrer en gare, les wagons, après une courte manœuvre, prirent une voie par laquelle ils s'avancèrent, poussés par la locomotive, jusqu'au port marchand.

Evidemment, leur arrivée avait été annoncée par une dépêche, car en descendant sur le quai, les détenus se trouvèrent environnés par un bataillon de troupes de ligne, renforcé par les douaniers et de fortes escouades de gendarmerie, formant le demi-cercle en arrière du train.

Là, pas plus qu'au moment de leur départ de Versailles, ne se trouvaient de curieux ou d'oisifs, venus pour assister à leur descente des voitures.

En face d'eux, au milieu du port, où la marée montante étalait au clair de lune, fumait la cheminée d'un bateau à vapeur, sur le pont duquel se promenaient des sentinelles, l'arme chargée, et accostées le long des quais, des chaloupes toutes prêtes à prendre le large, fanaux allumés, et des gendarmes, le sabre au poing, debout aux deux extrémités.

Cette ligne de soldats immobiles, ces gendarmes armés jusqu'aux dents, le clapotement plaintif du flot contre les flancs noirs des barques et la lumière rouge des torches, tremblant sur le fond presque noir de l'Océan, avaient quelque chose de lugubrement terrible.

Mais, ce qui ajoutait surtout à l'émotion de cette mise en scène, c'était ce troupeau de misérables, au visage sinistre, aux vêtements en lambeaux, dont les sanglantes lueurs des fanaux éclairaient fantastiquement les physionomies à la fois violentes et basses, hypocrites ou cyniques.

L'embarquement commença aussitôt, avec les mêmes précautions que la mise en wagons.

A mesure qu'une barque avait complété sa charge humaine, le sifflet de commandement se faisait entendre, les amarres tombaient dans l'eau et, d'un coup de gaffe, l'un des matelots poussait l'embarcation au large pendant que ses camarades, bordant leurs avirons, les laissaient retomber en cadence dans les flots phosphorescents et allaient s'amarrer à un long cable, pendant à l'arrière du bateau à vapeur.

Vincent n'avait jamais vu la mer ; cette masse sombre qui, en dehors du cercle de lumière, laissait entrevoir de vagues et gigantesques palpitations, ce bruit sourd des flots poussant les flots, cette grande voix qui s'élève comme une plainte immense, l'émurent vivement, l'effrayèrent presque.

Une âme a beau être forte, et certes sur les barricades il n'avait que trop montré sa bravoure, l'inconnu a pour elle de mystérieuses terreurs, auxquelles il lui est impossible de se soustraire.

L'embarquement continuait cependant avec rapidité, en moins d'une heure tout fut terminé; la lune, pendant ce temps, avait disparu derrière l'horizon, un brouillard épais et cotonneux, à travers lequel il était impossible de deviner la présence d'une ville à d'autres signes qu'à de longues lignes de becs de gaz, piquant d'étincelles vacillantes, la noirceur de la nuit, redoublait l'obscurité et confondait, dans un même cahos, la terre et les flots.

A un signal donné, lorsque tout fut fini, la machine du bateau à vapeur fit entendre un sifflement aigu, son hélice se tordit dans les flots, le câble auquel étaient, de distance en distance, amarrées les barques, se tendit fortement, la fumée vomie par la cheminée se courba en arrière comme un panache noir brodé d'étincelles de feu, et le chapelet de barques, glissant dans le sillage du remorqueur, s'enfonça dans la brume, s'éloignant de la terre où, semblables à des étoiles qui s'effacent, disparurent, l'une après l'autre, les lumières ternes des quais et des rues.

Pendant près d'une heure et demie, car on naviguait à contre-courant, le *Castor* eut à vaincre la résistance des vagues molles et silencieuses, qui imprimaient aux bateaux ce mouvement de roulis lent et uniforme, auquel si peu de personnes, étrangères à la mer, peuvent résister.

Parmi les insurgés, la prostration était profonde, quelques-uns même ressentaient les premiers symptômes du mal de mer, dont tous éprouvaient un indéfinissable malaise, et le silence le plus profond régnait à bord des embarcations, lorsque, dans le brouillard, déjà blanchissant, apparut, se balançant sur les vagues, comme un noir fantôme, le vaisseau *le Fontenoy*, portant à sa corne le pavillon du capitaine Breart, commandant toute l'escadre des pontons, si tant est qu'on puisse appeler escadre une réunion de pareils navires.

Quelques coups de sifflets retentirent de nouveau, un canot se détacha des flancs du *Fontenoy* pour recevoir l'amarre et la porter à bord, où son extrémité, attachée à un cabestan, s'enroula lentement, entraînant après lui les barques qui, une à une, vinrent accoster au pied de l'échelle servant d'escalier à la prison flottante, et l'embarquement commença.

Sur le pont, outre les matelots de service et l'officier de quart, se tenait, sous les armes, un fort peloton de soldats de marine, commandés par un sous-lieutenant.

Trois heures plus tard, les prisonniers, divisés par escouades de dix, formant un plat, c'est-à-dire, devant manger ensemble, chaque escouade ayant son numéro d'ordre et chaque homme son numéro matricule, inscrit sur un registre particulier, avaient disparu jusqu'au dernier dans les vastes flancs du navire et étaient enfermés dans une sorte de cage gigantesque, séparée des bordages par un corridor ménagé pour les factionnaires chargés de la surveillance.

Louise, demeurée à Versailles, ignorait encore pour quelle destination était parti son mari; elle aurait voulu aller le rejoindre, et pour pouvoir remplir ce qu'elle appelait simplement son devoir, elle était allée frapper à plusieurs portes pour savoir en quel lieu Vincent se trouvait détenu. Ici, on lui avait répondu : au fort de Belle-Isle; là : à Brest; ailleurs : à Lorient.

Comme toujours, dans les moments difficiles qu'elle avait à traverser, l'ouvrière s'adressa à l'abbé Louis.

Le jeune prêtre se mit aussitôt en campagne, et à force de recherches, essaya de tirer sa protégée de ses perplexités; mais, dans ces mouvements de masses d'insurgés, et le chassé-croisé des accusés et des condamnés, il régnait une confusion inévitable, si bien qu'après cinq jours passés dans les greffes et les chancelleries, le prêtre n'était pas plus avancé qu'à la première heure, et se creusait la tête pour savoir comment arriver à des renseignements précis, quand un matin, au moment où il allait de nouveau se mettre en campagne, l'ouvrière arriva chez lui, radieuse et portant une lettre datée de Brest.

— C'est Vincent qui m'écrit, s'écria-t-elle, tremblante d'émotion; il est à Brest, et je vais partir pour le rejoindre.

— A la forteresse ou aux pontons? demanda l'abbé.

— Je ne le sais pas encore; je n'ai pas ouvert l'enveloppe et je viens vous prier de me lire la lettre.

— Vous savez pourtant bien lire, Louise?

— Oh! sans doute; mais, vous avez été si bon pour moi que je me serais fait un reproche de savoir ce qu'il me dit plus tôt que vous; lisez-moi cela, de cette manière nous aurons de ses nouvelles en même temps.

— Merci, Louise; ce que j'ai fait pour vous ne mérite pas tant de reconnaissance, fit l'abbé, en rompant l'enveloppe.

Et il lut :

« A bord du Fontenoy, *septembre 1871.*

— Qu'est-ce que cela veut dire, à bord du *Fontenoy?* demanda l'ouvrière.

— Que Vincent est détenu sur un ponton ou, ce qui est la même chose, un vaisseau.

— Ah! oui, je sais; voyons ensuite.

» Ma chère Louise,

— Pauvre Vincent! murmura la jeune femme.

L'abbé reprit :

» Ma chère Louise,

» Voici tantôt six jours que je suis à bord du *Fontenoy*, un grand vaisseau comme tu ne pourrais pas te figurer, c'est pis que l'Orangerie, puisque, dans une seule salle, nous sommes 850, et encore au large, approximativement, derrière une grille, avec des factionnaires, et un canon chargé à mitraille, qui donnerait un fameux coup de torchon à la galerie, si nous pensions nous révolter et faire des bêtises, que nous n'en avons que trop fait, et personne n'y pense, moyennant quoi, le commandant Bréart, un fameux marin, est très-bon et même paternel pour nous autres.

» Tu sais que parmi les collègues il y en avait de vêtus bien misérablement avec des blouses déchirées et des pantalons idem, l'autorité clémente leur a fait distribuer des vêtements plus chauds, et aussi des chaussures seulement aux plus nécessiteux.

» Le jour même de notre arrivée, chacun de nous a reçu une chemise de coton, une couverture et un hamac, qui remplace le bois de lit, cinq pour dix, jusqu'à ce qu'il y en ait un pour chacun.

» On nous a donné aussi des casquettes, beaucoup étant tête nue; mais, avant, il a fallu se laver à grande eau et se faire couper les cheveux ras, ce qui en a contrarié quelques-uns, les plus malpropres, et bien contenté les autres, moi tout le premier.

» Excepté le képi, que le commandant a fait jeter à l'eau, un chacun a été autorisé à conserver son uniforme, mais après en avoir arraché les galons et remplacé les boutons de métal par des boutons de drap.

» Pour la nourriture, il n'y a pas à s'en plaindre, c'est à peu de chose près celle des marins : trois repas par jour ; à deux du pain, au troisième du biscuit, un verre de vin ; une livre de viande fraîche deux jours par semaine ; deux jours une livre de viande salée ; deux autres, des haricots, du riz et des pommes de terre, sans compter que ceux qui ont de l'argent peuvent se procurer des provisions de toute espèce dans les petits bateaux le long du bord ou dans les boutiques installées sur le pont.

— Pauvre Vincent ! il faut que je lui envoie tout de suite de l'argent pour se nourrir, murmura Louise, il est si mal.

— Si mal ! fit l'abbé, vous trouvez ? A moi, il me semble le contraire, c'est la même nourriture que celle de nos marins qui ont le travail en plus. Et, dites-moi, je vous prie, mangez-vous tous les jours une livre de viande à vous deux ?

L'ouvrière sourit.

— Ce serait bien trop cher, fit-elle.

— Et cependant vous ne souffrez pas de la faim ?

— Oh ! c'est bien différent ; moi je suis accoutumée aux privations, mais lui, a toujours aimé les bons morceaux ; il était si délicat, si délicat.

— Pauvres femmes, pensa l'abbé, elles sont capables de tous les dévouements.

Et, reprenant sa lecture :

» Le travail n'est pas pénible, il consiste à laver à fond la salle qui nous sert de prison et nous le faisons volontiers, parce qu'autrement, malgré que les sabords soient ouverts tout le jour, nous ne pourrions pas respirer à cause du mauvais air.

» Le reste du temps nous appartient, et chacun peut l'employer à sa manière : à dormir, à jouer aux cartes ou au loto, à parler ou bien à écrire, comme je le fais maintenant, car l'administration nous le permet, à condition de ne pas faire de politique.

» Comme les lettres qui nous arrivent sont lues avant de nous être remises, je t'avertis de n'y rien mettre qui puisse fâcher le commandant, parce que ta lettre ne me parviendrait pas.

» Ce qui me manque le plus, c'est ma pipe; il est défendu de fumer dans les chambrées et partout ailleurs que sur le pont où, chaque jour, nous passons deux heures, bordée par bordée.

» Je ne te parle pas des camarades, tu ne les connais pas excepté le petit Parisien, qui se porte bien et te fait ses compliments. Fais bien les miens à tes généreux protecteurs, auxquels je garderai une reconnaissance aussi longue que ma vie. Embrasse bien pour moi Germaine et dis-lui de prier Dieu pour son pauvre père, qui n'a que trop mérité sa punition par son imprudence, et se promet bien, par sa conduite, de n'être plus susceptible à la rigueur des lois.

» Dans le cas où tu pourrais venir, ainsi que tu me l'as communiqué souventes fois, n'en fais rien pour le moment, à cause qu'il te serait très-difficile de me voir, vu la grande distance qui nous sépare de la terre chérie de France, sur laquelle je tiens mes yeux tout le temps que je me promène sur le pont, et aussi parce que notre paternel commandant nous a avertis que nous ne sommes ici que pour peu de temps, jusqu'à ce qu'il y ait de la place dans les forts.

» A présent, tu en sais autant que moi sur notre position et la vie des pontons. Si tu peux m'envoyer un peu d'argent pour mon tabac, je t'en serai obligé

» Je vous embrasse toutes les deux.

» Ton mari pour la vie,

» VINCENT. »

P.-S. — « Voici mon adresse : M. Vincent, à bord du *Fontenoy*, en rade de Brest, 14me série, n°. 7.

» Nous avons peu de maladies graves; dès que la fièvre se déclare, le docteur fait transporter l'individu à l'hôpital établi à terre sur l'île Tréberon. »

La lecture de cette lettre avait transformé Louise ou, pour mieux

dire, l'avait transfigurée ; son visage était radieux, quoique des
larmes tombassent de ses yeux, et elle souriait à travers ses
pleurs.

— Oh ! je le savais bien, s'écria-t-elle, avec une vive émotion, Vincent était trop bon pour demeurer mauvais ; voyez combien la grâce
l'a touché, quel repentir ! Comme il me parle avec tendresse, comme
il embrasse sa Germaine avec amour, en quels termes il parle de sa
France chérie. Que Dieu soit loué ! les juges ont été bien sévères
pour lui, ils l'ont banni de ce pays qu'il aime tant, mais je l'accompagnerai là-bas au-delà des mers, à l'autre bout du monde ; je
lui mènerai sa fille, nous lui referons une famille, nous lui recons-
truirons son bonheur, et un jour, quand la justice aura vu son repentir, nous reviendrons, avec lui, nous cacher dans notre petite
maison de Mareuil et oublier, dans la paix et le calme, les terribles
moments que nous avons traversés ensemble.

Le missionnaire, quoique bien jeune encore, connaissait déjà
trop le cœur de l'homme pour se laisser aller à de semblables illusions ; sans doute il ne jugeait pas l'ex-sergent de fédérés un crimi-
nel incapable de repentir, mais il trouvait, et tout homme de
sang-froid eût fait cette remarque en lisant une semblable lettre,
qu'il y était bien peu question de Dieu, que les phrases de repentir, singulièrement banales, semblaient plutôt l'expression dictée
par le désir de se ménager les bonnes grâces d'un supérieur auquel
il prodiguait les épithètes louangeuses, que celle d'un sentiment
vrai et profond, que le cri poussé par un cœur brisé par le remords
et la contrition.

L'abbé Louis ne voulut cependant pas, comme l'aurait peut-être
fait à sa place son oncle, M. Vidal, arracher à la pauvre mère une
illusion qui faisait tomber sur sa vie, si tristement douloureuse, un
gai rayon de soleil et, sans exprimer son opinion personnelle, il se
contenta de l'empêcher d'envoyer tout à la fois ses petites économies, en lui représentant que si elle ne se gardait rien, il était bien

possible qu'au moment où elle voudrait aller rejoindre son mari, elle ne le pût pas, faute de ressources suffisantes, enfin sans vouloir faire taire entièrement le cri de l'exaltation louable de l'ouvrière, il s'efforça de faire entendre également à celle-ci la voix de la raison.

Ce fut presque un siége à livrer; Louise regardait comme une action indélicate, pour ne pas dire mauvaise, de songer au nécessaire pour sa fille et pour elle, alors que Vincent éprouvait des privations d'un superflu, auquel l'avaient habitué et l'abnégation de sa femme et l'égoïsme aussi naturel aux hommes qu'aux enfants gâtés.

L'ouvrière céda enfin et, à demi-vainqueur, le jeune prêtre obtint d'elle deux importantes concessions, la première, qu'elle ne commît pas l'impardonnable folie de quitter Versailles, en y abandonnant son travail pour aller à Brest, la seconde qu'elle n'envoyât à son mari qu'une très-petite somme, suffisante pour lui procurer le tabac dont la privation le rendait malheureux.

Huit ou dix jours s'écoulèrent avant que Vincent écrivît de nouveau, en réponse à la lettre de sa femme, et Dieu sait quelles terreurs de tempêtes, d'incendie, d'épidémie, de malheurs de toute nature n'avait pas enfantés l'imagination de celle-ci, quand enfin arriva une seconde lettre, également datée du ponton le *Fontenoy*, mais annonçant que 400 condamnés politiques, dont Vincent faisait partie, allaient être dirigés sur Belle-Isle, afin d'y être internés dans le fort et la citadelle de l'île jusqu'au grand départ pour la Nouvelle-Calédonie.

Par un malheureux hasard, Machefer, Mulasse et Druchon étaient également désignés pour le convoi.

Cette lettre, l'ouvrière ne la lut pas à l'abbé Louis : il venait de repartir pour Paris, où ses supérieurs le rappelaient au séminaire des missions étrangères, afin de s'y préparer définitivement au grand départ des missionnaires destinés à diverses parties de l'ancien et du nouveau monde.

Louise terminait, dans sa petite chambre, sa journée de couture, quand la voix retentissante du facteur la fit se précipiter au bas de l'escalier. Elle remonta rapidement, rapportant la bienheureuse enveloppe; mais, comme avant tout elle était la femme du devoir, et qu'elle craignait, qu'en s'oubliant dans la lecture, elle ne fît manquer à Germaine sa promenade, elle mit sa lettre dans sa poche, lissa les blonds cheveux de sa fille et, après lui avoir fait sa toilette, la conduisit au parc, s'enfonça dans les massifs mystérieux dans lesquels se cachent discrètement les bains d'Apollon et, s'asseyant sur un banc de marbre, au pied duquel l'enfant fouillait le sable avec sa petite pelle de bois, elle fit un signe de croix et rompit l'enveloppe, en tremblant.

Assurément la nouvelle du transfert de son mari, sur la terre ferme, était une bonne et agréable nouvelle, cependant après la lecture de la demi-feuille d'écriture qui, cette fois, remplaçait les quatre pages du courrier précédent, Louise baissa tristement la tête et, attirant à elle la blonde enfant, l'embrassa tendrement, avec un profond soupir.

A cette caresse, Germaine répondit par un sourire de ses grands yeux bleus, puis, gravement reprit ses occupations.

Cette fois, ce n'était pas de la part de son père que sa mère venait de l'embrasser, le prisonnier ne disait pas un mot d'elle; par habitude, il avait commencé sa première phrase par la formule ordinaire : ma chère Louise, mais le reste était froid, sec; pas la moindre trace de remords ou de repentir, pas une syllabe sur le commandant du *Fontenoy*, dont sans doute il pensait ne plus avoir besoin; en revanche, des plaintes sur le manque d'argent dans lequel il se trouvait, et l'injonction presque brutale à sa femme de venir s'établir dans l'île, sans se préoccuper si elle y trouverait des moyens de subsistance.

Evidemment un travail inverse à celui qu'espérait la mère de Germaine s'était opéré dans cette âme faible et toujours prête, par vanité, à se laisser façonner et pétrir par des scélérats dont l'énergie la dominait.

Cette pensée déchira le cœur de Louise ; mais, au lieu de la retenir à Versailles, la poussa à obéir à l'ordre de son mari. Elle le
voyait entouré des mêmes bandits dont l'influence avait été si funeste pour lui dans la prison de l'Orangerie et, soit qu'elle espérât
pouvoir lutter contre eux et leur arracher leur proie, soit que,
même sans espoir de le ramener, elle fût persuadée que son devoir
était de ne pas l'abandonner jusqu'à la fin, elle se décida à partir
pour Belle-Isle.

Cependant elle voulut se donner encore le temps de la réflexion
et, après avoir attendu près d'une semaine, elle partit pour Paris,
où le curé de Mareuil, revenu à la hâte pour embrasser une
dernière fois, sur cette terre, son généreux neveu, était descendu
au séminaire des missions étrangères : elle alla frapper à la porte.

Elle s'attendait à être détournée de son projet par l'amitié paternelle du prêtre, il n'en fut rien ; lui aussi avait une haute idée de
la mission de la femme catholique dans la famille, il lui parla lon-
guement des devoirs de la mère et de l'épouse, lui prodigua les
conseils les plus sages, l'encouragea dans son dessein et finit en lui
disant :

— Allez, mon enfant, et que Dieu vous accompagne ! qu'il mette
sur vos lèvres les paroles persuasives de sa sagesse, et qu'il vous
arme de la cuirasse impénétrable de la patience et de la foi. Demain
matin, un vieux missionnaire, mutilé sur vingt champs de bataille
chez les infidèles, montera en chaire pour adresser des conseils et
des encouragements aux jeunes prêtres qui vont partir pour les extrémités du monde ; vous êtes missionnaire comme eux, comme
eux vous allez mettre entre la France et vous des milliers de lieues,
venez à huit heures, entendre avec eux la parole fortifiante, assister
à la touchante cérémonie des adieux qui leur seront adressés : rien
ne fortifie l'âme et ne l'élève comme le spectacle d'un courageux
dévouement.

6.

CHAPITRE VI

Le double départ.

S'il est au monde une cérémonie modeste, mais qui par cela même n'en est que plus touchante, c'est assurément celle des adieux que font ou reçoivent les nouveaux missionnaires au moment de quitter, souvent à tout jamais, leur patrie et leur famille, pour aller à travers mille dangers travailler à la rédemption des âmes ; porter la lumière au sein des ténèbres et faire briller sur des peuplades plongées encore dans l'ignorance, le flambeau régénérateur de la foi.

Ce jour-là, le canon ne tonne pas aux Invalides, les tambours et les clairons n'éveillent pas les échos de la rue par leur bruit guerrier, le pavé ne résonne, ni sous les sabots d'acier des chevaux, ni sous les roues des affûts et des caissons. Les cloches, dont le carillon joyeux aime à célébrer les fêtes de l'Eglise, le sacre d'un évêque, ou simplement l'arrivée d'un des grands dignitaires du clergé, demeurent elles-mêmes muettes, la foule ne s'émeut pas et personne, peu s'en faut, en dehors du séminaire des Missions Etrangères, ne se doute qu'un des actes les plus héroïques de la charité chrétienne est sur le point de s'accomplir.

C'est à l'intérieur de la chapelle des missionnaires que la fête se concentre, se cache pour ainsi dire, comme si tous ceux qui y prennent part craignaient, en rendant public l'admirable dévouement des privilégiés du sanctuaire, de lui faire perdre une partie de son prix et de son parfum.

Ce fut dans cette humble chapelle, témoin de tant de volontaires holocaustes de la charité catholique, qu'au jour indiqué par le curé de Mareuil vint s'agenouiller sur la pierre une jeune femme portant entre ses bras un enfant.

Quelques personnes, de vieux pères, des mères en cheveux presque blancs, de jeunes sœurs en larmes occupaient déjà une partie de l'enceinte sacrée, pour y recevoir la bénédiction et les adieux des membres de leur famille destinés à un long et dangereux voyage.

Tous priaient avec ferveur, offrant leur sacrifice sans amertume, car dans cette chapelle recueillie et tout embaumée par la fumée de l'encens, il tombait sur les fidèles comme une rosée vivifiante de grâce et d'amour.

Bientôt une clochette retentit, une porte s'ouvrit, les cierges s'allumèrent sur l'autel paré de verdure et de fleurs, et comme une lointaine mélodie descendant du ciel entr'ouvert se fit entendre le chant religieux et doux d'une procession de jeunes lévites qui, entrant deux à deux les mains jointes et le front rayonnant de cette pureté, auréole terrestre des futurs élus, vint s'enrouler autour du chœur, et se prosterner avec respect devant le tabernacle du Dieu trois fois saint.

Puis, en arrière de cette jeune et vaillante légion, les anciens du sacerdoce prirent place dans leurs stalles, tandis que le célébrant, revêtu de ses ornements, s'inclinait devant l'autel et qu'à des places réservées allaient s'agenouiller dix ou douze jeunes lévites resplendissant d'enthousiasme chrétien et qui, comme les athlètes dans l'arène, ployaient le genou non plus devant César mais devant le Christ rédempteur et disaient :

Béni sois-tu, ô Christ, ceux qui vont mourir te saluent.

Au milieu d'eux, Louise reconnut l'abbé Louis, maigre et pâle encore ; il était comme transfiguré par le bonheur, et cependant, il quittait sa famille qui l'adorait, il renonçait à une fortune modeste sans doute, mais plus que suffisante pour la simplicité de ses goûts, il abandonnait sans arrière-pensée toute idée d'avenir autre que de servir Dieu, et ses yeux se levaient avec une indicible expression de joie vers le ciel, alors qu'il était désigné par ses supérieurs pour la plus ingrate des missions, pour la Nouvelle-Calédonie où, isolé de tous les siens, agneau transporté au milieu des loups, il allait vivre parmi des forçats et des scélérats endurcis au crime, dépourvus de toute croyance, rebelles au repentir, hostiles à sa personne, plus encore à son caractère et pires même que les naturels de ces îles perdues ou s'entre-dévorent des peuplades sauvages jusqu'au cannibalisme.

Cette vue releva son courage abattu, la Providence ne l'abandonnait donc pas puisqu'elle lui réservait à la fois un ami, un conseiller et un exemple dans les contrées lointaines où, sans l'abbé Louis, elle se serait trouvée isolée et comme perdue.

La prière qu'elle croyait tarie dans son cœur desséché en remonta fervente à ses lèvres comme l'eau d'une source qui, grossie tout-à-coup par une bienfaisante infiltration, bouillonne et s'épanche sur un lit de mousse ou de sable doré.

Quand arriva le moment de l'allocution prononcée du pied de l'autel par le vieux missionnaire mutilé, l'ouvrière était déjà toute soulagée et son âme, semblable à la terre bien préparée dont parle l'évangile, se laissa doucement pénétrer par cette rosée de paroles qui, adressées à d'autres, pouvaient pourtant si bien s'appliquer à elle.

N'allait-elle pas elle aussi partir pour la terre d'exil avec la grande et sainte mission de toute femme chrétienne, de ramener par la persuasion son mari dans le sentier de la foi, de le relever à ses propres yeux, de le consoler dans ses peines, de le soutenir dans ses épreuves, de le protéger contre l'influence mauvaise de ses compagnons de châtiment, de se dévouer pour lui jusqu'à l'immolation.

Ce que de pieux jeunes hommes allaient faire pour des sauvages féroces, ne devait-elle pas à plus forte raison le tenter pour celui auquel, par un serment solennel, elle avait promis d'être la chair de sa chair et les os de ses os, pour le père de sa Germaine, pour ce Vincent qui avait marché si droit dans le sentier de la vertu jusqu'au jour où un choc trop violent pour sa faiblesse l'en avait chassé brutalement ?

Ah ! si beaucoup de femmes, dans ces temps malheureux, avaient compris comme elle le comprenait en ce moment la hauteur de la mission de l'épouse et de la mère chrétienne, il n'y aurait certes pas eu autant de tristes défections à marquer, et beaucoup d'hommes égarés qui ont rougi de leur sang les pavés des barricades, ou qui, aujourd'hui, subissent loin de la France le juste châtiment de leurs crimes, vivraient heureux au sein d'une famille dans laquelle leur travail apporterait la joie et l'abondance.

La messe terminée, la touchante cérémonie des adieux commença, les jeunes missionnaires vinrent se ranger debout auprès de l'autel, et ceux qui ne partaient pas encore ou que leurs forces, usées par le labeur de toute une vie consacrée au Seigneur, empêchaient de repartir, s'approchèrent avec une joyeuse humilité de la vaillante cohorte et, se prosternant devant les ouvriers désignés pour la moisson du ciel, demandèrent leur bénédiction et baisèrent les pieds de ceux qui allaient porter la bonne nouvelle.

Puis, tous confondant leurs rangs, jeunes hommes et vieillards, vétérans, soldats du présent ou de l'avenir, ils s'étreignirent dans une dernière et fraternelle accolade, et les yeux baignés de douces larmes s'adressèrent un suprême au revoir en se montrant le ciel, seul but de leurs espérances, rendez-vous assigné par la foi et accepté avec confiance.

Alors, entonnant le *Te Deum* triomphant, ils reprirent leurs rangs et précédés de la croix, *labarum* de la victoire, ils sortirent en chantant : saint, saint, saint, est le Seigneur le Dieu des armées !

Ainsi partent les missionnaires qui vont mourir.

La porte était refermée et dans l'église déserte Louise priait encore lorsqu'une main toucha son épaule.

Elle se retourna et reconnut le bon curé de Mareuil.

— Oh ! mon père, lui dit-elle, que cette cérémonie m'a fait de bien.

— Je le savais, répondit le prêtre en souriant, mais maintenant venez, Louis va partir et avant de se mettre en route il veut vous bénir, vous et votre Germaine.

En effet, dans le pauvre parloir de la maison, le jeune missionnaire les attendait. Louise voulut baiser, elle aussi, ses pieds, il ne le souffrit pas et la releva en disant : attendez que Dieu m'ait fait la grâce de mourir martyr de son saint nom pour vénérer mes reliques, puis changeant de conversation il lui parla de Vincent, de la Nouvelle-Calédonie, des préparatifs qu'elle avait à faire, il avait pensé à tout, à une lettre de recommandation pour le capitaine du navire sur lequel elle prendrait passage, à une petite médaille d'argent qu'il suspendit au cou de Germaine et à quelque chose qu'il remit à la jeune femme en lui disant : ceci est un secret que je vous confie, vous ne déchirerez l'enveloppe qu'en arrivant chez vous, et maintenant, mon enfant, adieu, ou plutôt, au revoir là-bas dans notre nouvelle patrie où vous retrouverez encore le bonheur que Dieu départ avec tant de largesse à ceux qui suivent sa voie avec un cœur droit et pur.

L'ouvrière aurait voulu remercier, l'émotion lui coupa la voix et elle ne put que balbutier : je tâcherai d'être meilleure et de profiter de vos conseils.

Alors ils se séparèrent, le curé la reconduisit jusqu'à la porte.

— Et vous, Monsieur le curé, partez-vous aussi? demanda-t-elle.

— Cette nuit, mon enfant, mais je vous reverrai, allez faire vos affaires et soyez à Saint-Roch à une heure après midi, le pouvez-vous ?

— J'y serai, fit-elle, je ne comptais retourner à Versailles qu'à cinq heures.

— Pour y rester quelques jours.

— Jusqu'à demain dix heures du soir, de manière à arriver à Saint-Nazaire à 7 heures et le lendemain partir de grand matin pour Belle-Isle.

— Vous y êtes donc tout-à-fait décidée ?

— Aujourd'hui plus que jamais, ne suis-je pas missionnaire ?

— C'est vrai, fit le prêtre, bien vrai, répéta-t-il en s'éloignant.

En attendant l'heure du rendez-vous, Louise conduisit Germaine aux Tuileries pour y déjeûner, sur un banc, d'un petit pain et de quelques fruits.

Elles allèrent s'asseoir sur la terrasse des Feuillants, en face de ce qui fut le Ministère des finances.

— Vois donc, maman, cette grande maison qui est tombée? Qu'est-ce qui l'a jetée par terre ?

— Des méchants, mon enfant.

— Ceux qui ont renversé la grande colonne?

— Ceux-là et d'autres.

— Alors les gendarmes les ont mis en prison comme papa?

Louise leva les yeux et sur un banc en face vit deux personnes qui écoutaient.

— Allons sous les marronniers, dit-elle, ici il y a trop de soleil, et elle emmena l'enfant.

— Oh ! s'écria celle-ci, vois encore la maison de l'empereur, elle est toute noire et toute tombée aussi, c'est les dangereux qui ont fait ça.

— Oui, oui, déjeûne, fit la mère à mi-voix.

— C'est aussi peut-être papa, continua l'enfant terrible que la vue de Paris incendié étonnait et effrayait, il disait comme ça qu'il voulait brûler la maison de l'empereur.

— Chut ! reprit la mère en baissant le ton, car là aussi il y avait des promeneurs, il ne faut pas parler de ces choses-là.

Germaine la regarda sans comprendre, mais comme elle était obéissante, elle ne fit plus allusion aux ruines qui l'entouraient, et après son repas se mit à jouer avec des cailloux et du sable.

Plusieurs fois cependant elle releva la tête en entendant les exclamations des curieux attirés à Paris par les désastres subis, par la ville, pendant les derniers jours de la Commune, et Louise put entendre comme elle les malédictions dont ils accablaient les misérables qui n'avaient pas craint d'incendier les monuments et avaient failli, en portant leurs torches impies dans le Louvre, réduire en cendre le plus vaste et peut-être le plus magnifique musée du monde civilisé.

Volontiers l'ouvrière serait allée ailleurs, mais où? La rue de Rivoli, le Palais-Royal, les boulevards, la place Vendôme, toutes les grandes rues de Paris ne portaient-ils pas la trace non équivoque de la fureur des bandits, et pour parler un langage figuré, toutes les pierres n'avaient-elles pas une voix qui criait vengeance contre eux.

Jamais Paris n'avait autant pesé à Louise, enfin l'heure du rendez-vous approcha, et prenant Germaine entre ses bras elle se rendit à Saint-Roch.

Elle y était à peine que M. Vidal arriva. Il fit une courte prière, puis tous les trois sortirent sur le perron enfermé dans une grille de fer.

Le prêtre était ému et ses yeux se mouillèrent quand il parla du missionnaire que le train emportait à toute vapeur avec ses compagnons au port d'embarquement, mais bientôt abandonnant

7

ce sujet pour ne pas céder à une faiblesse qu'il se reprochait, le bon curé ne s'occupa plus que de son ancienne paroissienne qu'il conduisit à un petit hôtel, situé dans ce quartier et dans lequel il était descendu.

Là, il parla gravement, sérieusement à l'ouvrière, lui donnant des conseils dictés par sa longue expérience et sa sollicitude toute paternelle, puis au moment de se séparer de celle qu'il appelait sa chère enfant, il tira de sa poche une petite bourse et, avec cette délicatesse qui aime à ne pas accompagner une générosité de ce quelque chose qui trop souvent fait rougir celui qui reçoit, il la remit entre les mains de l'ouvrière en disant : à présent que je n'ai plus d'héritier, puisque Louis n'en est plus un pour moi, je choisis Germaine pour me débarrasser de ces quelques pièces d'or dont vous aurez plus besoin que moi dans votre long voyage; la somme n'est pas forte, usez-en avec ménagement, j'ai ce qu'il me faut pour retourner à Mareuil, une fois là je ne manquerai de rien et je n'en sortirai plus. Adieu, ma bonne Louise, je vous établis trésorière de Germaine, priez Dieu pour moi, je le prierai pour vous, et surtout n'oubliez jamais ce que vous devez à ce bon maître.

— Mon père, bénissez-nous avant votre départ, s'écria l'ouvrière en tombant à genoux, bénissez surtout mon enfant, vous qui êtes...

— La bénédiction d'un vieillard porte toujours bonheur, ma fille, je vous bénis donc toutes les deux.

Et leur imposant ses mains sur la tête il prononça les paroles que l'Eglise en pareil cas met dans la bouche de ses ministres.

Quelques heures plus tard, il quittait Paris roulant vers Mareuil dans un wagon de troisième classe, huit heures sonnaient à la gare, instinctivement il porta la main à son gousset pour voir si sa vieille montre d'or marchait toujours bien, mais il n'acheva pas son geste et un doux sourire erra sur ses lèvres.

Sa montre, il l'avait vendue pour gonfler la petite bourse que Louise emportait.

— Bah ! se dit-il, de mon presbytère on entend très-bien sonner l'horloge, une montre particulière est un luxe quand on en possède une publique.

Au jour dit, Louise partit aussi de Versailles, le train se dirigeait vers l'Océan, c'était le commencement du grand voyage ; elle eût été plus triste si elle n'eût songé que chaque tour de roue la rapprochait de Vincent, dont elle était séparée depuis quelques jours et qu'elle se figurait, dans l'isolement où il était plongé, passant ses journées, assis dans l'embrasure d'une meurtrière, les pieds pendants au-dessus des vagues qui déferlent avec furie contre les épaisses murailles de la citadelle, et regardant de loin chaque voile qui passait, dans l'espoir de voir approcher la barque qui lui ramenait sa femme et sa fille.

De Paris à Saint-Nazaire la route est longue, même en chemin de fer, pour un enfant, aussi quand à la tombée de la nuit les voyageurs quittèrent enfin le wagon dans lequel ils étaient enfermés depuis de longues heures, Germaine n'aspirait qu'à se coucher et à dormir, circonstance heureuse du reste pour sa mère, puisqu'elle lui permit, après avoir recommandé l'enfant, qu'elle savait bien ne pas devoir s'éveiller jusqu'au lendemain, à la maîtresse de l'auberge, de courir jusqu'au port pour s'y enquérir d'un navire partant pour Belle-Isle et débattre le prix de son passage.

Là encore le sort la favorisa ; le vapeur la *Gironde*, bien que ne faisant pas ordinairement ce service, touchait le lendemain à Belle-Isle-en-Mer, pour y débarquer des marchandises à Palais et continuait ensuite sa route pour Quimper.

Le capitaine avait peu de passagers et en cette occurrence il se montra de facile composition, sachant bien qu'il ne manquait pas de bateaux à voile prêts à lui faire concurrence pour peu qu'il se montrât difficile

Seulement comme il voulait partir à l'heure de la marée, c'est-à-dire à la pointe du jour, il exigea que la passagère envoyât le soir même ses bagages à bord et payât sa place d'avance.

Louise n'y fit aucune objection, elle ne songeait pas à lui fausser parole et, quoique fatiguée par une nuit d'insomnie, elle préféra, plutôt que de courir le risque de rester endormie, passer la nuit sur une chaise près de sa fille plongée dans ce sommeil réparateur, à la fois paisible et profond qui est l'apanage de l'enfance.

Il ne faisait pas jour encore que sans l'éveiller elle l'habilla et, l'enveloppant dans son châle, l'emporta à bord de la *Gironde* à peine visible dans le brouillard avec lequel se confondait la fumée épaisse des chaudières.

Elle ne savait où se mettre pour éviter l'humidité, quand un breton compatissant lui indiqua l'escalier par lequel on descend à la salle commune des passagers de seconde classe.

L'ouvrière se blottit dans un coin avec sa fille sur ses genoux et, sûre à présent de ne pas manquer le départ, tomba bientôt dans un demi sommeil.

Il ne devait pas durer longtemps, le ronflement de la chaudière, le sifflement de la vapeur, le grincement des chaînes autour du cabestan, le va et vient des matelots et des passagers, tout ce bruit et ce mouvement qui se fait autour d'un navire au moment de l'appareillage, l'eurent bientôt ramenée à la conscience de son état et faisant un signe de croix elle poussa un profond soupir.

Seule, elle serait montée sur le pont pour assister au départ, mais Germaine dormait toujours et de peur de troubler son repos, Louise résista à la tentation.

La cloche sonna le départ, l'hélice battit les flots, le jour commençait à pénétrer dans la salle par les épais hublots, un léger balancement se fit sentir accompagné du bruissement monotone de l'eau qui, fendue par le tranche-lame, glissait le long des flancs arrondis du navire.

Lorsque Germaine consentit enfin à s'éveiller, *la Gironde* rangeait la côte pittoresque, mais dangereuse du Croisic; étonnée du silence qui régnait autour d'elle, l'enfant ouvrit les yeux et, ne se rendant pas compte de ce qu'elle voyait, surtout de ce qu'elle ressentait, elle s'écria :

— Maman, pourquoi la chambre remue?

— Nous sommes dans le grand bateau qui nous mène voir papa, répondit Louise.

— Sur la Seine, alors? reprit la petite fille, rassurée, et qui, en fait de navigation, ne connaissait que celle du pont des Saints-Pères au Champ-de-Mars.

— Non, mon enfant, sur la mer; tu sais bien ce que je t'ai expliqué.

— Oh! maman, fais-la-moi voir, la mer.

— Et ta prière, Germaine?

— C'est vrai, fit-elle, confuse de son oubli.

Et, joignant ses petites mains, elle récita dévotement son *Pater* et un *Ave*, qu'elle accompagna d'un : « Petit Jésus que j'aime tant, et vous, bonne Sainte Mère, protégez papa, maman ainsi que leur Germaine, et récompensez, en ce monde comme en l'autre, nos protecteurs. »

— A présent, allons voir la mer, fit-elle, en se relevant.

Sa mère la conduisit sur le pont.

Le soleil levant avait dissipé le brouillard et étendait sur les flots, mollement ondulés, son manteau de pourpre, frangé d'or et resplendissant de pierreries.

Pendant quelques instants, la petite fille demeura comme étourdie par la magnificence de ce spectacle, d'une grandeur incomparable; puis, moitié ravie, moitié effrayée, elle s'écria :

— Oh! maman, que d'eau! C'est encore plus grand que la rivière de Paris.

— Un peu, ma petite, fit un passager, en souriant; mais, allez voir de l'autre côté, c'est plus beau encore.

L'autre côté, c'était la France, l'âpre et religieuse Bretagne, opposant comme une digue de granit, ses côtes déchiquetées aux vagues écumeuses qui se précipitaient à l'assaut et, vaincues par l'obstacle, reculaient en mugissant, pour se ruer de nouveau, blanchissantes et échevelées, contre les rochers noirs, immobiles sur leurs bases puissantes.

Çà et là, dans cette sombre muraille, s'ouvraient de larges brèches, à travers lesquelles les flots pénétraient en se tordant avec des reflets d'un bleu sombre glacé d'argent, pour aller mourir sur la grève arrondie, au pied d'un village de pêcheurs, ou d'une ferme solitaire.

A chaque instant on voyait sortir de ces criques sauvages quelque bateau ponté qui, après avoir franchi à la rame l'étranglement du goulet, ouvrait ses larges voiles, aussitôt gonflées par le vent, se penchait sur la mer et, comme un oiseau pêcheur, prenait son vol, en effleurant les flots du bout de ses puissantes ailes.

Les Bretons sont de rudes marins, ils se rient des écueils, bravent la tempête et se jouent au milieu des dangers; mais, parfois, le terrible élément, dont ils affrontent la colère, triomphe de leur vaillance, et au penchant des collines, dans l'humble cimetière, sur lequel l'église étend son ombre, comme un voile funèbre, bien des croix ont été faites avec des avirons brisés, rejetés sur la plage, où viennent aussi s'échouer des cadavres.

Germaine contemplait les vagues et les barques balancées sur leur crête ou s'enfonçant dans le creux de leurs liquides sillons; Louise ne regardait que la terre, cette terre qui s'éloignait et d'où la brise lui apportait encore, tout imprégné des saveurs de la mer, le sauvage parfum des grands champs de bruyère rose, jetés comme des haillons de pourpre sur un sol rebelle et infécond.

Si pauvre que fût ce pays, si maigre que fût cette terre, c'était la France encore, la France où elle était née, la France que, probablement, elle quittait pour toujours.

Hélas! cette terre chérie fuyait derrière *la Gironde*, arbres et maisons s'amoindrissaient en s'effaçant, et déjà la ligne de ressac, cachée par la barre nette et noire de l'Océan, qui semblait monter en s'élargissant, avait disparu à l'horizon, tandis que du côté opposé grandissait au contraire une masse sombre flottant sur les eaux, un morceau de la France, mais un morceau détaché du continent, Belle-Isle.

Rocher gigantesque de 14 kilomètres de longueur sur 8 de largeur, Belle-Isle ressemble de loin à un immense brise-lame, posé en avant de la Bretagne pour la couvrir contre les fureurs de l'Océan-Atlantique.

C'est à la fois une citadelle et une prison ; des forts et des établissements pénitentiers, dans lesquels les soldats condamnés au boulet vont subir leur peine, couronnent les hauteurs, au pied desquelles, derrière des rochers, encadrant son principal port, la petite ville du Palais s'abrite moins contre les rigueurs d'un hiver singulièrement adouci par la température maritime que contre la violence des vents d'ouest, dont la furie courbe les arbres vers la côte de France, partout où elle ne les empêche pas de croître.

Quelqu'un, le capitaine peut-être, en nommant cette île, attira l'attention de la passagère, dont le cœur battit à la pensée que, dans quelques heures, elle allait rejoindre son mari, probablement à la première étape de l'immense voyage auquel il était destiné.

A chaque tour d'hélice, l'île grandissait sur les flots, au-dessus desquels apparaissait, plus distincte, la couronne de rochers, à l'abri desquels, dans les dépressions de terrain, les rares agriculteurs d'une population essentiellement maritime cultivent le froment ou élèvent du bétail dans d'étroites prairies, tapissant le fond des vallons.

Puis, se montrèrent successivement les toits et les maisons de la ville, les mâts des navires ancrés dans le port, les salines, se développant à fleur d'eau, et enfin la ceinture de blanche écume, encadrant de sa longue ligne d'argent la base des rochers.

Germaine, pour qui tout était nouveau dans ce spectacle, témoignait sa joie ou son étonnement par des exclamations naïves ou des interrogations, auxquelles son ami le passager qui, le premier, lui avait montré la côte de France, se faisait un plaisir de répondre, en homme parfaitement versé dans les choses de la mer et dans la manière d'intéresser les enfants en les instruisant.

La petite fille avait pris confiance en lui; à cet âge, un secret instinct fait deviner qui vous aime.

— Et cette grande maison, qu'est-ce que c'est? demanda-t-elle à son obligeant cicérone.

— Ceci, ma petite amie, répondit-il, en montrant un ensemble de bâtiments, disposés en carré long, sur un plateau élevé, et portant le cachet de l'architecture militaire, c'est la prison des condamnés militaires, dans laquelle sont, momentanément, enfermés les prisonniers de la Commune, qui vont être envoyés bien loin, bien loin, au-delà de cette mer que vous voyez.

— Alors, c'est là qu'est papa, fit-elle, avec candeur.

L'étranger regarda Louise à la dérobée.

Elle sentit ce regard, rougit et baissa la tête.

— Pauvre femme! murmura le monsieur.

Cette exclamation de pitié la toucha vivement, elle se retourna à demi et dit, bien bas, pour ne pas être entendue :

— Merci, pour votre pitié; hélas! nous sommes bien malheureuses.

— Vous allez lui faire vos adieux sans doute.

— Je suis sa femme, monsieur, et je viens pour l'accompagner là-bas.

— Avec votre enfant?

— Avec elle; c'est toute notre famille.

L'étranger réfléchit un instant; puis, se rapprochant de l'ouvrière :

— Vous êtes un noble cœur, dit-il, madame; et sans doute vous désirez voir votre mari le plus souvent possible?

— Oui, monsieur.

— Connaissez-vous quelqu'un ici?

— Personne.

— Avez-vous quelque lettre de recommandation?

— J'en ai une d'un missionnaire qui vient de partir pour la Nouvelle-Calédonie, et qu'il a bien voulu me remettre pour le commandant du navire qui emmènera les prisonniers.

— L'abbé Louis, je crois?

— Oui, monsieur. Vous le connaissez? Voici sa lettre.

Il la lut attentivement, la rendit à Louise et reprit :

— Je l'ai vu à Paris, et c'est moi qui devais l'emmener; il est arrivé un contre-ordre qui me force à différer mon départ; mais je m'en réjouis, puisque cela me donnera la possibilité de vous être utile. Si quelqu'un est digne d'intérêt, c'est bien vous, d'après ce que je viens de voir dans cette lettre , et votre physionomie ne m'a pas trompé. Nous sommes arrivés; tenez, voici ma carte, si vous avez besoin de mes services, ne craignez pas de vous adresser à moi. Adieu, ma petite amie.

A l'entrée du goulet, un canot de la marine de guerre venait d'accoster *la Gironde*; l'inconnu descendit l'échelle et sauta dans la barque, où il s'assit à la place d'honneur, après avoir rendu son salut à l'enseigne assis au gouvernail.

Sur la carte qu'il lui avait laissée entre les mains , Louise lut :

« E. de Lambescq , commandant du *Magenta*. »

— Mon Dieu, fit Louise, en levant les yeux au ciel, je vous remercie, vous qui n'abandonnez ni la veuve ni l'orphelin.

Quelques instants après , *la Gironde* se rangeait le long du quai , après avoir lancé ses amarres.

Confiante dans la lettre qu'elle avait reçue de son mari, l'ouvrière espérait le trouver dans les meilleures dispositions; elle n'avait pas

7.

songé que cette lettre avait été écrite par quelqu'un qui savait qu'elle serait lue par l'administration, et elle n'avait pas fait entrer en ligne de compte dans ses espérances la faiblesse de Vincent et la fatale influence qu'exerçaient sur lui les Beslier, les Machefer, les Mulasse et autres incorrigibles bandits, ses compagnons de captivité.

La fin de la journée fut employée à se procurer un petit logement, au prix le plus modique possible, à s'y installer et à préparer un repas bien nécessaire pour les deux voyageuses.

La nuit venue, Louise coucha sa fille et s'occupa à faire ses comptes. Son voyage payé, il lui restait encore une somme d'argent à laquelle elle se proposait de toucher le moins possible. Ce fut en mettant de côté cette réserve qu'elle se souvint de la lettre particulière de l'abbé Louis.

Il était bien temps d'en prendre connaissance. Cette lettre ne contenait que quelques lignes d'écriture, mais renfermait un billet de passage gratuit pour la Nouvelle-Calédonie.

Cette fois, l'ouvrière tomba à genoux, et si jamais prière fervente monta au ciel, ce fut bien celle qu'elle adressait à Dieu pour qu'il se chargeât d'acquitter la dette de son immense reconnaissance.

Le lendemain, confiante dans l'avenir, et aussi heureuse que peut l'être la femme d'un condamné, Louise, tenant Germaine par la main, grimpa la côte, du haut de laquelle l'œil, d'un côté, plonge dans un horizon sans limites, et de l'autre, découvre, à 12 kilomètres seulement, cette pointe de terre, si lugubrement fameuse dans les fastes des crimes révolutionnaires, qui s'appelle la presqu'île de Quibéron.

De tous les condamnés politiques et militaires appartenant à la Commune, il n'en était point de mieux traités que ceux de Belle-Isle-en-Mer; et avec raison ils n'eussent échangé leur situation contre celle d'aucuns de ceux de leurs compagnons détenus dans les différents ports.

Convenablement logés dans des cellules saines et aérées, ils communiquaient entre eux et vivaient presque en communauté. Leur nourriture réglementaire se composait chaque jour d'une portion de viande ou de légumes très-suffisante, et d'une livre et demie d'excellent pain.

Ajoutez à cela la promenade de plusieurs heures par jour, dans un vaste préau, où ils pouvaient, sans être entendus des sentinelles postées sur la plate-forme, causer entre eux et, sans être gênés par les surveillants, jouer aux boules ou aux cartes, s'approvisionner de ce qu'il leur fallait à des cantines disposées à leur usage, fumer leur pipe ou, étendus sur la terre battue, se réchauffer aux rayons du soleil.

Combien d'honnêtes ouvriers, obligés de se tuer au travail pour subvenir aux besoins d'une nombreuse famille, mènent une existence moins heureuse?

Eux pourtant, du moins un grand nombre, n'étaient pas satisfaits, et ce fut dans ce préau même, où ils jouissaient d'une liberté si peu méritée, que s'organisa une société secrète, dont les adeptes prirent le nom de *Compagnons du Désespoir*.

Cette société avait pour but une évasion générale de tous ses membres du pénitentier de la Nouvelle-Calédonie, où ils s'empareraient, par surprise, d'un navire, dont ils massacreraient l'équipage, et qui leur servirait à passer dans les îles de l'Océan, où ils exerceraient la piraterie et s'enrichiraient par tous les moyens, avant de gagner l'Amérique où, à l'ombre du drapeau de l'Union, ils iraient vivre, dans l'abondance, du fruit de leurs vols et de leurs brigandages.

Le féroce Beslier était l'orgnisateur de la société. Le premier il en avait eu l'idée, s'y était attaché de toutes les forces de ses mauvais instincts et en avait fait son œuvre.

Dans ce but, il avait trouvé moyen de se procurer, avant de quitter les prisons de Versailles, un volume de voyages en Nouvelle-Calédonie, une carte détaillée de l'île et en avait fait son *vade-mecum.*

La description donnée par le voyageur était bien quelque peu inexacte, la carte laissait désirer plus encore ; mais, tels quels, ces deux documents suffisaient pour donner à peu près une idée des dimensions, de la configuration et de la position géographique de cette terre que le baleinier fantaisiste, auteur du livre, nommait poétiquement l'Eden du Pacifique.

Il est vrai que, pour confirmer la justesse de cette appellation, le peu scrupuleux voyageur faisait de ce groupe d'îles un tableau splendide, digne des peintures représentant ces plaines de l'Arcadie, où des ruisseaux de lait serpentaient dans les fleurs. Douceur des habitants, abondance de gibier dans les plaines, fruits exquis dans les forêts, climat enchanteur, rien n'y manquait.

Un vieux forçat, retour de Cayenne, et qui avait failli périr de faim dans les bois, jetait bien quelque froid sur cette peinture, en racontant ses misères, mais on lui répondait que la Nouvelle-Calédonie ne ressemblait en rien à l'île du Salut ou à celle du Diable, et comme au fait il ne connaissait de ce nouveau lieu de déportation que le nom, il lui était difficile de retorquer les arguments de Beslier.

Quant à Vincent, toujours crédule et prompt à s'enflammer pour l'inconnu, il s'était laissé séduire par les récits de son ancien chef et, emporté par son imagination enthousiaste, autant qu'irréfléchie, il avait, un des premiers, adhéré aux statuts de la société des Compagnons du Désespoir et prononcé, avec Mulasse, Machefer, Druchon et quelques autres scélérats, le terrible serment par lequel, sous peine de mort, il s'engageait à obéir aveuglément aux décisions du Conseil des chefs dès qu'il serait arrivé à la colonie.

A partir de ce moment, il ne rêvait plus que le départ et aurait voulu déjà être arrivé. Le rôle de conspirateur le relevait à ses propres yeux, le grandissait même dans la proportion d'un héros.

Il se grisait d'espérances comme d'autres se grisent de vin; l'évasion, la vie dans les bois, les combats avec les anthropophages, la prise du navire, la piraterie, le partage des dépouilles; puis, comme couronnement de ce bel échafaudage de chimères, l'achat, aux Etats-Unis, de vastes plantations, où il vivrait riche et heureux, avec sa femme et sa fille, faisaient tourner la tête de ce pauvre fou, pour lequel les tristes réalités de la vie devenaient les feuillets d'un roman d'aventures.

A la manière froide et mystérieuse dont le condamné accueillit sa femme, celle-ci devina bien vite qu'il était retombé sous la funeste influence de ses dangereux amis.

Ce fut une grande et douloureuse désillusion.

Tout ce qu'elle tenta pour le ramener à de meilleurs sentiments fut inutile; entre elle et lui il y avait un secret que d'abord elle ne parvint pas à pénétrer; mais bientôt l'insistance de Vincent pour qu'elle lui procurât des livres sur la Nouvelle-Calédonie et les cartes les plus exactes qu'elle pourrait se procurer, lui donnèrent des soupçons et la mirent sur la voie.

Ce qui acheva de lui faire tout deviner, fut la demande d'une boussole de poche.

— Mon Dieu, répondit-elle, que veux-tu faire d'un semblable objet? Ce n'est pas toi qui seras chargé de conduire le transport à Nouméa et, dans tous les cas, les instruments ne manquent pas à bord.

— Si cela n'est d'aucune utilité pour y aller, peut-être sera-ce nécessaire pour en revenir, fit-il, en clignant de l'œil.

— Oui, peut-être, quoique je n'en devine pas trop l'utilité, murmura-t-elle, timidement; mais, ce dont je suis certaine, c'est que si on vous fouille et qu'on la trouve sur toi, tu seras certainement puni sévèrement et peut-être mis aux fers.

— Pourquoi cela?

— Parce qu'il ne sera pas difficile de deviner l'usage que tu veux en faire.

— Ah ! vraiment, fit-il, en ricanant d'une manière mauvaise, je ne te croyais pas si savante; tu penses sans doute qu'avec une boussole on peut faire sauter un navire ou, ce qui vaudrait mieux, exterminer les geôliers et les bourreaux, dont l'aimable gouvernement des Versaillais va le bourrer pour nous torturer.

— Sans être savante, je sais qu'une boussole ne peut pas servir à cela.

— A quoi donc serait-elle bonne ?

— Dans le cas d'une tentative insensée d'évasion, fit-elle, en le regardant.

Il se troubla et baissa les yeux; puis, changeant de conversation :

— N'importe, dit-il. Je n'ai jamais songé à m'en charger, mais tu rendrais un grand service à quelqu'un et tu me ferais plaisir en en portant une avec toi.

— Je l'emporterai, je te le promets, fit-elle; mais je crains bien que ce ne soit pour le malheur de ce quelqu'un.

— Que t'importe ? Fais ce que je te dis, reprit-il, brutalement.

Bien que les instruments de cette nature ne soient pas rares dans les ports de mer, il eût été impossible à Louise de s'en procurer au Palais, et très-compromettant d'en faire venir de Saint-Nazaire ou de Nantes, lorsque le hasard lui fit justement rencontrer ce qu'elle cherchait.

C'était l'époque de la foire annuelle du chef-lieu de l'île; un marchand forain de ces bijoux d'or ou de plaqué, qui vont de ville en ville, arriva par le bateau à vapeur et étala, sur la place, toutes ces nouveautés : broches, boutons, boucles d'oreille et le reste.

Parmi ces articles de fantaisie, se trouvait tout un assortiment de petites boussoles à suspendre à des chaînes de montre.

A l'orientation souvent différente de leurs aiguilles, il était facile de voir que ces objets étaient loin d'être des instruments de précision; cependant, tant bien que mal, ils pouvaient servir.

L'ouvrière les marchanda d'un air indifférent et, après en avoir débattu le prix, en obtint deux pour cinq francs.

— Voici, ma petite mère, fit le marchand, en les lui passant, pliées dans un petit morceau de papier de soie; avec cela, vous pouvez aller au bout du monde et en revenir.

Elle rougit, les prit et s'éloigna à la hâte, comme si elle eût commis une mauvaise action.

Sans qu'elle s'en rendît compte, sa conscience lui disait qu'elle avait eu tort et qu'un jour elle en serait punie.

Lorsque Vincent apprit à ces complices que, grâce à lui, ils seraient munis d'une boussole pour leur expédition, Beslier le félicita vivement, et il fut convenu que, prévoyant et intelligent comme il l'était, il serait appelé à remplir la première place qui viendrait à vaquer dans le Conseil.

Cet homme avait une telle passion de distinction qu'il éprouva une véritable joie à apprendre que, dans un avenir prochain, il pouvait espérer de prendre rang parmi les chefs de l'association, c'est-à-dire entre l'ignoble Beslier, le forçat Machefer et autres scélérats de la même trempe.

A partir de ce jour, les Compagnons du Désespoir n'eurent pas d'affilié plus ardent que lui.

Cependant les jours s'écoulaient rapidement pour les prisonniers en général, peu hâtés de quitter la France, mais lentement pour les membres de la nouvelle société, qui regardaient leur arrivée à Nouméa comme le moment de leur délivrance.

Chaque jour Vincent s'informait auprès de sa femme des nouvelles du dehors; déjà elle lui avait annoncé le départ du *Rhin*, sorti de Toulon, avec un chargement de forçats pour la Nouvelle-Calédonie, en passant par le canal de Suez.

Bientôt le branle-bas général commença.

L'aviso à vapeur *l'Ampère* embarqua, à Cherbourg, 225 forçats, *la Danaé* partit de l'île d'Aix, emportant 250 politiques, *la Sibylle*, frégate à voiles, de Toulon ; le transport à vapeur *le Var*, de Rochefort, *le Cher*, de Cherbourg, les suivirent de près, en même temps que toute une flottille de transports à vapeur, *la Garonne*, *le Finistère*, *le Jura*, *la Dordogne* et la frégate à vapeur *la Guerrière* se préparaient à enlever d'un seul coup 3,600 condamnés, sur les divers points du littoral , pour les transporter à l'extrémité du monde.

Un matin, en conduisant Germaine au bout de la jetée, où l'enfant s'amusait à regarder les vagues se briser à l'entrée du môle, Louise aperçut, avec une vive émotion, un vaisseau de guerre, mouillé en rade et immobile sur ses ancres.

C'était la prison flottante dans laquelle, pendant cent dix ou cent vingt jours, le premier convoi, de 600 insurgés, enfermés au fort de Belle-Isle, allait être traîné, à travers l'immensité des mers, jusqu'à la Nouvelle-Calédonie.

CHAPITRE VII

En mer.

Sans perdre une minute, Louise avait couru chez son protecteur, le commandant E. de Lambescq et avait avec instance demandé à lui parler.

On la connaissait déjà dans la petite maison que M. de Lambescq habitait avec sa jeune femme et elle fut aussitôt introduite.

Le marin la reçut avec sa bonté ordinaire et lui demanda ce qu'elle désirait.

— Partir avec mon mari, répondit-elle en joignant les mains, le vaisseau qui doit l'emporter est arrivé, et au mouvement qui règne dans le port il est facile de voir qu'il va bientôt prendre le large.

— Vous avez deviné juste, ma bonne Louise, mais ce vaisseau n'est pas le mien et lors même que j'en aurais le commandement, je ne pourrais pas vous donner la permission que vous me demandez.

— Cependant, commandant, j'ai une autorisation en règle pour la Nouvelle-Calédonie.

— Oui, mais pas pour ce transport.

— Qu'importe, celui-ci ou un autre ?

— Sur celui-ci il ne peut y avoir aucune femme.

— Et il ne serait pas possible d'obtenir une exception ?

— Aucune, absolument aucune, ce serait contraire à tous les réglements.

— Mon mari partira seul, alors?

— Vous irez le rejoindre dans quelques jours.

— Mais le temps de la traversée durera longtemps, un an peut-
être.

— Non, pas un an, cent à cent vingt jours seulement.

— Seulement! cent vingt jours où il sera abandonné à tous les
mauvais conseils des autres condamnés. Et puis qui sait quand je
trouverai où m'embarquer, et sur quel navire?

— Dans une quinzaine il en partira un second, meilleur marcheur, qui arrivera probablement avant celui-ci et sur lequel
vous serez certainement beaucoup mieux.

— Oh! cela m'est bien égal d'être mal si on veut me laisser avec
Vincent.

— Pauvre femme, fit la commandante, puisqu'il n'y a pas possibilité de lui accorder sa demande ne pourrions-nous pas....

— Nous en causerons, ma chère amie, mais je ne sais encore
rien moi-même, vous le savez.

Louise ne voulait pas se laisser persuader qu'il y eût un réglement assez dur pour empêcher une femme de suivre son mari en
exil, elle pria, elle supplia, mais ce fut en vain et elle sortit désolée pour aller faire à son mari un long adieu.

Lorsqu'elle arriva au fort, Vincent avait déjà reçu l'avis de son
prochain embarquement, sa femme le trouva radieux.

— Parce que je sors enfin de prison, ce n'est pas la peine de
pleurer, lui dit-il, moi je suis content.

— Cependant de six mois tu ne reverras plus ni ta femme ni ta
fille.

— Bah! bah! six mois ne sont pas un siècle, et je préfère ne
vous revoir que dans six mois libre, que pendant six mois dans le
préau d'une prison ou derrière des grilles; allons, au revoir, soigne-

toi bien et soigne Germaine, moi je suis pressé il faut que je ramasse mon bibelot.

Il embrassa, pour la forme, sa femme et son enfant et alla à ses affaires.

— Peut-être a-t-il raison d'aimer mieux la déportation que la prison, pensa Louise, mais c'est égal, six mois sont bien longs, surtout dans cette mauvaise compagnie avec personne pour le conseiller.

Lui ne songeait pas à cela, il rêvait la fortune et la liberté.

A quatre heures du soir, un roulement de tambour se fit entendre, les six cents condamnés désignés pour le départ se formèrent en colonne, chacun d'eux avait endossé un costume de mobilisé dont on avait enlevé le passe-poil et portait par dessus un vêtement de toile.

Sur l'épaule ils avaient un sac renfermant ce qu'ils possédaient : des chaussures, des vêtements, du linge, des brosses, du savon, ce que les marins et les soldats appellent leur bibelot.

Quelques-uns de ces sacs étaient bien garnis, d'autres presque vides, suivant la fortune du propriétaire, car même parmi ces outranciers de l'égalité il y avait déjà des castes distinctes.

Les deux toiles du sac de Mulasse se touchaient, d'autres formaient ballon.

Les riches comme Verdure, Pascal Grousset, Pélissier et autres illustrations de la Commune, regardaient les pauvres avec un suprême mépris.

A six heures du soir, une forte escorte de soldats et de gendarmes encadra la colonne des déportés dans une double haie de sabres et de baïonnettes.

Cinq minutes après, les portes s'ouvrirent et le cortége s'avança vers le port.

Entre les prisonniers et les rares spectateurs groupés sur le port, toute communication était interdite; le ciel chargé d'épais nuages avait un aspect menaçant, et dans la demi-obscurité la mer conservait cette teinte sinistre, dont Vincent avait été frappé à son arrivée à Saint-Nazaire.

Des canots attendaient au rivage; à mesure que chacun d'eux avait reçu son chargement il s'éloignait.

Sur les deux rives du chenal quelques femmes agitaient des mouchoirs blancs en guise d'adieux.

Au moment où le bateau, que montait Vincent, arriva au bout de la jetée, une voix émue cria : au revoir.

— Au revoir, répondit-il, et vive la république !

— Vive la république, hurlèrent deux ou trois de ses compagnons, mais ce cri resta sans écho.

Il régnait du reste un certain froid parmi les déportés. Quelques-uns peut-être regrettaient la France, mais tous se demandaient avec anxiété comment ils seraient traités à bord de la *Guerrière;* y aurait-il une couchette par homme ou seraient-ils soumis, comme les forçats, au régime du lit de camp avec la chaîne passée dans la barre de fer, auraient-ils du vin et de l'eau-de-vie, du biscuit et des gourganes ou de la viande fraîche et du pain ?

Tout cela leur donnait à réfléchir.

Ils se souvenaient comment ils avaient traité les otages et tremblaient que la juste peine du talion ne leur fût réservée.

Les récits de Mulasse qui, déjà, avait fait un voyage à Cayenne, de Machefer et de quelques autres échappés du bagne; devenus plus tard les auxiliaires naturels de la Commune, rendaient pensifs les plus insouciants d'entre leurs nouveaux compagnons.

Heureusement pour tous, la loi faisait une grande différence entre les condamnés politiques et les simples forçats pour vol ou assassinat, aussi l'accueil qu'ils reçurent à bord de *la Guerrière* releva-t-il l'espérance des plus abattus.

Au fait, de quoi auraient-ils eu à se plaindre ?

Le réglement n'était pas de beaucoup plus sévère pour eux que pour les matelots, des braves gens qui avaient exposé cent fois et exposaient chaque jour, sans marchander, leur vie pour le service et la gloire de la France; s'il y avait injustice, c'était assurément en faveur des communeux vaincus.

On commença par leur distribuer, à chacun, une gamelle, une assiette et un gobelet en fer, puis après une inspection très-courte on leur lut le réglement du bord.

Au branle-bas, à cinq heures du matin, café sans eau-de-vie ; à onze heures, soupe et viande avec un quart de vin; à quatre heures, soupe et légumes; à chaque homme, pour sa ration de liquide dans la journée, un bidon contenant un litre d'eau acidulée avec du vinaigre ou du sucre et du citron.

Les marins recevaient en plus, il est vrai, un petit verre d'eau-de-vie le matin et un quart de vin le soir ; mais en vérité qui pourrait soutenir que la différence du plus rude labeur avec le plus complet *far niente* fût compensée par ces quelques gouttes de liqueur et ces vingt-trois centilitres de vin ?

Le premier sentiment des transportés fut donc celui de la plus agréable surprise, mais la journée du lendemain n'était pas écoulée, que déjà plusieurs d'entre eux murmuraient sourdement et se plaignaient dans les chambrées, où ils n'avaient pas autre chose à faire qu'à jouer aux cartes ou à dormir entre leurs repas, d'être des victimes déplorables de la plus atroce tyrannie.

Au bout de trois ou quatre jours, ce fut bien autre chose. Comment ? on osait les soumettre à une rigoureuse surveillance, les matelots avaient reçu ordre de ne pas leur parler, on leur avait retiré leurs couteaux, le service se faisait sur *la Guerrière* comme en présence de l'ennemi, l'équipage portait le poignard, un détachement d'infanterie de marine renforcé de quelques gardes chiourme fournissait des sentinelles dans le faux pont de distance en distance et, quand une bordée de prisonniers montait sur le pont, les gendarmes, en destination des colonies, faisaient faction le pistolet au poing et le sabre au côté.

Machefer qui, dans le fort, avait proposé de s'entendre pour, lorsqu'on serait en pleine mer, surprendre l'équipage, le massacrer, s'emparer du transport et forcer les matelots survivants à le conduire dans un port de la libre Amérique, ne pouvait comprendre ces mesures de défiance envers lui et ses compagnons : un troupeau de doux agneaux conduits à la boucherie par les férces sbires d'une tyrannie sans entrailles.

Druchon, le voyou parisien, ce type des ignobles gamins qu'il est de mode de flatter dans une certaine presse, et qui, aux jours de son opulence, ne fumait que les bouts de cigare ramassés sur les trottoirs, se plaignait amèrement de la lésinerie d'une administration assez avaricieuse pour ne distribuer, à des passagers de son mérite, que cent grammes de tabac tous les dix jours; mais ce qui portait le comble à son indignation, c'est que le despote commandant le forçât à se laver chaque matin, de changer de vêtements une fois par semaine, de faire usage de savon, et enfin à brosser énergiquement ce que les ciseaux du perruquier avaient épargné de sa dégoûtante chevelure rousse.

La propreté lui était antipathique, et il ne supportait pas qu'on eût la barbarie de l'imposer par la force à un vrai républicain radical.

Chacun apportait ses griefs; les uns se plaignaient d'avoir à rouler leur hamac, d'autres de manquer d'espace sur le pont, ceux-ci d'être réveillés par le bruit des manœuvres, ceux-là d'avoir trop d'air, quelques-uns d'en manquer absolument. La machine était trop bruyante, la cuisine trop chaude, le sifflet trop aigu, la viande pas assez fraîche, les repas moins copieux qu'à l'hôtel de ville, enfin la promenade en mer manquait complétement d'agrément.

La mer était pourtant splendide, une mer d'huile, comme disent les marins; sur les flots bleus et unis *la Guerrière* filait comme un cygne, sans balancement visible et ouvrant, dans le liquide azur, un large sillon qui glissait mollement le long de ses flancs arrondis en jetant, autour du navire, une écharpe d'argent dont les bouts flottants allaient se perdre au loin.

Sur cette mer sans pareille, baignée dans de chaudes vapeurs, se montraient successivement la Corse aux pics dentelés et bleuâtres, émergeant du milieu des vertes forêts, la Sardaigne pittoresquement découpée, à l'horizon la ligne bleuâtre ou violacée des Apennins, puis la triangulaire Sicile qui semble vouloir barrer le passage aux navigateurs et leur montre de loin son gigantesque Etna, élevant sa tête neigeuse à dix mille pieds de hauteur.

Certes ces splendides panoramas et les souvenirs qu'ils évoquent sont faits pour saisir l'âme et commander l'admiration, mais les brûleurs de musées demeurent aussi inertes devant la nature que devant l'art et ceux mêmes qui, comme Courbet, se décernent orgueilleusement le titre de rois des peintres, n'hésiteraient pas, s'ils le pouvaient, à renverser l'Etna comme ils ont abattu la colonne, celle-ci parce qu'elle ressemblait à un tuyau de poêle, celui-là parce qu'après tout ce n'est qu'une énorme cheminée dont la fumée peut devenir incommode.

Malte, ce rocher forteresse avec son héroïque histoire qui est presque une épopée, ses ruines grandioses et les souvenirs nationaux qui s'y rattachent, n'aurait pas offert plus d'intérêt à ces ignorants de toute chose si, pendant une courte relâche de quelques heures, le gavroche Druchon, se croyant un nageur hors ligne, parce qu'avant d'endosser le costume de fédéré il avait souvent plongé au pont Neuf pour aller chercher, au fond de la Seine, la pièce de deux sous lancée par un passant, n'eût résolu tout-à-coup de profiter de son beau talent pour s'affranchir de la vie monotone du bord et reconquérir la liberté pour laquelle il avait si vaillamment combattu.

Peu habitué à calculer les distances en mer et croyant la terre infiniment plus rapprochée qu'elle ne l'était, d'un bond il s'élança sur le bordage et, avant que la sentinelle eût eu le temps de l'en empêcher, piqua résolument une tête en pleine Méditerranée.

Témoins de cet acte d'audace, ses compagnons applaudirent avec frénésie, tandis que les matelots se contentaient de rire à gorge déployée. Une demi-minute s'écoula, il reparut nageant vigoureusement vers la rive, mais déjà l'homme de vigie avait crié : un homme à la mer.

Un lieutenant donna l'ordre de descendre le canot.

Bien sûrs de le rattraper, les marins obéissaient sans se hâter.

— Allons, leste ! commanda le lieutenant ; il y a des requins par là.

Ce mot fit froid aux autres condamnés.

En un instant, le canot toucha l'eau, les matelots bordèrent leurs avirons, le timonnier poussa au large.

Mais, déjà Druchon, l'intrépide nageur, appelait au secours, le courant l'emportait, le courant; il ne savait pas, il ne se doutait même pas qu'il pût y en avoir et, se sentant irrésistiblement entraîné, il avait perdu la tête ; fort heureusement pour lui les requins rôdaient d'un autre côté et ce fut à cette circonstance toute fortuite que l'honorable fédéré dût de ne pas leur servir de premier déjeûner.

Les matelots le cueillirent entre deux vagues, battant l'eau comme un barbet dans un fossé d'où il ne peut sortir, et le déposèrent encore plus piteux qu'essoufflé au fond du canot qui le ramena au navire.

Pour le sécher, le capitaine le fit mettre aux fers.

Cette aventure, ainsi qu'il est naturel dans une réunion où forcément aucune nouvelle extérieure ne pouvait arriver, devint le thème de toutes les conversations.

Peu s'en fallut que les odieux requins, qui se mettaient de la partie pour empêcher les évasions, ne fussent traités de Versaillais.

Quant à Beslier, en sa qualité de chef des Compagnons du Désespoir, il déclara qu'il retirait toute son estime à ces monstres, alliés naturels des bourreaux du peuple, mais il se félicita hautement que, grâce à leur intervention, aucun des fédérés n'essaierait de s'évader avant le moment fixé par le conseil, dont il exalta pompeusement la prudence et les lumières.

— Tu crois donc, citoyen, qu'il est aussi facile de s'évader que de le dire, grogna un jour Mulasse qui, ayant échoué dans une première tentative, se croyait indirectement attaqué par les paroles du grand chef.

— Certainement, c'est facile avec de la prudence, répondit celui-ci, et une fois arrivés, je vous le prouverai à tous; moi, qui te parle, une première fois je me suis évadé de prison et la seconde fois du bagne.

Mulasse haussa les épaules.

— Belle affaire de limer des fers et d'escalader un mur sans être aperçu d'une sentinelle, fit-il.

— Que le gendarme soit à Toulon ou à Cayenne, reprit aigrement le citoyen Beslier, la difficulté est la même, et cependant je sais des évadés dont le sort a été différent.

Cette fois l'attaque était directe, ce fut aussi directement que Mulasse répondit :

— Fameuse la plaisanterie, toi qui parles tant d'évasion tu ne sais pas même ce que c'est; conte donc la tienne, moi je conterai la mienne, les camarades jugeront après.

— Ça me va, fit Beslier, et, comme tu le dis, les camarades jugeront entre nous deux.

C'était une bonne aubaine pour les prisonniers, une manière de tuer le temps le soir avant l'heure du coucher, alors qu'on y voit à peine pour jouer aux cartes ou au loto.

En attendant, la chambrée se divisa en deux camps et des paris furent ouverts; ces deux moitiés étaient pourtant, il faut l'avouer, loin d'être égales : Beslier, le beau parleur, comptait un plus grand nombre de partisans que l'obscur forçat, véritable brute qui, sous le règne de la Commune, n'avait pas pu, malgré son audace, parvenir à accrocher le moindre grade dans une armée où pourtant le courage était une exception.

On trouvait qu'il manquait de moyens.

Beslier, au contraire, avait dû sa popularité et les faveurs des électeurs à son éloquence triviale au club des Folies-Belleville.

Ainsi qu'il en était convenu, ce fut ce beau parleur qui, le premier, raconta l'histoire peu fidèle et singulièrement embellie de la double évasion dans laquelle, à l'en croire, il aurait accompli des prodiges de courage et d'adresse.

On le laissa aller jusqu'au bout en lui donnant, par moment, des marques d'admiration, mais cette admiration était beaucoup plus pour sa manière de narrer ses hauts faits prétendus que pour ces hauts faits eux-mêmes, dont peut-être, à l'exception de Vincent et de quelques naïfs comme il s'en trouve partout, personne ne croyait le premier mot.

Quand le tour de Mulasse arriva, une sonnerie de clairons commanda le silence et, quelle que fut la curiosité qui s'attachait à ce nouveau récit, tous se levèrent aussitôt pour déboucler leurs hamacs ou s'étendre dans leur cadre, sachant bien que les factionnaires ne plaisantaient pas sur l'observation de la consigne, et que la moindre punition d'une désobéissance inutile serait le retranchement du quart de vin du lendemain, peut-être même un jour ou deux aux fers.

Pour ceux qui ne croient pas en Dieu, le commencement de la sagesse est la crainte du gendarme; or, à bord de la Guerrière, on savait que le gendarme est l'homme du règlement.

Le lendemain quand la première bordée monta sur le pont pour y respirer la brise vivifiante de la mer, une île nouvelle, hérissée de rochers et enveloppée d'un brouillard lumineux comme une auréole, grandissait à l'horizon, sentinelle avancée des brillantes Cyclades flottant comme des bouquets de fleurs et de verdure sur la surface azurée de la mer d'Ionie.

Moins heureuse que ses sœurs, Candie porte encore, quoique toujours en frémissant, le joug des Turcs qui, pour la soumettre, ont commis les plus atroces barbaries; célébrée par les peintres et par les poètes, mais moissonnée par la faim, le fer et le feu, sa vaillante population de montagnards avait au moins, aux yeux des déportés les plus instruits, le mérite d'avoir été défendue par le trop fameux Flourens qui y fit ses premières armes.

Ce souvenir lui valut quelques regards, peu cependant, car les partisans du progrès social préfèrent regarder dans l'avenir que de se rappeler un passé qu'ils taxent de barbarie et se plaisent à charger de malédictions.

D'ailleurs ce n'était guère qu'à l'état de fantôme que, sur leur gauche, se dressaient les abruptes rochers qui servirent de dernier refuge aux montagnards candiotes.

Pour la plupart des promeneurs, le spectacle des rapides bonites seprécipitant sur l'émerillon lancé par les marins, ou bondissant dans le rapide sillage du navire, avait infiiument plus d'intérêt que toutes les guerres de Candie ou de la Morée.

A l'intérieur, on continuait à jouer aux cartes et au loto sans plus se souvenir de Druchon le héros de la veille ni s'inquiéter dn rhume, conséquence probable de son bain forcé.

Enfin le soir arriva et les deux narrateurs se retrouvèrent en face l'un de l'autre dans la batterie.

Le cercle se forma et Mulasse, sans chercher de phrases à effet, commença à peu près en ces termes le récit de ses aventures.

— Il y a de cela environ dix ans, j'avais pris mes quartiers d'hiver aux carrières d'Amérique; un jour ou plutôt une nuit, qu'après avoir conscieusement travaillé, je regagnais tranquillement chargé

de mon riche butin, j'entendis un coup de sifflet et bientôt
après je me vis entouré d'une quinzaine d'agents de police;
n'ayant pour arme qu'un bâton noueux et plombé, j'en usai avec
fureur et tâchai de me frayer un passage ; mais la résistance étant
inutile, je fus saisi, solidement garrotté, puis conduit au dépôt de
la conciergerie.

— A la suite d'une condamnation injuste....

— Connu, mon vieux, fit Verduron, dit la Jeunesse, autre
repris de justice, il n'y a rien d'injuste comme la justice, chacun
sait ça.

Les auditeurs grimacèrent un sourire.

— Si tu ne veux pas me laisser parler, je me tais, répondit la
Musse, je m'en moque pas mal.

— La parole est au citoyen Mulasse, dit sévèrement le président,
et le premier qui interrompt je le prive de son quart de vin.

« — Donc, reprit le narrateur, justement ou injustement je fus
condamné à vingt ans de travaux forcés et expédié au bagne de
Toulon.

» Bien des camarades y ont passé comme moi et Beslier tout le
premier, il est donc inutile que je parle de ce lieu de misère.

» Il n'y avait pas deux mois que j'y étais, quand l'ordre arriva
de préparer un transférement pour Cayenne, l'île meurtrière.

» Je n'ai jamais eu de chance, je fus un des premiers choisi pour
partir.

» Après tout, cela m'était bien égal, mourir pour mourir tant
vaut que ça finisse vite, c'est toujours ça à souffrir de moins dans
ce monde de malheur où l'on ne peut pas se donner des jouissances,
sans que ceux qu'on appelle les honnêtes gens vous empoignent,
pour vous mettre les fers aux pieds et aux mains.

» Cayenne n'est pas si loin, disent les savants, que la Nouvelle-
Calédonie, c'est égal nous eûmes le temps de souffrir avant d'être
arrivés ; ceux qui moururent on les lança à la mer et bonsoir, les

requins en firent leur affaire; nous autres nous ne les plaignions pas trop, c'était autant de gagné en plus d'air et de ration.

» Enfin nous débarquâmes à l'île Saint-Joseph, la première que l'on rencontre dans ce pays de malheur, c'est le dépôt des prisonniers.

» On y travaille dans la vase jusqu'au genou, sous un soleil de plomb et au milieu d'un nuage de maringouins, insectes ailés qui vous bourdonnent sans cesse aux oreilles, vous lardent de leurs longs aiguillons dont la piqûre vous brûle comme le feu et causent des douleurs à rendre fou.

» Si l'on se plaint, c'est pis encore, la prison, le cachot, le court baril, les coups de martinets et le reste.

» Il y a d'autres îles de çà, de là : le Diable, le Salut, le pénitencier Saint-Laurent, mais comme, sauf les noms, c'est partout la même chose, c'est pas la peine de demander à changer.

» Si horrible qu'y soit la vie, ce n'est pourtant encore là que le morceau de pain blanc, le jardin d'acclimatation, comme disaient les camarades.

» Il y a des gens qui vous parlent de Cayenne comme de Toulon, s'ils avaient seulement fait quinze jours au pénitencier du Rocher, aux Trois-Carbets ou à Pastoura, rien que de songer à ces lieux de malédiction, ils trembleraient la fièvre de peur.

» Ces pénitenciers, situés dans la partie la plus insalubre de la Guyane française, partout mortelle dès qu'on s'éloigne de la mer, se trouvent dans les grands bois.

» Le terrain y est incultivable, le sol une vase gluante dans laquelle, jambes nues on travaille, avec une hache ou un sabre d'abattage, à faire chaque jour un stère et demi de bois à brûler, c'est la tâche quotidienne du condamné.

» Ce qu'il y a d'insectes venimeux, sans compter les maringouins et la chique, une espèce de puce qui se loge sous la peau où elle produit des ulcères, est vraiment prodigieux.

8.

» C'est le pays des serpents de toutes les tailles et de tous les venins, des vampires qui sucent le sang pendant le sommeil, des caïmans monstrueux et des araignées gigantesques.

» Là on rencontre des fourmis plus grosses que nos abeilles, qui font des nids hauts de plusieurs mètres et creusent des souterrains dans lesquels un homme tombé est un homme mort.

» Là tout est danger, et la plante qui vous présente un fruit à l'aspect délicieux qui n'est qu'un poison terrible, et l'eau au fond de laquelle grouillent les caïmans et les torpilles, et l'air empesté que l'on respire, le soleil dont la chaleur tue, la lune dont les rayons aveuglent ou rendent fous, et jusqu'aux sauvages qui se mettent à votre poursuite comme une meute de chiens altérés de sang, vous percent de leurs flèches barbelées ou, pour gagner la prime, vous rapportent pieds et poings liés à l'Établissement pour y subir la bâtonnade.

» Après trois mois de séjour à Saint-Joseph, je parus suffisamment acclimaté et l'on m'envoya au grand bois sur les bords du Kourou.

» Nous n'y étions pas trop surveillés, puisque nous avions la liberté de chasser pour notre compte dans la forêt quand notre travail était terminé.

» Je m'étonnais de cette facilité et plus encore de la régularité avec laquelle mes compagnons revenaient chaque soir au pénitencier.

» — Dis donc, dis-je un jour à Michel le Roux, si au lieu de rentrer aujourd'hui à la nuit nous ne rentrions pas....

» — Eh bien après ?

» — Tu ne comprends pas ?

» — Non.

» — On pourrait s'enfoncer dans le bois ?

» — S'enfoncer dans la boue, dans un marais à caïmans ou dans une fosse à termites, oui s'enfoncer, c'est bien le mot.

» — Et gagner la Guyane Hollandaise.

Il se mit à me regarder avec pitié et me dit :

» — Ah ça, tu crois donc que les anciens ont attendu ton arrivée pour que cette idée leur vînt à l'esprit ?

» — Je ne dis pas.

» — Et que s'il était possible de s'évader, moi, Michel, je serais ici ?

» — Chacun peut avoir son idée, combien qu'il y a donc d'ici à la Guyane Hollandaise ?

» — Cent lieues de vases molles, rien à manger, vingt mille caïmans, cent mille serpents, et un milliard de maringouins.

» — Allons, tout ça c'est des bêtises, veux-tu venir avec moi ?

» — Ecoute-moi, Mulasse, me répondit-il, t'es un imbécile n° 1, un enfant qui ne connaît pas ta droite de ta gauche, quand tu auras vu des évasions tu seras guéri de penser à la fuite, moi j'en ai vu une, ils étaient quatre, le grand borgne en faisait partie ; un soir ils ne rentrèrent pas, nous pensions que toute la gendarmerie allait se mettre à leurs trousses, ah ! bien oui, le commandant lève les épaules au rapport et dit : ces pauvres diables sont encore plus à plaindre qu'à blâmer.

» Trois jours se passent, puis quatre, nous disions entre nous : organisons-nous pour décamper, si c'est pas plus difficile que ça, c'est pas la peine de se gêner. Mais voilà que le cinquième jour, de grands diables de sauvages arrivent traînant après eux, non pas trois hommes mais trois squelettes n'ayant que la peau et les os, couverts de boue et de sang, nos camarades.

» — Pourquoi les ramenaient-ils ? demandai-je à Michel.

» —Parce que pour chaque évadé, ils touchent 25 francs de prime ; et quand les sauvages n'ont pas trop faim, ils les reconduisent au lieu de les manger.

» — Diable, pensais-je en moi-même, encore une chance de moins.

» — Le commandant, continua Michel, nous fit réunir, nous

pensions que c'était pour nous faire assister à la bastonnade, nous nous trompions.

» — Condamnés, nous dit-il, voilà trois des vôtres qui ont voulu s'en sauver, ils étaient quatre, les caïmans en ont dévoré un. Vous voyez dans quel état sont les autres. Le réglement m'autorise à les faire bâtonner jusqu'à la mort. Moi je leur pardonne et je fais mieux. Gendarmes, mettez ces hommes en liberté, donnez-leur quinze jours de vivres et qu'on les lâche dans les bois, je leur permets de recommencer. Dites donc, vous autres, le voulez-vous ?

» — Plutôt mourir sous le bâton, répondit le borgne ; commandant, ayez pitié de nous et faites-nous rendre nos chaînes ; nous avons tâté de l'évasion, à présent nous n'en voulons plus.

» — Et les autres ? que dirent-ils ?

» — Ils se consultèrent un moment, puis ils répondirent : assez comme cela, qu'on nous renvoie au chantier.

» — Alors tu es bien décidé à ne pas partir ?

» — Vois le grand borgne, s'il veut en être, j'en suis tout de même.

» — Ça me va, je lui parlerai.

» — Je le vis en effet le lendemain et je lui fis des propositions.

» — Merci, fit-il, j'ai goûté de la sauce, je n'en veux plus.

» — Quinze jours s'écoulèrent, j'avais toujours mon idée, enfin j'en embauchai deux autres et je décidai Michel à se joindre à nous.

» Il nous fallut encore quinze jours pour amasser les bois qui nous étaient nécessaires et les cacher dans les lianes pour, ensuite, les assembler et en faire un radeau, car, si le Kourou n'est pas plus large que la Seine il est très-vaseux et fourmille de caïmans, nous n'aurions pas fait dix pas dans l'eau sans avoir une jambe coupée.

» Nous attendîmes ensuite la distribution des vivres ; elle a lieu deux fois par semaine et chaque homme reçoit à la fois quatre rations, de plus nous avions chacun mis de côté une bouteille pour emporter de l'eau.

» La nuit venue, nous nous dirigeâmes vers le fleuve en marchant dans la vase jusqu'à mi-jambe, enfin nous atteignîmes le bord, des lianes nous servirent à attacher les pièces du radeau; avec nos sabres d'abattage nous coupâmes quatre perches et nous lançâmes l'embarcation.

» L'eau était si basse sur le bord qu'elle ne pouvait pas flotter; l'Eveillé et moi, nous descendîmes dans la boue pour la pousser; au bout de cinq minutes, Michel, qui était à l'avant, cria : embarquez, nous y sommes; je sautai sur le radeau, l'Eveillé en fit autant, mais il ne réussit qu'à demi, car il me tendit la main en me disant : aide-moi.

» Je venais de lui prendre le poignet et je tirais de toute ma force quand, tout-à-coup, il poussa un rugissement en retombant sur les poutrelles.

» — Qu'est-ce ? demandai-je.

» — Oh ! fit-il en gémissant, je suis un homme mort.

» — Comment mort ?

» — Oui, dit-il, j'ai la jambe coupée.

» Je me baissai pour la lui tâter, croyant qu'il voulait nous effrayer, mais quand j'arrivai au-dessus du genou je ne trouvai plus rien et je sentis quelque chose de chaud qui me coulait sur les mains.

» Le pauvre diable, un caïman la lui avait coupée net comme un rasoir. Cela les avait mis en appétit; à la lueur de la lune, nous les vîmes bientôt qui nous suivaient levant leurs museaux pointus et faisant claquer leurs mâchoires.

» C'était mal commencer.

» Nous atteignîmes cependant l'autre rive sans nouvel accident et nous mîmes pied à terre au milieu des roseaux.

» L'Eveillé n'avait pas perdu connaissance et continuait à se plaindre, il nous supplia de le transporter hors de l'atteinte des crocodiles, mais vous comprenez que c'eût été perdre du temps inutilement. Pour le faire taire, Michel lui promit tout ce qu'il voulut et quand nous eûmes transporté toutes nos provisions au bord, d'un coup de pied il repoussa le radeau qui s'en alla à la dérive, emportant avec lui le blessé qui nous chargeait d'imprécations et poussait des hurlements.

» A dire vrai, cela ne dura pas longtemps; le radeau, arrêté par quelque rocher, chavira sans doute, car nous entendîmes deux ou trois cris étouffés : un grand fracas d'eau battue par la queue des monstrueux lézards, puis tout fut fini.

» Nous n'étions plus que trois, mais nos rations étaient augmentées et nous trouvâmes que la perte de notre camarade nous était, après tout, moins nuisible qu'utile.

» Nous marchâmes trois jours durant à travers le bois; il était moins touffu, mais impénétrable aux rayons du soleil, et en certains endroits si embarrassé de lianes que, pour nous faire un passage, il fallait toujours avoir le sabre à la main.

» Les provisions baissaient; nous n'avions plus une goutte d'eau; sur nos têtes c'était un vacarme continuel de singes qui gambadaient dans les branches, et de perroquets qui babillaient tous à la fois; par malheur nous n'avions pas de fusil pour en abattre, et nos sabres ne pouvaient pas même nous servir contre les biches et les agoutis qui bondissaient à travers cette colonnade sans fin, et nous donnaient le regret sans cesse renouvelé d'un bon dîner que nous ne mangerions pas.

» Mais ce qui nous fatiguait le plus c'était de marcher toujours, sans même nous apercevoir que nous avancions; pas un accident de terrain, pas un rocher, pas une clairière, partout et toujours les mêmes arbres, avec la même couleur sombre, la même voûte verte entretenant la même demi-obscurité; l'ennui nous mordait au cœur, nous ne parlions plus, nous marchions jusqu'à ce que les ténèbres vinssent nous empêcher d'avancer.»

» Alors, nous allumions de grands feux pour écarter les bêtes sauvages et, épuisés de fatigue, nous nous laissions tomber au pied d'un arbre.

» C'était tout notre repas.

» La faim et surtout la soif commençaient cependant à nous torturer, la soif surtout; pour la tromper, Michel essaya de mâcher l'écorce d'une liane, cela lui procura quelques instants de fraîcheur; mais bientôt sa langue et sa gorge furent en feu et enflèrent d'une manière prodigieuse; il souffrait la damnation et fouillait la terre pour tâcher de découvrir un peu de sable humide; les yeux lui sortaient de la tête : il était comme fou.

» Le cinquième jour, l'enflure diminua et il parut se calmer un peu; nous continuâmes notre route jusqu'au soir, sans que rien parût changer dans la forêt; nous étions si faibles que nous ne devions pas faire beaucoup de chemin.

» Le sixième jour, un hasard heureux fit découvrir à Giraud le faussaire, un énorme serpent, de l'espèce appelée grâge, enroulé dans un buisson; d'un coup de sabre, il lui trancha à demi la tête, mais le monstre, qui avait plus de vingt pieds de longueur, l'enlaça dans ses anneaux et l'aurait infailliblement broyé·si nous n'étions accourus avec nos sabres pour exterminer l'animal.

» C'était un mâle superbe; je proposai de faire rôtir sa chair sur place et de la dévorer; Michel, qui connaissait la forêt, s'y opposa.

» — La femelle, nous dit-il, ne devait pas être loin; elle ne pouvait manquer d'arriver bientôt et de nous surprendre, le mieux c'était de couper un tronçon de cinq à six pieds au grâge et de détaler au plus vite.

» Nous suivîmes son conseil et nous nous en trouvâmes bien, car à une demi-heure de là, nous arrivâmes à un endroit où la terre devenait plus molle et où l'herbe qui annonce le voisinage de l'eau croissait en abondance.

» En poussant plus loin nous trouvâmes en effet une mare croupissante, presque tarie, remplie d'insectes hideux, mais dont nous bûmes avec délices.

» Après cela, nous allumâmes du feu et, au moyen d'une longue gaule, dont nous tenions les deux bouts, nous fîmes rôtir environ cinq kilogrammes du serpent, à la manière des Caraïbes, et nous les dévorâmes jusqu'à la dernière bribe.

» C'était la première fois que je mangeais du serpent, mais les sauvages en font leur ordinaire, la chair blanche et ferme ressemble à celle du veau, et n'aurait pas mauvais goût si elle n'était imprégnée, à certaines époques, d'une forte odeur de musc.

» N'importe, ce repas nous rendit en même temps la force et la gaieté; il nous semblait que nous n'avions plus rien à craindre et nous résolûmes de nous reposer en ce lieu jusqu'au lendemain.

» Seulement, crainte des jaguars, une espèce de tigre, dont nous avions reconnu les empreintes au bord de la mare, nous nous empressâmes de faire provision de bois.

» Les buissons ne manquaient pas; chacun attaqua le sien afin d'entretenir du feu pour écarter ces terribles rôdeurs.

» — Mieux vaut ici que plus loin, nous avait dit Michel, parce qu'il n'y a pas de sauvages en cet endroit, tandis que plus avant la lumière attirerait ceux qui rôdent au bord de la rivière du Maroni ou qui chassent dans les marais.

» Malheureusement, aux environs des cours d'eau, il n'y a pas que des sauvages et des tigres, il y a aussi des serpents; Michel en fit bientôt la triste expérience.

» Giraud et moi dormions, le feu baissait; c'était le borgne qui veillait; ne voulant pas le laisser s'éteindre, parce qu'il voyait briller des yeux verts dans l'obscurité et qu'il entendait des craquements de branches qui indiquaient le voisinage des tigres, il alla prendre un fagot au tas pour le jeter dans le feu; mal lui en prit, au moment où il le rapportait, quelque chose de froid lui fouetta le visage et il se sentit piqué au cou.

» Le cri terrible qu'il poussa nous éveilla en sursaut.

CHAPITRE VIII

Toujours en mer.

———

» Le reptile avait disparu ne laissant d'autres traces qu'une légère blessure triangulaire, assez profonde cependant, puisque le sang en coulait en abondance.

» Cela pouvait être peu de chose, mais il était à craindre aussi que cette piqûre ne fût mortelle; à tout hasard, l'Eveillé lava la blessure et l'exprima le mieux qu'il put, pendant que je faisais rougir la pointe de mon sabre pour la cautériser.

» Nous avions du feu et chauffer une pointe de fer n'est pas chose bien longue; cependant, quand je me retournai pour faire l'opération, je fus surpris de l'enflure du cou et de la tête.

» Tout autour de la piqûre il y avait une tache déjà large comme la paume de la main et d'un bleu violet.

» Je la cautérisai avec mon fer rouge comme un vétérinaire qui met le feu à un cheval; lui, laissait faire sans même paraître se douter que c'était sur son cadavre que j'instrumentais, ses yeux sortaient de sa tête, il nous regardait sans nous voir comme hébété et sans parler.

» — Je crois qu'il a son compte, dis-je à Giraud, c'est un serpent à sonnettes qui l'a mordu.

» — Ou bien un serpent à lunettes, ou un corail, ou un verre,

9

, me répondit-il, la collection est complète dans le pri-pri (marais),
on n'a que l'embarras du choix, je parie bien qu'en ce moment
nous en avons dix ou quinze à moins de cinquante pas, car vois-
tu.... .

» — A boire, demanda le borgne que nous avions assis près du
feu.

» Nous lui passâmes sa bouteille, il la but tout d'un trait.

» Presque aussitôt les convulsions commencèrent; il ne se plaignait pas; mais l'enflure devenait énorme, lui gagnait tout le corps,
sa peau brûlante se couvrait de taches bleues comme celle du cou,
sa respiration sifflait, et entre ses dents serrées faisait sortir de
l'écume rouge. '

» — C'est un corail, me dit Giraud, il n'en a pas pour cinq minutes, si nous le finissions il n'aurait pas tant à souffrir.

» — Laisse-le, que je lui dis, cinq minutes c'est pas bien long.

» — Comme tu voudras, fit-il, mais alors portons-le plus loin,
ça m'embête de le voir se tordre auprès du feu, et puisque c'est un
homme mort, c'est plus la peine de s'en occuper.

» Mais ça me faisait quelque chose quoique je ne sois pas trop
sensible.

» Cependant, comme je ne voulais pas contrarier mon camarade
pour si peu et qu'il insistait, je lui dis : allons, puisque ça te fait
plaisir.

» Je pris Michel par les pieds, lui par les épaules, et nous le
portâmes cinq ou six pas plus loin, puis nous revînmes prendre
notre place.

» — Dors, me dit Giraud, c'est mon tour de garde.

» Ça va bien, je m'endormis et je rêvai que nous étions sauvés
dans un pays où l'on cueillait sur les arbres les pièces de vingt
francs comme les prunes dans un jardin.

» Quand je m'éveillai il faisait petit jour. Le grand borgne n'a-
vait pas duré longtemps, me dit mon camarade, et il était déjà

raide. Je lui pris son sabre, Giraud son couteau, et nous tirâmes au sort ses souliers qui étaient presque neufs, les nôtres ne tenaient plus, ce fut l'autre qui les gagna.

» Alors nous nous remîmes en route, mais il nous fallut faire un grand circuit pour tourner le pri-pri, enfin nous atteignîmes un terrain plus solide et nous pûmes arriver au bord de la rivière.

» Elle n'était pas très-large, mais embarrassée de rochers avec un courant de tous les diables et des tourbillons qui vous faisaient l'effet d'un entonnoir de verre.

» — Nom d'un tonnerre, ça n'est pas encore le Sinamari, me dit Giraud.

» — Tu crois?

» — J'en suis sûr, le Sinamari est fond de vase et tranquille comme un lac.

» — Alors, nous ne sommes pas à la frontière?

» — Non.

» — C'était embêtant.

» — Enfin, il faut passer tout de même.

» — Parbleu! seulement comment?

» — Avec un radeau, c'est impossible.

» — A la nage aussi, regarde ces museaux noirs.

» — Je ne les vois que trop. A Paris on ferait fortune à en montrer un par curiosité.

» — Je voudrais qu'ils y fussent tous.

» — Sais-tu marcher sur des échasses, comme les Landais?

» — Avec ça que d'un coup de queue ils ne les auraient pas bientôt renversées.

» — Mais alors que faire?

» — Voilà.... que faire?

» Nous nous assîmes sur le bord pour réfléchir; l'endroit où nous étions formait un rétrécissement et les grands arbres de la rive faisaient voûte par dessus l'eau noire.

» Giraud tressaillit.

» — Qu'est-ce, demandai-je ?

» — Des serpents, fit-il, écoute dans le feuillage.

» — Non, ce sont des singes, tiens vois-les, ils passent la rivière au moyen des arbres, si nous faisions comme eux.

» — Essayons.

» Je grimpai sur un arbre énorme penché sur le courant et, comme je m'entends assez en gymnastique, je fus bientôt à vingt pieds au-dessus de la rivière.

» Tout-à-coup, en regardant devant moi, je vis s'avancer, vers moi, une araignée énorme, grosse comme les deux poings, noire, velue, avec des pattes de six pouces de long, quelque chose d'horrible.

» J'eus tellement peur que je reculai et me laissai glisser tout pâle.

» — Eh bien, fit mon camarade, que t'arrive-t-il donc ?

» — Je fus un moment sans pouvoir répondre, enfin je lui racontai ce que j'avais vu.

» — Tonnerre ! s'écria-t-il, tu as bien fait de ne pas te laisser mordre, c'est pire qu'un serpent, c'est l'araignée crabe, une vermine de ce pays de damnation, j'en ai vu deux fois dans ma vie, mais si terrible qu'elle soit il ne sera pas dit qu'elle m'aura fait reculer, tu vas voir.

» Il s'informa bien de l'endroit où elle était, mit son sabre entre ses dents et commença à grimper avec précaution.

» L'araignée était toujours à son poste, ses grandes pinces ouvertes, prête à s'élancer.

» Ce fut lui qui commença l'attaque en lui portant un bon coup; au même moment j'entendis un grand cri et je vis le sabre tomber à l'eau.

» — Tu l'as manquée ?

» — Non, elle est morte, me répondit-il, je l'ai tuée d'un coup de poing, elle était déjà sur ma poitrine.

» Je montai et le trouvai qui s'essuyait du mieux qu'il pouvait avec des feuilles, il avait la main et la poitrine couvertes d'une liqueur verdâtre, dégoûtante, mêlée de poils noirs.

» — Passons, lui dis-je, tu te laveras de l'autre côté.

» Passer n'était déjà pas si facile, les caïmans nous guettaient la gueule ouverte comme on attend la chute d'un fruit mûr.

» Cette fois nous leur échappâmes, mais lorsque nous touchâmes l'autre rive; Giraud avait la main presque paralysée avec de grosses pustules noires.

» Par bonheur j'avais conservé mon sabre et les caïmans n'osèrent pas nous attaquer pendant qu'il se lavait, mais nous avions perdu nos bouteilles.

» Nous bûmes quelques gorgées d'eau puisée dans le creux de la main, elle était si tiède que, malgré notre soif, il fallut s'arrêter.

» Nous nous éloignâmes du bord, cinq minutes après nous sortions enfin de la forêt.

» Alors à l'obscurité et à la fraîcheur lourde succédèrent, tout-à-coup, une lumière éclatante et une chaleur terrible; si loin que pouvaient voir nos yeux éblouis, s'étendait une plaine basse, sans autre végétation qu'un court gazon jauni par le soleil, dont les rayons ressemblaient à des flammes; ce n'était pas de l'air que nous respirions, mais des vapeurs brûlantes telles que celles qui s'échappent d'un four.

» Il aurait fallu être fou pour essayer de traverser en plein jour ce brasier ardent.

» Nous nous laissâmes tomber sous un palmier à la lisière du bois, prêts à y grimper si nous étions poursuivis. Vrai si nous avions pu retourner au pénitencier, nous en aurions repris le chemin.

» — Ah! c'est que, ainsi que je vous le disais, il y a quelques jours, c'est tout autre chose de s'évader d'un bagne ou de la Guyane

» Plongés dans un désespoir muet nous regardions cette plaine de mort, peu à peu nous distinguâmes des ondulations dans le gazon, il y en avait sur mille points à la fois et dans toutes les directions.

» Le vent n'aurait pas pu produire un semblable effet.

» Je les fis remarquer à Giraud.

» — Ce sont les serpents, me répondit-il, cette plaine est leur paradis, ils y grouillent par milliers et y cuisent leur venin mortel, ce soir tu les entendras siffler.

»— Alors, de nuit comme de jour, il est impossible de passer.

» — Oh ! fit-il, rien n'est plus facile que de nous en débarrasser.

» — Comment cela ?

» — Tu vas voir, me dit-il, ça nous amusera en déblayant le chemin, as-tu un briquet ?

» — J'ai mon couteau, une pierre à fusil ne sera pas difficile à trouver.

» En effet, j'en avais aperçu au bord d'une mare près de laquelle nous venions de passer et je me levai pour aller en chercher.

» En approchant de la flaque d'eau, je remarquai de grosses anguilles, d'un gris livide, endormies sur la vase ; l'une d'elles, une des plus petites il est vrai, se trouvait tout près du bord, c'était une bonne fortune pour nous ; je coupai une branche, l'aiguisai par la pointe et, m'avançant doucement pour ne pas éveiller l'anguille, je pris si bien mes mesures qu'avec mon harpon improvisé je lui traversai le corps.

» Mais au même moment, je reçus un si grand choc que je crus que mon camarade venait de m'assommer d'un coup de bâton et poussant un grand cri, je tombai à la renverse.

» Giraud n'était pas là, il accourut tout effrayé.

» — Qu'est-ce ? demanda-t-il.

» — C'est sans doute un coup de sang, répondis-je tout ahuri, ça m'a pris au moment où je harponnais une anguille, tire-là, elle est encore au bout du bâton.

» — Elle est jolie ton anguille, fit-il, c'est une gymnote électrique, et le coup de sang c'est elle qui te l'a donné ; tu es heureux qu'elle n'ait pas été plus grosse, elle t'aurait tué.

» — Quoi, cette anguille ?

» — Oui, certainement, et il n'y a pas un cheval ou un bœuf qui pût traverser cette mare sans être foudroyé par ces abominables reptiles plus dangereux encore que les caïmans.

» — Allons, relève-toi et viens, tu as de la chance d'en être quitte à bon marché cette fois, mais ne recommence pas.

» En effet, je fus bientôt remis et nous retournâmes à notre palmier.

» Le bruissement de l'herbe devenait plus distinct et de chaque buisson rabougri on voyait s'élever, en se balançant en l'air, des formes cylindriques et affilées de serpents cherchant autour d'eux une proie.

» Giraud arracha un lambeau de sa vareuse, ramassa une poignée de gazon sec et battit le briquet.

» Moi je faisais des fascines par ses ordres, le vent nous était favorable.

» Quant la mèche fut allumée, je déblayai rapidement l'herbe autour de nous, puis nous mîmes le feu aux fascines que nous allâmes placer à trente pas environ de distance de la forêt, sur un front de trois cents pas environ.

» Presque aussitôt, sur toute la ligne, se dessina un rideau de flammes qui, courbées en avant, s'avancèrent dans la steppe, se développant avec une incroyable rapidité et de terribles crépitations, bientôt une épaisse fumée blanche, roulant en avant, nous déroba l'aspect de la savane et s'éleva entre nous et l'horizon comme un mur éclatant, troué çà et là par la lumière plus vive de chaque touffe de buisson flambant à la manière d'une torche.

» Cet incendie dura toute la journée, le soir il éclairait encore l'horizon de ses reflets sanglants, derrière lui la plaine allait s'élargissant noire et désolée.

» Le silence de la mort planait sur elle.

» Nous essayâmes de nous mettre en route, il nous fut impossible de marcher sur le sol brûlant et nous rebroussâmes chemin.

» Le lendemain, à la pointe du jour, la terre était tiède, encore couverte de cendres et de charbon, l'air était suffocant; heureusement de gros nuages, à l'aspect menaçant mais qui, pour nous, furent un secours inappréciable, voilaient le soleil au-dessus de nos têtes.

» Nous bûmes quelques gorgées d'eau et, n'ayant rien à manger, nous fîmes chacun deux parts de ce qui nous restait de tabac pour tromper la faim en le mâchant.

» Une heure après, nous étions déjà loin dans la plaine nue, la cendre, soulevée par nos pas ou par le vent, nous aveuglait en nous suffocant et, à mesure que nous avancions, nous sentions la terre plus chaude là surtout où les buissons avaient été le plus épais.

» Nos pieds saignaient, nous étions à bout de forces, nous marchions comme des gens ivres et la plaine se prolongeait toujours comme un désert sans limites.

» Vers midi, nous aperçûmes enfin une ligne noire à l'horizon.

» C'était la forêt.

» — Courage, dis-je à Giraud, nous allons rentrer dans le bois.

» — Il eut un rire amer et me répondit : on y est si bien dans les bois; mourir pour mourir, j'aime autant rester ici.

» — Allons donc, du courage, c'est peut-être la frontière.

» — Je ne puis plus aller, dit-il, arrêtons-nous un peu.

» — Si tu t'arrêtes tu ne pourras plus repartir; du courage, voici la liberté devant nous.

» Ces paroles furent pour lui un coup de fouet, il se remit à marcher courageusement.

» Pendant quatre heures encore nous avançâmes, nous crachions la cendre à pleine bouche, nos lèvres blanches et sèches étaient parcheminées, ma langue me produisait l'effet d'un morceau de brique rapeuse.

» Je ne croyais pas qu'il fût possible de tant souffrir.

» Ce qui nous soutenait c'était la vue de la forêt qui grandissait à vue d'œil.

» Sans cela nous serions morts.

» Nous n'en étions pas à un kilomètre quand une bourrasque de vent forma, sur la savane, un tourbillon de cendres si épais que nous fûmes, tout-à-coup, plongés dans une obscurité profonde.

» J'avais entendu parler des effets semblables que le siroco produit dans le désert et, pour éviter d'être asphyxié, je me jetai la face contre terre, en disant à mon camarade de m'imiter.

» Il s'étendit près de moi et nous ramenâmes sur notre tête ce qui nous restait de vêtements.

» Le vent qui soufflait avec force nous passait sur le corps en nous brûlant, on eût dit une plaque de fer rouge.

» J'entendais Giraud qui râlait, je sentais ses mouvements convulsifs, j'essayai de relever la tête; l'obscurité continuait à être complète, mais tout-à-coup quelque chose passa, comme un rayon de feu, dans le brouillard et un coup de tonnerre épouvantable éclata au-dessus de nous.

» Jamais je n'oublierai le sentiment de bonheur que j'éprouvai, ce coup de tonnerre c'était l'orage et l'orage c'était la pluie.

» Cinq minutes s'écoulèrent, longues comme des années, les éclats de tonnerre se succédaient, enfin je sentis sur l'épaule comme un coup de fouet; c'était une large goutte d'eau qui venait de me cingler la peau.

» — Giraud, nous sommes sauvés, m'écriai-je.

9.

» Il ne répondit pas.

» La pluie commença presque aussitôt, un vrai déluge.

» Quel bonheur !

» Son premier effet fut d'abord de nous ranimer, puis d'abattre les cendres ; je me relevai rajeuni de vingt ans et je respirai à pleins poumons, alors je retournai mon camarade toujours immobile, de manière à ce qu'il présentât le visage au ciel, et tordant ses haillons trempés je lui en fis tomber l'eau dans la bouche.

» Cela le fit revenir.

» Un moment après il put se remettre sur ses pieds.

» Alors, quand nous eûmes calmé notre soif, nous nous dirigeâmes vers la forêt.

» Nous n'avions pas fait cent pas et l'orage durait toujours, lorsqu'il me sembla entendre des ris humains, je m'avançai avec précaution, car dans ces bois les sauvages ne sont pas moins à craindre que les serpents et, à une petite distance, j'aperçus des indigènes occupés à appuyer avec des pieux leurs huttes à demi-renversées par l'ouragan.

» Au risque de se faire massacrer ou reconduire au pénitencier, Giraud voulait se rendre à eux ; je l'en dissuadai avec peine et, profitant de leur trouble pour leur échapper, je lui fis traverser quelques plantations de manioc, puis un bois de cocotiers aux pieds desquels nous ramassâmes deux ou trois noix de coco abattues par l'ouragan, puis nous nous enfonçâmes de nouveau dans le bois, où nous dévorâmes notre butin.

» Le lendemain fut notre plus belle journée depuis le départ, nous trouvâmes de l'eau en abondance et j'eus le bonheur de tuer, avec mon sabre, un agouti que je surpris au pied d'un arbre dont il fouillait les racines.

» Sur le soir nous arrivâmes au bord d'un beau fleuve que, d'après les renseignements que m'avait donnés Michel, je pris pour le Sinamari qui sépare la Guyane Française de la Guyane Hollandaise; l'eau coulait superbe, large, profonde, calme, entre deux hautes berges rocheuses percées de grottes nombreuses dans l'une desquelles, nous nous établîmes pour passer la nuit sur un lit d'herbes sèches.

» Nous n'avions ni faim ni soif et notre peau s'était tellement endurcie que nous n'avions pas trop à craindre les piqûres des maringouins.

» Nous dormîmes comme jamais prince n'a dormi dans son lit.

» Il était plus de midi quand, enfin, je m'éveillai le premier et je sortis aussitôt pour explorer les environs.

» Quoique très-forte, la chaleur me parut supportable à cause du voisinage de l'eau, et dans les rochers je trouvai une quantité d'œufs d'oiseaux dont je fis provision, un ruisseau voisin fourmillait d'énormes écrevisses et de truites que je voyais se promener au soleil, un vrai grenier d'abondance.

» Je rentrai deux heures plus tard, Giraud dormait toujours, j'allumai un petit feu et je n'éveillai mon camarade que lorsque le déjeuner fut prêt, alors tout en déjeûnant comme deux bourgeois nous tînmes conseil.

» Nous avions deux moyens d'entrer en Hollande, ou bien traverser le fleuve et rentrer dans les bois au risque d'y mourir encore de faim, ou faire un radeau, y déposer des provisions, et nous laisser conduire tout paisiblement jusqu'à Paramaribo, la capitale du pays située à l'embouchure du fleuve.

» Ce fut à ce dernier parti que nous nous arrêtâmes.

» J'avais conservé mon sabre, le bois croissait en abondance sur le bord même de la rivière et il fut convenu que chacun de nous travaillerait à son tour pendant que l'autre irait aux provisions.

» Une semaine s'écoula, nous vivions dans l'abondance et nous ne nous pressions pas, enfin le radeau fut prêt.

» Pour mât nous y mîmes un arbre avec son feuillage en guise de voile, pour gouvernail, un tronc dépouillé, nous embarquâmes avec nos vivres deux paires d'avirons de rechange, puis nous poussâmes au large.

» Au commencement tout alla bien, le radeau filait à merveille, les bords du fleuve se déroulaient ravissants, nous n'avions rien à faire qu'à dormir et le courant avait si peu d'impétuosité que, pour arriver plus tôt, nous n'abordions que de deux nuits l'une.

» Pendant près de huit jours nous continuâmes à descendre de la sorte.

» Giraud qui avait habité Paris me disait de temps en temps en me montrant la rive : regarde donc ce paysage, comme ils appellent ça en France, je ne sais pas si tu es comme moi, mais ça me rappelle tantôt Meudon, tantôt Bougival ou Chatou, il n'y manque que des maisons de campagne, des moutons blancs sur la verdure et de belles bergères en robes de soie assises sous les grands arbres.

» Ces idées me faisaient rire.

» Nous étions au bout de nos peines et nous avions le cœur à la joie.

» Quand on a tant souffert c'est bien excusable.

» Une nuit, pendant que je dormais paisiblement, je fus éveillé tout-à-coup par un choc terrible qui faillit faire chavirer le radeau et jeta à l'eau toutes nos provisions.

» — Nous sommes perdus, me cria Giraud, qui se cramponnait au gouvernail dont il avait failli être arraché.

» Notre position, en effet, était loin d'être rassurante, un coup de vent subit comme ceux qui causent tant de désastres sur les côtes avait brisé notre mât comme un fétu de paille et, soulevant l'eau du fleuve, le précipitait avec furie vers la mer, près de laquelle nous étions arrivés sans le savoir et dont nous entendions les sourds mugissements.

» Impossible de gouverner dans le torrent qui nous emportait et contre les vagues furieuses dont le choc irrésistible eut bientôt brisé notre gouvernail.

» Cramponnés à plat ventre sur le radeau que nous sentions se disjoindre, nous réunissions nos forces pour ne pas être balayés dans le courant, le ciel noir comme de l'encre ne permettait pas même de distinguer les écueils qui, peut-être nous environnaient, et j'avais beau regarder sur la plage, je ne voyais aucune lumière annonçant le voisinage d'une grande ville.

» Hélas ! il y avait à cette absence d'éclairage un motif trop sérieux ; le fleuve que j'avais pris pour le Sinamari, n'était autre que le Maroni, nous nous trouvions en plein désert et chassés par la tempête sur une mer mugissante, dont les vagues se heurtaient avec furie contre des écueils sans nombre.

» Comme dans la savane, l'orage était venu à la suite de la tempête, le tonnerre nous assourdissait et, à la sinistre clarté des éclairs, nous apercevions la surface houleuse de l'Océan roulant les unes contre les autres ses montagnes d'eau à reflets de bronze.

» Bientôt, au balancement épouvantable de notre embarcation, nous comprîmes que nous étions en mer ; les vagues déferlaient sur nos têtes avec rage, comme si elles eussent voulu nous arracher de force à notre dernier refuge pour nous plonger dans leurs abîmes.

» Cela dura deux heures ou trois peut-être, puis comme il était venu le vent tomba tout-à-coup, la mer se calma et finit par s'endormir dans un calme plat et, quand vint le matin, le soleil levant éclaira le lac le plus paisible qu'il fût possible de voir.

» Seulement sur ce lac, à plus de deux lieues des côtes, flottait un radeau disloqué portant deux hommes épuisés de fatigue, ruisselants d'eau et dont l'un vomissait le sang.

» — Es-tu grièvement blessé ? demandai-je à mon camarade.

» — Plus que blessé, me répondit-il, je suis mort, un tronçon du gouvernail m'a défoncé la poitrine.

» A la pâleur de son visage et à l'égarement de ses traits, je vis bien qu'il disait vrai, mais que faire? Je n'avais pas même une goutte d'eau à lui donner.

» Le courant nous portait au large, le soleil devenait brûlant, derrière nous la terre s'effaçait, devant, rien que de l'eau, encore de l'eau, toujours de l'eau, à l'horizon pas une voile.

» Le marais m'avait paru pire que le pénitencier, la forêt pire que le marais, la savane pire que la forêt, à présent la mer était plus terrible que le marais, la forêt et la savane.

» Nous nous assîmes désespérés au centre du radeau dont la moindre vague pouvait disperser les débris et, sombres, désespérés, nous continuâmes à flotter.

» La journée s'écoula terrible.

» La nuit vint ajouter ses terreurs à nos souffrances.

» Étendu sur le dos, la tête posée sur mes genoux, Giraud râlait, je me disais : il est bien heureux, il n'a pas longtemps à souffrir.

» En effet, au matin, il eut quelques convulsions et puis ce fut tout.

» Je continuai à flotter tout le jour avec son cadavre ; d'énormes requins rôdaient autour du radeau et s'en rapprochaient de plus en plus me regardant de leurs yeux ternes et vitreux.

» Ce regard me fascinait.

» Sur le soir, je me décidai à jeter à la mer mon pauvre camarade.

» Il n'eut pas touché l'eau que déjà les monstres l'avaient saisi, je les vis se disputer ses membres sanglants et les broyer dans leurs gueules effrayantes.

» Toute la nuit ils ne firent que bondir autour de moi, ils étaient fatigués d'attendre, la terreur insurmontable qu'ils me causaient m'empêcha seule de me jeter à l'eau pour mettre fin à mes tortures.

» Le jour suivant fut une agonie, je souffrais horriblement, et j'étais si faible que, couché sur les poutres, je pouvais à peine relever la tête pour regarder si une voile ne paraissait pas, une voile n'importe laquelle.

» Enfin je perdis connaissance.

» Quand je revins à moi, j'étais à bord d'un navire, étendu sur un lit; j'ouvris les yeux.

» — Il en réchappera, mais je doute qu'il ait envie de recommencer, dit un chirurgien en français.

» — Ils sont fous de vouloir s'évader, répondit un officier, ils devraient bien savoir que c'est impossible.

» J'étais si faible que je ne compris pas.

» Le lendemain le vapeur jeta l'ancre et l'on me débarqua, ou plutôt des forçats arrivèrent qui me placèrent sur une civière pour me transporter à l'ambulance du pénitencier.

» Le navire qui m'avait sauvé était le rôdeur, garde-côtes de la colonie. A tant de souffrances, je n'avais gagné que la double chaîne et la perspective de la bastonnade, mais cette fois, les bourreaux eurent pitié de moi; on me dispensa de la punition et, après ma guérison, je fus de nouveau envoyé au chantier.

» — Voilà mon histoire d'un bout à l'autre, croyez-vous que mon évasion manquée ne vaille pas l'évasion réussie de Beslier? »

Tous les condamnés politiques, même ceux qui avaient parié pour le chef des Compagnons du Désespoir, donnèrent raison à Mulasse.

Quant à Vincent, et probablement il n'était pas le seul, il se dit qu'après tout, peut-être vaudrait-il mieux se résigner à subir la déportation, sans tenter follement de s'en affranchir par une fuite imprudente.

Sans doute Beslier devina le froid que ce récit pouvait jeter parmi ses partisans, car il dit aussitôt :

— Fort heureusement la Guyane et la Nouvelle-Calédonie ne se ressemblent pas.

— Ah ! ça je ne puis pas le dire, répondit le forçat, je n'ai encore visité que Cayenne et je ne sais rien du pays où nous allons.

— Bah ! interrompit Machefer, tout ça doit se ressembler, un peu plus un peu moins.

— Mais pas le moins du monde, s'écria Beslier, et j'en appelle à Vincent qui a des livres qui parlent de ce pays et des cartes de la localité.

— D'abord il n'y a pas de marais, pas vrai, Vincent ?

— Sur les bords de la mer, il y en bien quelques-uns.

— Oui, grands comme la main ; de plus les forêts sont de simples bois comme en France.

— C'est vrai.

— Et dans ces bois il n'y a ni serpents, ni tigres, ni animaux féroces, pas même d'insectes venimeux.

— C'est encore vrai.

— Peut-être y a-t-il à la place des restaurants à 32 sous et des stations de fiacres, ricana Machefer, qu'en dis-tu, Sérigné ?

— Je dis, répondit celui-ci, jeune communeux plein d'énergie et d'audace, que cela m'est égal et parfaitement indifférent.

— Ah ! et pourquoi ?

— Parce que je ne vais pas jusque-là.

— Monsieur s'arrête en route? demanda ironiquement Beslier.

— C'est probable.

— Et à quelle station descend Monsieur ?

— Tu n'es pas chargé de porter mes bagages, riposta le politique avec hauteur.

— Pourquoi pas, je serais heureux de me mettre à la disposition de M. le capitaine du 101me fédéré, répliqua Beslier, piqué au vif, et si Monsieur daignait me confier ses bagages...

— Pour me les faire voler, ce n'est pas la peine.

— Si vraiment ce serait la peine, car peut-être y retrouverionsnous la caisse du régiment, riposta Beslier, faisant allusion à un vol dont avait été accusé Sérigné sous la Commune.

Cette fois ce ne fut pas une réponse dont Sérigné honora son ex-collègue à la Commune, mais d'un coup de poing vigoureux à la suite duquel les deux amis se prirent aux cheveux en s'envoyant réciproquement force gourmades.

Le combat eut probablement duré plus longtemps, car les déportés, très-satisfaits de cette distraction qui rompait agréablement pour eux la monotonie de la vie du bord, formaient cercle autour des champions comme ils auraient fait pour un combat de coqs, lorsque, très-mal à-propos, le clairon sonna le silence.

Il fallut bien que les lutteurs se résignassent à lâcher prise et à se retirer, en grondant comme deux chiens hargneux que leur maître menace du bâton.

Le lendemain il n'y paraissait plus ; un coup de pied de plus ou de moins n'entre pas en ligne de comptes entre bons camarades et, faute de pugilats, chacun reprit son occupation favorite, lectures ou cartes, dominos ou conversations.

Sur le soir le transport jeta l'ancre dans la rade de Port-Saïd.

Bien des plans d'évasion avaient été ourdis, pour être mis à exécution, pendant la traversée de l'isthme de Suez.

Machefer voulait que les Compagnons du Désespoir, réunis à leurs camarades, surprissent l'équipage de manière à le désarmer pour, ensuite, accoster à une des berges du canal et débarquer en masse en Egypte.

Beslier, plus prudent, opinait pour suborner les gardiens.

D'autres ne parlaient de rien moins que de mettre le feu au navire, afin de s'évader dans le désordre qu'occasionnerait nécessairement l'incendie.

Sérigné méditait un plongeon furtif.

Suivant ses habitudes, Vincent hésitait.

Mulasse haussait les épaules.

Tous les cerveaux étaient en ébullition.

Côtoyer, pendant un jour ou deux, une terre si proche qu'on pourrait presque la toucher avec la main, il y avait de quoi faire travailler toutes les imaginations.

Pour réprimer ces velléités de fuite ou de révolte, le commandant n'eut pas besoin de grands efforts.

Il fit placer, ostensiblement, dans la batterie, une pièce chargée à mitraille, dont la bouche béante était tournée de manière à menacer toute la chambrée, plaça près de ce redoutable porte-respect un artilleur flanqué de deux marins armés jusques aux dents, doubla les postes dont les factionnaires chargèrent leurs armes d'une manière peu rassurante, et fit lire à l'ordre du jour qu'au premier signe suspect la mitraille balaierait les mécontents.

Les Martyrs de la Liberté ne se le firent pas dire deux fois et se contentèrent de regarder du haut du pont cette terre promise d'Egypte, d'où les Hébreux avaient eu tant de peine à sortir et dans laquelle il leur était interdit à eux d'entrer.

Jusques à Suez aucun incident notable, autre que l'extrême proximité de la terre et la curiosité bien naturelle produite sur les déportés, par la vue des arabes conduisant leurs chameaux ou les fellah cultivant la campagne, ne se produisit à bord de la *Guerrière*, mais lorsque le navire, échappant aux étreintes de l'isthme à travers lequel il glissait comme une nacelle sur un lac endormi, se trouva tout-à-coup ballotté sur les flots tumultueux de la mer Rouge, la plupart des passagers cessèrent de s'intéresser à ce qui les entourait pour tomber dans cette prostration mêlée de dégoût, signe avant-coureur du mal de mer.

Le spectacle qu'offre cette partie de la traversée, soit que l'on suive l'un ou l'autre bord, soit que l'on se tienne au milieu pour éviter les bas **fonds**, n'offre du reste aucun attrait.

D'un côté court une longue muraille granitique, irrégulièrement dentelée par le relief des montagnes dont les masses, ravinées par les torrents, servent de contreforts au sombre plateau abyssinien ; de l'autre, se déroule, basse, fauve, monotone et stérile la plage désolée qui sert de lisière aux rocailleux déserts de la brûlante Arabie.

De plus, dans ces parages qui furent autrefois le grand chemin du commerce oriental, mais que, pendant les derniers siècles avant l'ouverture du canal de Suez, ne visitaient plus que quelques rares et lourds caboteurs arabes, la lame est courte et creuse, la navigation aussi pénible que dangereuse à travers un dédale d'îlots, qui ne sont que des pointes des rochers nus émergeant d'une mer peu profonde, les tempêtes fréquentes, la chaleur intense et le roulis perpétuel.

Jusqu'à ce jour la navigation, pour les déportés, n'avait été qu'une promenade d'agrément, un train de plaisir sans billet de retour, comme le répétait l'aimable Druchon, un charmant garçon qui, après avoir mis au service de la Commune son intelligence et son épée, se consolait de ses malheurs en apprivoisant une souris prise dans la chambrée ; mais les jours se suivent et ne se ressemblent pas et les condamnés ne tardèrent pas à s'en apercevoir.

Abattus par le mal de mer qui terrasse les plus énergiques natures, enfermés dans une salle où ils étouffaient, et ne pouvant pas même respirer sur le pont que ne rafraîchissait plus la brise arrêtée par le rideau des montagnes abyssiniennes.

Malgré les soins extrêmes apportés à la propreté du navire, les lavages répétés, les fumigations, la ventilation la plus abondante possible, l'odeur de la chambrée aurait à elle seule suffi à soulever le cœur.

Tombés dans un état de prostration indicible, les hommes qui, jusqu'alors, s'étaient montrés les plus obéissants, opposaient à la discipline une force d'inertie dont leurs gardiens se trouvaient dans l'impossibilité de triompher. Les malheureux malades gisaient sur le plancher couvert de déjections infectes qui souillaient jusqu'à leurs vêtements.

Que leur importait? Le feu se serait déclaré à bord, qu'ils n'auraient pas même bougé pour éteindre les flammes ou y échapper ; une guenille aurait eu plus de ressort que ces victimes du mal de mer, abruties par les nausées que cause le roulis.

Bien peu y résistaient, l'équipage était sur les dents.

— Ah ! tas de marsouins et de feignants, répétait avec colère Yvonnet Kerouart, de Saint-Malo, le vieux loup de mer, j'aimerais mieux me battre seul contre vingt-cinq Communards que d'en tenir un seul propre, tas de marsouins, vah !

— Le fait est, mon ancien, répondit un jour un gabier, que pour des Parisiens ils ne sont pas bien éduqués.

— Eduqués ! tu me fais rire, n'y en a pas un qui sache tant seulement qu'à bord on ne doit cracher que sous le vent, c'est des marsouins et des cancrelas, de vrais prussiens, quoi !

Le vieux marin les avait jugés.

Enfin on sortit de la mer Rouge et la *Guerrière* s'engageant dans cette passe aussi étroite que dangereuse qu'on appelle Bab-el-Mandeb, nom qui signifie la porte qui conduit au malheur, s'élança frémissante sous la brise comme un cheval généreux dans une prairie sans fin.

La brise, que rien n'arrêtait plus dans son vol, gonflait les voiles tendues, pendant que l'air rafraîchi en rasant la surface immense de l'Océan, arrivait vivifiant et chargé des salines émanations qui rendent aux membres débilités par de molles chaleurs toute leur élasticité.

Il n'en fallut pas davantage pour relever les courages abattus, dissiper le malaise, pour ne pas dire les souffrances de la pénible semaine que l'on venait de traverser, et ramener sur le pont la plupart des malades revenus presque subitement à la santé.

Tout eût été pour le mieux à bord, si le citoyen Beslier, avec quelques acolytes de son espèce, n'eût craint de voir son influence baisser par un retour de ses anciens compagnons à l'ordre, à la discipline et au respect de l'autorité.

A la suite d'une conférence des Compagnons du Désespoir, déguisée sous les innocentes apparences d'une partie de loto, il fut décidé que chacun des membres de l'association ferait tous ses efforts pour entretenir soigneusement le mécontement et empêcher le faisceau indivisible des républicains radicaux de se disjoindre, ainsi que cela menaçait d'arriver bientôt, sous l'influence du bon exemple donné par l'équipage, et de la patiente mais énergique direction du commandant de la *Guerrière.*

Pendant quelques jours le feu couva sous la cendre, puis des plaintes sourdes se firent entendre, les déportés se plaignaient de la quantité d'aliments donnée à chaque homme et de la qualité des vivres, puis un jour vint où les plus ardents répandirent sur le plancher les gamelles de leurs camarades et prétendirent, au nom de la liberté, leur imposer un jeûne forcé.

Cette ébauche d'insurrection ne réussit pas à ses auteurs, les gendarmes firent invasion dans la chambrée et, s'emparant d'une douzaine de mutins, signalés par les factionnaires, les conduisirent non pas vers le commandant, auquel ils avaient la prétention de signaler leurs griefs, mais au prévôt qui se contenta, pour cette fois, de les faire mettre aux fers en leur promettant moins d'indulgence s'ils avaient le malheur de récidiver.

Beslier, qui avait monté le coup, ne fut pas du nombre des punis; avec l'habileté particulière aux amis du peuple il s'était prudemment tenu à l'écart et avait été pris, au moment où le complot allait éclater, d'une de ces indispositions qui sont la providence des méchants et des lâches.

En revanche, Vincent, mou et indécis par nature, mais toujours ardent à se montrer quand sa vanité le poussait à se mettre en évidence, eut l'insigne honneur de se faire saisir un des premiers et punir plus sévèrement que les autres.

Cet exemple suffit pour ramener le calme et, si quelques mauvais esprits continuèrent à être mécontents, ils furent au moins assez prudents pour ne pas le témoigner.

Rien ne faisait présager de nouveaux incidents fâcheux pendant la durée du voyage, lorsqu'un matin, après son inspection ordinaire, le médecin du bord alla trouver le commandant dans sa cabine.

— Quoi de nouveau? lui demanda celui-ci?

— Rien de bon, mon commandant, et je crains fort que notre traversée ne soit pas heureuse.

— Qu'y a-t-il donc?

— Mon commandant, le scorbut est à bord.

CHAPITRE IX

Le Scorbut !

———

Si maître qu'il fût de lui, le commandant fit un bond sur son fauteuil et s'écria :

— Etes-vous bien sûr que ce soit en effet le scorbut, docteur?

— Parfaitement sûr, mon commandant.

— Connaissez-vous quelque moyen d'empêcher son expansion aux autres passagers?

Le médecin secoua la tête.

— *La Guerrière* ne peut évidemment pas s'approvisionner de légumes frais, et d'ici à trois ou quatre jours nous n'aurons plus un citron à bord, répondit-il.

Le marin jeta un regard inquiet sur sa carte, comme pour lui demander l'indication d'un port voisin où il fût possible de se ravitailler; elle lui répondit ce qu'il ne savait que trop déjà, qu'il n'y en avait pas.

Il se leva, fit quelques pas dans sa cabine; puis, s'arrêtant tout-à-coup il dit :

— En piquant droit sur Nouméa, avec le temps que nous avons en mer, il nous faut encore un mois et deux jours.

— Dans ce cas, vous n'arriverez pas, mon commandant.

— Vous dites?

— Qu'avant cette époque vous aurez jeté à la mer tous les condamnés et les deux tiers de votre équipage.

— Et en supposant une traversée de quinze à vingt jours seulement ?

— Vous ne perdriez, je pense, pas plus de la moitié des passagers et d'un tiers de l'équipage.

— Dans huit jours ?

— Une dizaine de condamnés et, j'espère, pas un homme du bord.

— C'est bien, docteur, dans huit jours nous serons à terre ; vous pouvez vous retirer.

Le médecin sortit ; le commandant toucha un timbre.

Un planton se présenta aussitôt.

— Allez prévenir le lieutenant que je désire lui parler, fit le capitaine.

Deux minutes après, le lieutenant arrivait.

— Monsieur, lui dit son chef, faites changer la direction de *la Guerrière*, chauffer toutes les chaudières et gouverner droit sur Melbourne ; il faut que nous jetions l'ancre dans ce port avant huit jours, il y va du salut du navire.

L'officier s'inclina et sortit.

Un moment après, de nombreux coups de sifflets se faisaient entendre, les matelots s'empressaient sur le pont ou dans les vergues, les cheminées vomissaient de noirs torrents de fumée et *la Guerrière*, obéissant au gouvernail, comme un cheval à la bride, virait vivement de bord, hésitait quelques secondes, puis reprenait sa course ; en se dirigeant, à toute vapeur, vers l'Australie.

Personne parmi les déportés ne se douta ni de ce changement de direction, ni surtout de la cause qui l'occasionnait.

Pendant trois jours la même ignorance continua à régner à bord ; sauf quelques officiers, aucun homme de l'équipage ne se doutait qu'en ce moment, dans les flancs du navire, couvât, prête à éclater, une effroyable épidémie, seulement les plus observateurs remarquèrent que chaque matin, le nombre des malades transportés à l'ambulance, allait en augmentant.

Le cinquième jour, les places étant toutes prises aux ambulances, force fut de laisser dans leurs hamacs les moins sérieusement atteints. A partir de ce moment, il fut impossible de rien cacher, le scorbut se révélant par des signes trop peu équivoques pour que personne pût s'y tromper.

L'effroi, on pourrait dire la terreur, fut immense parmi les déportés qui, poussés en secret par les meneurs, recommencèrent à murmurer qu'on les empoisonnait à dessein et que, sous prétexte de les déporter, le gouvernement avait ourdi l'exécrable complot de les faire périr tous en mer.

— La preuve que ce complot existe réellement, répétait insidieusement Beslier, en allant de groupe en groupe, c'est qu'aucun des hommes de l'équipage n'est atteint.

Ces bruits devinrent si persistants que le commandant s'en émut. Il aurait facilement pu dompter les murmures par les menaces, il voulut essayer de ramener les malheureux égarés par ces odieux mensonges en leur faisant connaître la vérité.

Par son ordre, le docteur leur expliqua que la maladie qui avait envahi le navire était due surtout à l'échauffement produit sans doute en partie par le régime des viandes salées auquel ils étaient soumis, mais plus encore par le manque de propreté, et la négligence coupable apportée par chacun d'eux à se conformer aux réglements qui leur prescrivaient de laver à fond leur linge toutes les semaines, de changer de vêtements et de se savonner fortement le corps en se livrant à des ablutions nécessaires dans tous les pays chauds, mais absolument indispensables sous une zone torride où l'ardeur du soleil dessèche le corps et durcit l'épiderme.

Voyez plutôt les matelots, ajouta-t-il, aucun n'est atteint quoique exactement nourris de la même manière, pourquoi? parce qu'ils ob-

10

servent les règlements et sont toujours aussi propres sur leur personne que dans leurs habits.

Tout cela fut inutile, les esprits étaient montés, chacun croyait à
un empoisonnement, avec cet acharnement que portent toujours les
prétendus esprits forts aux sottises les plus inadmissibles.

— Çà, voyez-vous, disait Mulasse, avec une entière conviction,
c'est des menteries et voilà tout ; pendant la Commune, nous n'étions
pas plus propres, au contraire, et cependant les saucissons et les
jambons de l'Hôtel-de-Ville, que nous avons mangés, ne nous ont
pas fait de mal, bien loin de là, puisqu'ils nous donnaient soif et
nous permettaient de boire davantage ce bon vin que les aristocrates
avaient caché dans les caves pour s'en régaler, tandis qu'ici ces
provisions, comme ils les appellent, ça vous fait enfler tout le corps
et vous le couvre de taches vertes qui ressemblent à de la moisis-
sure. C'est sûr qu'on nous empoisonne comme des chiens.

— Parfaitement sûr, répondait Vincent, à preuve que Loriou
qui, hier, n'avait rien, a, ce matin, le corps tout noir avec des
gencives blanches et la langue couverte d'une écume verdâtre et in-
fecte.

Le docteur et ses aides faisaient cependant des efforts surhumains
pour enrayer la maladie ; jour et nuit ils étaient sur pied, allant
d'un malade à l'autre, essayant de relever leur moral et de soula-
ger leurs souffrances ; mais l'épidémie triomphait de son art, les cas
se faisaient plus graves, les malades se multipliaient d'une manière
effrayante, aucun n'était mort encore, mais plusieurs se trouvaient
déjà dans un état désespéré.

Le commandant comptait les jours et les heures, les chauffeurs
prodiguaient le combustible, on marchait à toute vapeur : c'était
une course plutôt qu'un voyage à travers l'Océan.

A tout prix, comme l'avait dit le capitaine, il fallait arriver
promptement à la Nouvelle-Australie.

Il s'agissait de devancer la mort.

Grâce à la force de son tempérament, Vincent avait jusqu'alors résisté à l'épidémie et, par vanité, se faisait gloire de la braver; que lui importait, disait-il, de mourir en homme libre : la mort ne lui apparaissait que comme une délivrance.

La Providence voulut lui donner encore un avertissement.

Dans un hamac, touchant presque celui dans lequel il passait la nuit, gisait, depuis deux jours, en proie à d'horribles souffrances, qui parfois lui arrachaient d'affreux blasphèmes, un homme qu'il avait connu à Paris, sergent de fédérés, un misérable qui, après avoir, par ses débauches, déshonoré une famille d'honnêtes artisans, s'était roulé dans la fange de tous les vices et avait couronné ses crimes par l'assassinat d'un jeune prêtre, à peine sorti du séminaire de Saint-Sulpice.

Les circonstances dont il avait accompagné ce forfait étaient horribles; traîné par une populace immonde ivre de sang et de vin, le martyr, au moment d'être fusillé en haine de celui dont il était le ministre, avait demandé à ses meurtriers cinq minutes pour se recueillir et prier.

A demi-attendris, ses bourreaux allaient céder.

— Non, non, s'était écrié Laurent, pas de prières; le peuple a assez de ces momeries, il faut que tu meures sans avoir même le temps de te recommander à un Dieu que la nation proscrit et auquel je voudrais pouvoir brûler la cervelle comme à toi.

Et, arrachant le malheureux des mains de ceux qui le conduisaient, il le colla contre un mur et lui fracassa le crâne d'un coup de pistolet, en hurlant :

— Périssent les prêtres! périsse leur idole !

Ce misérable souffrait d'atroces tortures; son corps, tuméfié, tombait en corruption; ses dents, noircies par le scorbut, branlaient dans leurs alvéoles à demi-cariées, d'où coulait un sang noir et infect.

Aussi longtemps qu'il avait pu soutenir la lutte contre Dieu, il l'avait outragé; mais, maintenant que la mort appesantissait sa main sur lui, il se sentait pris par une indicible terreur, ses yeux obscurcis lui montraient des fantômes menaçants et des formes hideuses, et parfois il se cramponnait avec rage aux cordes de sa couche pour ne pas tomber dans un abîme de feu ouvert tout autour de lui.

Ce n'était pas du repentir, mais de l'effroi, l'effroi de l'âme coupable qui, après avoir appris à connaître Dieu, s'est révoltée contre lui, et se sent sur le point de comparaître devant son tribunal.

Une sueur gluante couvrait son front, ses yeux, gonflés par la maladie, sortaient de leurs orbites; son sang, abandonnant les membres inférieurs à demi-glacés, refluait vers son cœur, et son regard égaré se fixait, avec une expression de terreur indicible, sur le cadavre sanglant de sa victime debout à son chevet.

— Vincent! fit-il tout-à-coup, Vincent!

— Que veux-tu? demanda celui-ci.

— Un prêtre, murmura le mourant.

— Un prêtre! tu sais bien qu'il n'y en a pas. Si tu as soif, je te donnerai à boire.

— Non, un prêtre, répondit le mourant, avec un accent de supplication ardente; un prêtre, je t'en prie.

— Il n'y a pas de prêtre ici, tu le sais bien; nous sommes sur *la Guerrière*; d'ailleurs, ce n'est pas toi qui vas demander un calotin pour t'aider à mourir comme une vieille femme, toi, un libre-penseur, toi, qui ne crois pas.

— Je ne croyais pas, mais je vois. Oh! Vincent, par pitié, un prêtre, j'ai peur.

— Où veux-tu que j'aille en chercher? ricana Machefer, son autre voisin, tu as assassiné le dernier.

— Malédiction sur vous qui êtes sans pitié! malédiction sur moi! rugit le moribond en se soulevant; oui, continua-t-il, en se tordant les bras avec désespoir, soyez maudits, comme je suis maudit!

Et se rejetant en arrière, il poussa encore un grand cri, un cri à glacer le cœur d'épouvante et resta là mort, convulsionné, les yeux grands ouverts, effrayant à voir et portant, sur son front contracté, le sceau de l'éternelle réprobation.

Depuis le départ de Belle-Isle, il n'était encore mort personne parmi les déportés.

Cet événement, toujours solennel, et cette fois si terriblement sombre, produisit sur Vincent une impression profonde; la grâce heurta, pour la seconde fois, à la porte de cette âme que la vanité et la faiblesse fermaient seules aux bonnes inspirations venues d'en haut, et pendant la longue nuit passée auprès du cadavre menaçant et rigide du réprouvé, beaucoup de bons souvenirs, remontant d'un passé trop oublié, vinrent rappeler au père de Germaine ce qu'il avait été; beaucoup de bonnes pensées lui dirent ce qu'il pouvait être encore, en se relevant par le travail et se réhabilitant par la bonne conduite et un retour sincère à Dieu.

Sans doute il avait déjà vu la mort de près, mais à travers les flammes de l'incendie, la fumée de la fusillade, le mouvement du combat, l'agitation de la rue; mais alors, le bruit du canon, les cris des fédérés, l'excitation fébrile du moment l'avaient empêché d'entendre sa voix; aujourd'hui tout était bien changé, le cadavre était là près de lui, étendu dans un hamac contigu au sien, dans une salle à peine éclairée, où l'on n'entendait d'autre bruit que le pas des sentinelles et le sourd murmure de l'Océan, cette autre immensité menaçante, au milieu de laquelle le vaisseau n'est plus qu'un atôme flottant entre des abîmes d'air et des abîmes d'eau sous l'œil de Dieu.

Vincent ne dormit pas, ses yeux fermés regardaient bien loin derrière lui; sa pensée voyageait, non sans effroi, à travers les événements qui venaient de se dérouler si fatalement, et ses oreilles écoutaient les voix qui lui parlaient, les unes suppliantes, les autres pleines de menaces.

Puis il se rappelait ce dernier cri de rage du moribond abandonné de Dieu après l'avoir abandonné lui le premier, et cette imprécation : soyez maudits! retentissait comme un glas funèbre qui le glaçait d'épouvante. Alors, il rouvrait les yeux pour s'assurer qu'il n'était pas seul, et instinctivement ses regards, rencontrant le regard éteint mais sinistre du réprouvé, augmentaient son épouvante.

Cette nuit fut longue comme un siècle.

Enfin le matin arriva; à cinq heures, le branle-bas sonna; tous les hommes valides se jetèrent à bas de leurs hamacs, les roulèrent et commencèrent leur journée comme d'habitude, mais plus silencieusement cette fois, car la présence d'un mort et de plusieurs malades dans la chambrée, assombrissait singulièrement les esprits.

Une heure après, le docteur arriva; il fit emporter le défunt, visita les malades, passa l'inspection de tous les déportés, leur adressa quelques paroles pour relever leur courage et se retira.

Le reste de la journée, jusqu'à quatre heures du soir, n'offrit de particulier que cette teinte de tristesse dont, en pareil cas, il est si difficile, même aux esprits les plus légers, de se défendre. Drugnon seul hasarda quelques plaisanteries cyniques sur ce pauvre Laurent qui avait cassé sa pipe.

Ces lazzis, aussi inconvenants que funèbres, demeurèrent sans écho et le voyou, décontenancé par son peu de succès, se montra, le reste du jour, d'une humeur massacrante.

A quatre heures, tous les déportés valides furent appelés sur le pont et rangés sur une double ligne, de la dunette à l'avant, où une civière attirait l'attention générale.

Le cadavre, cousu dans un sac de toile à voile, lesté au bas par un boulet de 24, en occupait le milieu; on ne le voyait pas, mais, les plis de la toile dessinaient ses formes; quatre matelots, nu-pieds, se tenaient debout aux quatre coins de la civière.

Un officier s'avança près du corps : c'eût été la place du prêtre, mais il n'y en avait aucun à bord de *la Guerrière*, car Dieu, dans sa justice, avait voulu que le vœu impie de l'assassin fût accompli, et que pas une parole de pardon ne tombât sur son âme, pas une goutte d'eau bénite sur son suaire.

— Têtes nues ! commanda l'officier.

Les trois cents déportés se découvrirent.

Alors, à haute voix, le marin récita le *Pater* et l'*Ave;* puis, ayant fait le signe de la croix, il dit :

— Enlève !

Les quatre matelots soulevèrent le brancard.

— Marche !

Ils passèrent entre les rangs des condamnés jusqu'à la coupée du navire, tournèrent à gauche et s'approchèrent des bordages.

— Hisse ! fit l'officier.

Les deux premiers posèrent sur le bord de la galerie les bras antérieurs du brancard que leurs compagnons, placés du côté de la tête, soutenaient de manière à ce que le corps reposât sur un plan horizontal.

Il y eut un temps d'arrêt de quelques secondes.

— Envoie ! cria l'officier.

Les matelots soulevèrent lentement l'arrière du brancard, de manière à former un plan incliné le long duquel le corps, glissant les pieds en avant, fit entendre un frottement sourd et, entraîné par la pesanteur du boulet, tomba presque perpendiculairement dans la mer.

Quand les déportés, libres de leurs actions, se portèrent avec curiosité vers le bordage, rien n'apparaissait plus à la surface de l'Océan, dont les vagues, aussitôt refermées, venaient de laisser passer la justice de Dieu.

Ce furent des jours rudes à passer que ceux qui suivirent, la maladie faisait de rapides progrès et, chaque matin, ce n'était plus à une seule cérémonie du même genre que celle à laquelle ils avaient assisté, pour la première fois à la mort de Laurent, que les déportés étaient convoqués, mais à trois, quatre et même sept à la fois.

Le docteur avait eu raison, rien n'était capable d'enrayer le scorbut tant qu'on n'aurait pas atteint un port où l'on pût se procurer des aliments végétaux, de la viande fraîche, et par-dessus tout des citrons et du cresson, dont la vertu médicale est souveraine contre ce genre d'affection.

La prostration des déportés encore valides laissait peu d'espoir de les préserver physiquement d'une épidémie d'autant plus violente que le nombre des malades devenait plus considérable et à laquelle dispose singulièrement le manque d'énergie.

Du reste, il faut l'avouer, l'atmosphère de la grande chambrée devenait, malgré les soins les plus constants et la plus grande activité apportée à purifier l'air et à ventiler la salle, de moins en moins respirable, et chaque fois qu'après leurs promenades sur le pont, allongées dans la limite du possible, les prisonniers rentraient dans la batterie, ils étaient comme asphyxiés par l'odeur méphitique qu'engendrait la respiration de plus de cinquante malades à demi-gangrenés.

Malgré son énergie, le commandant se montrait inquiet et plus rude que d'habitude, sans doute dans l'intention de dissimuler ses préoccupations sous l'apparence de la mauvaise humeur.

Quant au docteur, il était littéralement sur les dents, luttant sans armes et corps à corps avec une maladie qui chaque jour empirait; jusque-là il avait pu enrayer la marche du fléau, mais il sentait que le moment approchait où il allait être débordé et où l'équipage, que jusqu'à ce jour il était parvenu à préserver, serait infecté à son tour.

Le médecin s'était engagé pour ainsi dire d'honneur vis-à-vis de son chef à garantir les matelots de la contagion, mais à condition que le voyage ne durerait pas plus de huit ou dix jours.

La distance diminuait sans doute à chaque coup de l'hélice, mais le délai accordé touchait aussi à sa fin.

Tous les yeux étaient tournés vers l'horizon sans limite, comme si l'intensité des désirs eût été capable de hâter le moment où apparaîtrait enfin l'Australie, devenue pour tous la terre du salut.

La Guerrière n'était pas un de ces navires à marche rapide, qu'estiment tant les Américains et avec lesquels ils font des traversées qui tiennent du prodige, mais elle rachetait par la régularité de son allure et sa solidité à la lame, son défaut d'un peu de lourdeur; presque insensible au roulis, elle avançait bravement, d'un pas toujours égal, à travers les vagues grossies par la tempête et au besoin portait admirablement la toile.

Dans la marine on l'appelait le cheval de fiacre, qui jamais ne prend le galop, mais trotte à perpétuité, comme si ses jambes obéissaient à l'impulsion d'un mouvement d'horlogerie.

Son capitaine la connaissait bien; aussi arriva-t-elle au jour et presque à l'heure qu'il avait indiqués au docteur, avec une demi-journée d'avance cependant, ce qui, dans les circonstances présentes, avait une importance réelle, puisque chaque heure de retard pouvait coûter la vie d'un homme.

La seule annonce de la terre en vue, c'est-à-dire d'un salut prochain, avait rendu le courage à tous les déportés, même aux plus malades, qui se persuadaient facilement que l'air d'Australie suffirait à leur rendre la santé.

Ce fut donc avec des hourahs enthousiastes qu'au moment où la *Guerrière* laissa tomber son ancre à l'entrée de la crique d'Anderson, les voyageurs, matelots et déportés saluèrent la ville de Melbourne; un entassement de maisons blanches et de frais cottages se détachant vivement sur ce fond vert émeraude, éternel gazon que broutent sans cesse des millions de moutons.

Melbourne, reine des provinces de l'Ouest et capitale de celle de Victoria, est une ville née d'hier, et déjà aussi populeuse et plus commerçante que beaucoup de vieilles capitales de l'ancien continent.

Là où elle s'élève aujourd'hui, il n'y avait, le 14 août 1851, qu'un marécage dans lequel une charrette pesamment chargée venait de s'embourber. Pour la dégager, un charretier prit une pioche, creusa le sol détrempé devant les roues du chariot, et de cette boue qu'il soulevait, fit jaillir un lingot d'or pur de 32 onces.

Il n'en fallut pas davantage pour attirer sur cette plage déserte toute une armée de chercheurs d'or, et à leur suite, des commerçants, des cabaretiers, des fermiers, des industriels qui, pour se loger, construisirent une ville qui aujourd'hui, à elle seule, exporte chaque année plus de vingt-cinq millions de kilogrammes de laines.

On comprend ce que ce commerce attire de vaisseaux; lors de l'arrivée du transport le port en était entièrement tapissé.

Par mesure de prudence, le commandant ne s'engagea pas dans ce dédale, il fit stopper assez loin en mer pour isoler sa cargaison humaine; les canots furent mis à la mer et partirent avec ordre de rapporter une cargaison de vivres frais, de salades et de citrons.

Seul, à quelques encâblures du vaisseau français, un autre navire, anglais de nation, semblait endormi sur la mer.

Un canot, amarré à un câble, se balançait à son arrière et se laissait bercer par la vague.

Pendant tout le reste du jour ce fut un va et vient du vaisseau français à la terre; le soir, l'un des canots fut également laissé à flot pour compléter le chargement aussitôt que le port serait rouvert. *La Guerrière* n'avait pas de temps à perdre et devait repartir le lendemain.

Vu l'isolement du navire et la bonne humeur des déportés, les gardiens étaient sans défiance.

Sérigné, qui méditait toujours son évasion, crut avoir trouvé enfin une occasion favorable.

Au moment où la promenade sur le pont allait finir, il dit à Vincent :

— Ecoute, Vincent, je me fie à toi plus qu'à personne parmi les camarades ; c'est ici que je veux débarquer : veux-tu m'aider dans mon évasion.

— Tu plaisantes ! d'ici à la terre, il y a plus d'une lieue et la baie est remplie de requins ; d'ailleurs, on te verra.

— Il y a des dangers, je le sais, mais je suis décidé ; puis-je compter sur ta discrétion ?

— Toujours.

— Merci ; je m'attendais à ta réponse.

— Que faut-il faire ?

— M'aider à me cacher dans cette montagne de choux qui est là, sur le pont, sans que les autres me voient, car ils seraient capables de me dénoncer.

— Soit. Entre doucement sous le tas, en rampant, je vais te recouvrir.

Sérigné s'enfonça le plus qu'il put ; Vincent entassa des choux sur sa cachette.

— Que fais-tu donc là ? lui demanda Beslier.

— Tu le vois, je mange des feuilles de choux, leur fraîcheur me fait du bien.

— Il se peut bien, répondit celui-ci, de manière à être entendu d'un groupe de déportés, qui regardaient la verte Australie d'un œil d'envie ; toutefois, s'il y a du scorbut dans notre affaire, il y a aussi du poison, et contre cette maladie tes choux seront sans vertu.

En disant cela d'un ton farouche, le communard savait parfaitement qu'il mentait : c'était son habitude et sa conscience ne lui en fit aucun reproche.

Vincent le laissa dire et continua à empiler ses légumes.

Il y avait à peine cinq minutes qu'il avait terminé son opération, quand le signal accoutumé fit redescendre tous les proscrits dans leur prison flottante.

La soirée se passa à causer de la Nouvelle-Australie, de la possibilité de gagner cette terre hospitalière, en s'évadant de la Nouvelle-Calédonie, non pas pour venir y faire paître des moutons comme les squatters dont Machefer et ses semblables ne se sentaient nullement disposés à adopter la vie pastorale, pour laquelle ils ne se sentaient aucune vocation, mais pour y chercher de l'or, faire rapidement fortune et, si l'occasion s'en présentait, acheter un vaisseau, l'armer à frais communs et se livrer à la piraterie ou à la traite des noirs.

En général, Sérigné, silencieux et sombre, se mêlait peu aux causeries de ses co-détenus; aucun d'eux ne remarqua son absence, seulement, par mesure de précaution, Vincent, avant de se coucher, étendit ses hardes dans le hamac de son camarade, afin qu'un vide suspect n'attirât pas l'attention des surveillants, puis il se coucha lui-même, sans avoir rien dit à personne.

La soirée de Sérigné avait été plus agitée; d'abord il s'était tenu accroupi, à demi-asphyxié par les choux qui l'enveloppaient de toutes parts et, dans cette position plus qu'incommode, il avait attendu la nuit.

Vers huit heures, le ciel, comme pour favoriser son évasion, s'était couvert de gros nuages; à neuf, l'obscurité était complète et la pluie tombait par torrents; il sortit en rampant, franchit le bordage sans être aperçu, se laissa tomber à la mer pendant qu'une rafale subite passait en sifflant dans les voiles qui claquaient avec bruit, et gagna à la nage le canot dans lequel il se blottit, juste au-dessous de la sentinelle qui, le fusil à l'épaule, continuait, en dépit de la bourrasque, sa promenade solitaire.

Que la lune, déchirant le rideau des nuages, vînt à faire tomber sur le canot un faisceau de lumières, il allait être aperçu.

De moment en moment sa position devenait plus critique.

La mer commençait à se faire mauvaise, il était bon nageur, mais la terre était loin, et pour l'atteindre il fallait nager tout habillé, sans y voir, et braver tout à la fois la fatigue, les courants et les requins.

Peut-être eût-il, au risque de se faire reprendre, attendu le petit jour, si tout-à-coup il n'eût senti que le canot se mettait en mouvement.

Le second, craignant sans doute de le voir enlever par un coup de mer, avait donné l'ordre de le hisser.

Encore une minute, le fugitif allait être réintégré à bord.

L'idée des quolibets qu'il aurait à endurer de la part de ses camarades plus encore que la crainte d'une punition sévère, lui rendit toute son énergie; il se laissa glisser à la mer une seconde fois et nagea vers le chaland amarré à l'arrière du vaisseau voisin.

Il y arriva sans peine, mais ne parvint à y grimper qu'avec une difficulté extrême, et passa une demi-heure à se reposer.

Soudain une idée lumineuse traversa son esprit.

Il avait remarqué qu'à chaque fois qu'il était heurté par la vague, le bateau tirait fortement sur le câble.

Le courant portait donc vers la terre.

Pourquoi ne profiterait-il pas de cette circonstance pour gagner le rivage en bateau?

Sérigné se fouilla; il avait heureusement sur lui un couteau, et aussitôt il commença à scier la corde.

La mer lui vint encore en aide dans cette opération, il n'avait pas encore coupé trois torons, qu'un paquet de mer, heurtant le chaland à l'arrière, brisa l'amarre et lança le canot à dix mètres du navire.

Malheureusement les matelots en avaient retiré les avirons ainsi que le gouvernail, et le fugitif ne trouva rien sous sa main pour suppléer à cet inconvénient.

Il essaya bien d'arracher les planches d'un banc, mais ne pouvant y parvenir, il s'assit et laissa faire à l'Océan, son auxiliaire.

L'embarcation dérivait toujours vers la plage, et déjà elle était à plus de 800 mètres, quand un cri se fit entendre à bord de *la Guerrière*.

Sérigné pensa que l'alarme venait d'être donnée. Il se jeta bravement à l'eau une troisième fois et, abandonnant la barque, se mit à nager vigoureusement du côté de la plage, où brillaient les feux du phare de Sandrige.

Trois quarts d'heure il lutta contre les vagues, qui le couvraient d'écume en passant sur sa tête, et finit par atteindre un second bâtiment, au câble duquel il s'accrocha, en ayant soin, pour ne pas couler, de s'attacher par sa ceinture, car il était épuisé de fatigue et se sentait sur le point de couler.

Pendant une heure il se reposa ainsi suspendu, le corps à demi-plongé dans l'eau, les épaules et le visage inondés par la pluie et par l'embrun.

Vers minuit, il se remit à nager, toujours dans la même direction; mais, entraîné par les courants, ce ne fut qu'à plus d'un kilomètre au-dessous du phare qu'il put enfin prendre pied sur une plage caillouteuse et accidentée.

La pluie venait de cesser; il se croyait libre et, oubliant sa fatigue dans l'exaltation produite par son succès, il se mit en route pour Melbourne, en contournant le rivage.

Le soleil était levé et, tout en continuant son voyage, il pouvait voir de loin *la Guerrière*, toujours immobile, mais déjà se couronnant de fumée, pour transporter ses compagnons de la veille à leur destination, lorsqu'il rencontra un paysan qui, frappé du singulier costume de cet étranger, ruisselant d'eau comme un naufragé, l'arrêta pour lui demander qui il était et d'où il venait?

Le fugitif lui raconta les péripéties de son évasion, en ajoutant qu'il se hâtait de se rendre à Melbourne pour y voir l'équipage du

vaisseau français en partance et charger les matelots de ses compliments pour leur capitaine.

— N'en faites rien, s'écria le paysan, si vous tenez à la liberté,
après l'avoir si généreusement reconquise.

— Ne suis-je pas ici en Angleterre?

— Oh! parfaitement; mais vous êtes étranger.

— Eh bien! quels risques est-ce que je cours?

— Le premier serait celui d'être arrêté et remis aux matelots;
croyez-moi, n'en faites rien, la plaisanterie pourrait vous coûter
cher.

— Diable! que vais-je devenir, alors?

— Venez chez moi, je vous cacherai jusqu'au départ du navire
auquel vous seriez reconduit comme déserteur; une fois qu'il sera
parti, vous ne risquerez plus rien.

Jusqu'alors Sérigné n'avait pas cru à la Providence; il dut, ce
jour-là, reconnaître qu'il y en a une.

Il suivit le conseil du squatter et ne continua son chemin pour
Melbourne qu'après avoir vu *la Guerrière* lever l'ancre, s'éloigner
et enfin disparaître, en descendant derrière l'horizon bleu, ne
laissant à l'endroit où elle venait de s'effacer dans l'Océan bleu,
qu'un mince filet de fumée zébrant encore le ciel.

A ce moment, tout le monde à bord savait que l'audacieux fugitif
avait disparu; mais personne ne doutait qu'il ne se fût noyé ou eût
servi de pâture aux requins; ce ne fut que deux mois plus tard
qu'une lettre, adressée au citoyen Beslier, apprenait au chef des
Compagnons du Désespoir l'heureuse issue de cette tentative qui,
d'abord, avait paru insensée.

— Vous voyez donc bien, camarades, que ce n'est pas chose impossible que de s'échapper, dit-il à ses compagnons; dans la vie,
pour pouvoir il n'y a qu'à vouloir.

La seconde partie du voyage de *la Guerrière*, depuis Melbourne
jusqu'à la Nouvelle-Calédonie, s'inaugura par un de ces actes de

dévouement modeste, dont le monde parle peu, que les hommes ne glorifient pas, mais qui glorifient ceux qui les font.

Le bruit s'était répandu, aussitôt après l'ancrage de *la Guerrière*, que ce navire, encombré de déportés malades, ne faisait qu'une courte escale, sans autre communication avec la terre que son canot, et qu'il allait repartir, emportant dans ses flancs le terrible scorbut.

Or, un missionnaire, destiné à la mission de Nouméa, et dont le passage était déjà arrêté à bord du steamer anglais, *le Donaverth*, se trouvait en ce moment à Melbourne.

Il apprit qu'un navire français, encombré de déportés, à destination de la Nouvelle-Calédonie, se trouvait en vue, il courut au port; le lieutenant de *la Guerrière* débarquait en ce moment.

— Voulez-vous me prendre à votre bord, monsieur? lui demanda-t-il.

— Pour Nouméa?

— Pour Nouméa.

— Très-volontiers, mon père, d'autant plus que nous n'avons pas d'aumônier à bord.

— En effet, je pourrai y être utile.

— Mais, en revanche, nous avons plus de 500 communards, parmi lesquels vous trouverez peu d'amis, mais peut-être plusieurs des assassins des Pères Olivain et Bengy.

— Tant mieux, je leur porterai le pardon de nos Pères, qui certainement prient pour eux.

— Je dois vous dire, continua le lieutenant, que nous avons en outre le scorbut à bord et qu'il est peut-être moins que prudent.....

— Pardon, mon lieutenant, vous êtes-vous trouvé quelquefois au feu?

— A Sébastopol; nous avons forcé l'entrée du port pour canonner les forts, dont l'artillerie, concentrée sur nous, a occasionné de graves avaries à *la Guerrière* et tué ou blessé un tiers de l'équipage.

— Il eût donc été bien plus prudent de n'y pas aller, mon officier.

— C'est vrai, répondit le lieutenant, en riant. Demain matin nous levons l'ancre; soyez prêt pour cinq heures, je reviendrai avec le canot et vous prendrai avec nous. Au revoir, mon père.

— Au revoir, monsieur.

Assuré d'être agréé, le Révérend courut au bureau de la New-Australien-Company, là où sa place était retenue.

En ce moment, le capitaine s'y trouvait, causant avec le directeur.

L'Anglais avait fait la traversée de Liverpool à Melbourne avec le missionnaire, qui était Français.

— *Good morning*, sir, fit-il, en lui tendant la main; demain matin, nous partons au point du jour.

— Impossible, capitaine, *la Guerrière* m'emporte, avec son convoi de condamnés.

— Aoh! pour un gentleman, c'est une mauvaise compagnie, une very choking compagnie; vous feriez mieux de rester avec nous, *le Donaverth* est meilleur marcheur, infiniment plus confortable et arrivera un jour au moins en avance sur *la Guerrière*.

— Je n'en doute pas, capitaine, et pendant ma longue traversée, je n'ai eu qu'à me louer du navire, de son équipage, de ses passagers, et particulièrement de sir Richardson, son très-excellent capitaine, que je prie d'agréer mes remerciements.

— *Very obliged*, sir; je regrette infiniment..... Vous ignorez peut-être que le scorbut est à bord de *la Guerrière*.

— C'est la principale raison qui.....

— *Very good! very good!* Vous êtes un parfait gentleman, sir, reprit le capitaine, en serrant la main à son passager, avec une effusion peu ordinaire pour un Anglais.

— Voulez-vous que je fasse débarquer vos bagages?

— Je vous remercie, sir; vous serez arrivé avant moi à Nouméa, et comme tous ceux que j'apporte sont pour l'usage de la mission qui les attend impatiemment, je vous serai très-obligé, au contraire, de les transporter à destination

— Parfaitement, mais vos bagages particuliers? remarqua le directeur.

Le prêtre sourit et montrant son bréviaire qu'il portait sous le bras :

— C'est tout, dit-il.

— Très-bien, monsieur. Votre passage est payé de Liverpool à Nouméa?

— Oui, monsieur; auriéz-vous quelque chose à me réclamer?

— Rien, absolument, monsieur; mais vous, vous avez le droit de céder votre billet de Melbourne à Nouméa, si vous trouvez acquéreur.

— Je vous remercie; mais il est peu probable que je profite de ce droit.

— Vous avez tort, sir, les affaires sont les affaires, et à votre place je ferais publier, dans l'édition du soir du *Melbournien-Chronicle*, qu'il y a une place à céder, pour la Nouvelle-Calédonie, à prix réduit, à moitié, par exemple; il se peut que quelque gentleman profite de cet avis.

— A votre préjudice?

— Point du tout, sir; à cette heure, tous les billets à prendre pour demain sont pris, et si nous avons un passager gratuit, ce sera toujours un passager en plus pour le retour, et par conséquent un bénéfice pour la Compagnie.

— Alors, je suivrai votre conseil, fit le missionnaire, en prenant congé des deux Anglais.

Et il se rendit immédiatement au bureau d'agence.

Le même soir, un gentleman, qui avait le spleen, lisait le *Chronicle*.

— Aoh! fit-il, en arrivant à l'annonce; c'est une idée, j'irai voir les déportés français. Je parie qu'ils ne ressemblent pas à nos convicts australiens; il y a longtemps que je veux écrire dans le *Times*, de Londres, je lui enverrai une relation : je crois que son reporter n'est pas encore arrivé.

Un quart d'heure après, il avait acheté le billet et faisait sa malle.

Le prêtre, de son côté, s'embarquait, le lendemain, de grand matin, à bord de *la Guerrière*.

Quand on lui demanda de signer le registre, il écrivit :

« Le Père Louis, des Missions étrangères. »

En ce moment, le commandant, prévenu de son arrivée, venait au-devant de son nouveau passager.

— Pardon, monsieur, dit-il, en lui tendant la main, mais il me semble avoir déjà eu l'honneur de vous rencontrer quelque part ?

— En effet, mon commandant, j'ai eu la bonne fortune de déjeûner avec vous, à Versailles, chez mon cousin, le général X.

— Attendez donc, je me rappelle parfaitement ; vous êtes le neveu de l'amiral ***.

— Oui, autrefois ; mais aujourd'hui, je ne suis que le Père Louis, pour vous servir, et je n'ai d'autres parents que les déportés.

— Eh bien ! mon père, je vais vous présenter votre nouvelle famille ; je vous affirme qu'elle est loin de valoir l'ancienne.

CHAPITRE X

Le Magenta

Il y avait déjà de près trois mois que *la Guerrière* sillonnait l'Océan, tantôt naviguant à l'aide de la vapeur, tantôt utilisant ses voiles afin de ménager son combustible, mais n'avançant jamais que lentement, lorsque *le Magenta* reçut enfin l'ordre d'embarquer à Brest, avec plusieurs officiers et ingénieurs destinés à la colonie, un bataillon de soldats d'infanterie de marine, dont une partie était envoyée au Sénégal, et cinq femmes de déportés qui, allant avec leurs enfants rejoindre leurs maris dans la Nouvelle-Calédonie, avaient obtenu du gouvernement passage gratuit à bord d'un navire de l'Etat.

Sur la demande expresse de M. de Lambescq, commandant du navire en partance, Louise venait d'être, sans le savoir, encore comprise dans cette dernière catégorie, lorsque la femme du commandant la fit avertir de passer chez elle dans la matinée.

Comme toutes les ouvrières intelligentes, la femme du déporté n'avait pas tardé à trouver de l'occupation; habile couturière, aussi exacte qu'intelligente, elle s'était fait une petite clientèle choisie parmi les femmes de négociants et les élégantes de la ville de

11.

Palais, et, patronnée par Mme de Lambescq qui, la première, avait utilisé ses talents, était arrivée à gagner largement son entretien et celui de sa fille.

Au moment où le domestique de sa protectrice vint la chercher, elle crut que probablement il était arrivé des nouvelles de *la Guerrière*, peut-être une lettre; aussi interrompant brusquement sa couture commencée, elle se hâta de plier son ouvrage, et sortit emmenant la petite Germaine qui, son panier au bras, revenait en ce moment de l'école.

Fille d'un capitaine au long cours et née, quoique française, à bord de *l'Hermione,* dans la baie de Valparaiso, Mme de Lambescq était depuis longtemps familiarisée avec l'Océan que déjà, elle avait traversé bien des fois et dont elle n'avait à peu près jamais quitté le rivage.

Des fenêtres de son cottage, assis à mi-coteau au milieu des fleurs dont elle aimait à s'entourer, on apercevait, d'un côté, les rivages pittoresques de la Bretagne avec ses blanches falaises, de l'autre, la mer immense, tantôt calme comme un lac aux eaux transparentes à peine ridé par une brise légère, tantôt grise et agitée roulant ses vagues énormes frangées d'une blanche écume.

Mariée depuis deux ans à peine et âgée de 23 ans seulement, la jeune femme s'était séquestrée, pendant l'absence de son mari, dans cette poétique solitude, sortant peu autrement que pour se rendre chaque matin à l'église et partager le reste de son temps entre son piano, les soins à donner à ses chers fuschias dont les longues grappes violettes ou pourprées ornaient son jardin, la contemplation mélancolique de l'Océan, la lecture de quelques livres de piété ou de voyages, ses travaux de broderie et une correspondance active avec des amies disséminées un peu partout en Europe, en Afrique et même en Amérique.

N'ayant pas d'enfants à elle, Clotilde de Lambescq reportait son affection sur ceux des autres, s'intéressait à eux, s'arrêtait pour les

regarder et les caresser, s'amusait de leurs gracieuses gaucheries,
montrait pour leur pétulance, quand ils étaient plus grands, une
rare indulgence, les aimait et en était adorée.

Parmi tous, Germaine occupait le premier rang dans son affection, c'était presque une habituée de Champfleuri, surtout quand
le commandant s'absentait. Elle y arrivait avec son petit panier,
baisait la main de la grande dame qui l'embrassait au front, jouait
avec le gros chat angora qui, pour elle, faisait patte de velours,
regardait curieusement les albums, écoutait dans une sorte d'extase
la musique du piano, sur lequel sa protectrice s'accompagnait en
chantant de sa voix si douce ces jolies romances, où il était parlé
d'anges aux ailes d'or causant avec des enfants blonds et rosés qui
s'envolaient au ciel pour y contempler la maison du bon Dieu.

Si timide qu'elle fût, la fille de Louise n'éprouvait aucune gêne
devant la bonne dame dont les grands yeux bleus la regardaient
avec tant d'affection, son visage lui rappelait celui des anges de
la romance; comme eux elle avait des cheveux d'or, et des dents
si blanches qu'elles ressemblaient à son collier de perles, puis
Louise lui avait si souvent répété que la dame était leur providence sur la terre.

Ce fut donc avec joie que la petite fille accompagna sa mère.

Bientôt elles arrivèrent au cottage; la porte du petit enclos
était ouverte et, à toutes les fenêtres, des fleurs se penchaient en
avant comme pour offrir aux visiteuses un beau bouquet de bien-
venue.

Une femme de chambre qui, sous la véranda, époussetait des
meubles rustiques, les fit, sans même prévenir sa maîtresse,
entrer dans le petit salon au fond duquel, le dos tourné à la porte,
celle-ci étudiait sur son piano une mélodie de Schubert.

Pendant quelques minutes, Louise et sa fille demeurèrent immobiles et silencieuses, ne voulant pas interrompre la musicienne
qui ne les avait pas aperçues.

À la fin d'un passage, celle-ci s'arrêta, leva les yeux par hasard et les vit dans une glace placée au-dessus du piano.

— Ah! vous voici; s'écria-t-elle en se retournant vivement; je ne vous savais pas là; bonjour, Louise, bonjour, petite, y a-t-il longtemps que vous êtes arrivées?

— Nous ne faisons que d'entrer, Madame; aussitôt qu'on m'a prévenue que vous me demandiez je suis venue.

— Et vous avez bien fait, j'ai de bonnes nouvelles à vous donner.

— De Vincent, Madame?

— Non, pas de lui, nos dernières dépêches reçues datent d'Aden; à la sortie de la mer Rouge, tout allait bien à bord et l'état sanitaire ne laissait rien à désirer, depuis mon mari n'a rien reçu ce n'est pas de cela qu'il s'agit. Vous savez que le *Magenta* va appareiller.

— Oui, Madame; j'avais même prié..

— Mon mari de vous obtenir votre passage, eh! bien! c'est fait, ma chère, la dépêche m'est arrivée ce matin, vous et votre fille aurez une place à bord.

— Oh! Madame, Dieu vous récompense et M. de Lambescq aussi, fit Louise que le bonheur suffoquait.

— Dans quatre jours, le *Magenta* prendra la mer, faites vos dispositions, il n'y a pas de temps à perdre, mon mari arrivera à Brest demain dans la nuit, demain matin je m'embarque pour le continent; si vous étiez prête je vous prendrais avec moi.

— Nous le serons certainement, Madame, ce soir même s'il le faut.

— Demain seulement; dis-moi, Germaine, veux-tu venir avec ta maman et moi sur la mer?

— Allons-y tout de suite, répondit l'enfant.

— Tu n'auras pas peur?

— Non, puisque vous y serez toutes deux.

La commandante prit l'enfant dans ses bras, l'enleva de terre et l'embrassa.

— Tu m'aimes donc un peu ?

— Même beaucoup, fit Germaine en lui jetant ses bras autour du cou.

— Vous avez été si bonne pour nous qu'elle vous suivrait jusqu'au bout du monde, dit Louise avec émotion.

— Vraiment ?

— Oh ! bien sûr, c'eût été un bien grand bonheur pour nous de...

— Mais j'y vais moi aussi, ma chère Louise.

— Vous, Madame, vous allez dans la Nouvelle-Calédonie ?

— Certainement, mon mari a obtenu cette faveur pour moi, c'est une exception sur un navire de guerre, mais cette fois-ci le *Magenta* transportant plusieurs officiers supérieurs et leur famille en Calédonie, le ministre a pensé pouvoir la faire pour moi.

— Que Dieu soit béni, s'écria Louise, lui qui nous conserve notre protectrice au moment où nous en avons le plus besoin.

— Je me réjouis aussi de cette circonstance qui, en effet, pourra me permettre de vous être utile, mais qui ne sera pas moins avantageuse pour moi, si, comme je le pense et que vous me l'avez proposé déjà, vous voulez remplir auprès de moi la place de femme de chambre.

En d'autres circonstances et auprès d'une autre personne, l'ouvrière aurait sans doute décliné cette offre ; elle l'accepta au contraire avec une vive reconnaissance, sachant bien que ce poste serait pour elle, pendant une longue navigation, le moyen le plus sûr d'épargner son petit pécule tout en jouissant d'égards particuliers et d'avantages qu'elle n'aurait point eus en s'embarquant comme la femme d'un déporté.

Mme de Lambescq, qui ne faisait pas les choses à demi, l'obligea à accepter des gages en rapport avec ses nouvelles fonctions, condition à laquelle Louise ne consentit à se soumettre que sur la promesse que son titre de femme de chambre à bord du *Magenta* ne serait pas une sinécure et qu'elle ferait sérieusement son service.

Le soir même, après avoir rapporté leur ouvrage aux personnes qui lui en avaient commandé, l'ouvrière acheva, avant de se coucher, les derniers préparatifs et, le lendemain à midi, elle s'embarquait pour Brest dans le même canot que sa nouvelle maîtresse, le cœur plein de reconnaissance pour sa bienfaitrice.

Deux jours après *le Magenta* appareillait.

Le voyage devait être plus long encore qu'on ne l'avait pensé.

Vaisseau à deux machines et d'un puissant tonnage, *le Magenta* passait à juste titre pour l'un des meilleurs marcheurs de la flotte; aussi au lieu de lui faire suivre la route la plus directe en passant par l'isthme de Suez, le ministre de la marine avait décidé qu'il doublerait le cap de Bonne-Espérance et irait montrer nos couleurs sur toute la côte d'Afrique en faisant successivement escale à Ténériffe, Saint-Louis, le cap, Madagascar, Bourbon, Timor, la Papouasie et enfin Nouméa

Là il devait stationner un mois environ, se ravitailler et revenir en France par l'autre hémisphère, c'est-à-dire achever le tour du monde.

Mme de Lambescq se montrait enchantée de ce qu'elle appelait cette charmante promenade; quant à son mari il partageait le contentement de sa femme sans se laisser effrayer pour elle des fatigues et des dangers d'une aussi longue traversée.

Louise ne s'en effrayait pas non plus, mais ne pouvait s'empêcher de trouver que tous ces zig-zags entraînaient une grande perte de temps et, pressée de revoir son mari auquel elle se savait nécessaire, elle aurait de beaucoup préféré une ligne plus directe que celle indiquée par le ministre.

Un autre inconvénient auquel elle n'avait pas pensé, mais que de grosses lames ne tardèrent pas à lui rappeler avant même que *le Magenta* eut atteint le cap Finistère, c'est qu'elle n'avait encore ni le pied, ni le cœur marin.

Il lui fallut acquitter son tribut de novice et, malgré qu'elle se fût promise de remplir exactement tous les devoirs de ses fonctions, force lui fut pendant quatre ou cinq jours de demeurer étendue dans sa cabine, pâle, inerte et tellement affaissée qu'elle ne pouvait même pas s'occuper de Germaine, couchée dans son cadre et tout aussi malade qu'elle.

Quand enfin la mer fut devenue plus calme, la convalescente revint peu à peu à la vie et les deux voyageuses, en remontant sur le pont pour y respirer l'air vivifiant de l'Océan, purent encore apercevoir à l'horizon les montagnes du Portugal et le cap Saint-Vincent, limite extrême de l'Europe, s'avançant dans les flots bleus comme pour adresser aux voyageurs un dernier adieu.

Beaucoup de passagers, convalescents comme Louise, regardaient avec un sentiment de mélancolique tristesse cette terre qui s'effaçait dans la brume et dont les contours indécis se confondaient à fleur d'eau avec les nuages endormis à l'horizon. Seuls les matelots, accoutumés à la solitude de l'Océan, allaient et venaient insouciants ou empressés, suivant qu'ils étaient oisifs ou occupés à la manœuvre.

Enfin la terre disparut entièrement et forcément l'attention de tous les passagers se reporta sur le navire, cette île mouvante, leur seule patrie pendant plusieurs mois, si étroite, comparée aux maisons et aux champs, si vaste considérée en elle-même, et toujours si curieuse dans ses détails.

Germaine, que sa mère ne quittait ni des yeux ni de la main, de crainte d'accident sur ce pont auquel elle n'était pas encore habituée, contemplait avec une curiosité craintive tout ce qui l'entourait, cordages sans nombre partant du haut des mâts pour venir

s'attacher aux bordages, échelles goudronnées sur lesquels s'éla-
çaient les mousses avec une intrépidité qui la faisait frémir, canons
monstrueux allongeant leurs gueules de cuivre à travers les lourds
sabords, voiles se superposant les unes aux autres à une prodigieuse hauteur, vergues étendant leurs grands bras et se balançant
lourdement.

Tout cela était nouveau et étrange pour l'enfant qui se serrait
contre sa mère en ouvrant ses grands yeux effarés.

Ce qui l'effrayait le plus cependant n'était ni le grondement des
chaudières, ni le tic-tac de l'hélice, ni le balancement du *Magenta*,
mais un grand Monsieur, sec et maigre, à favoris roux et à mâchoire osseuse qui, armé d'un quelque chose ressemblant à un
canon, rôdait sans cesse le long du bord, épiant les navires en vue
et, aussitôt qu'il en apercevait un, allongeant d'un geste saccadé
son canon portatif et le portant à son œil comme s'il eût visé un
oiseau posé sur une branche.

A chaque instant, Germaine tressaillait craignant qu'il ne fît
feu; mais lui, après un moment, relevait son arme, faisait rentrer
les tubes l'un dans l'autre avec fracas et reprenait sa promenade
agitée.

Louise ne s'était pas aperçue d'abord de l'émotion de sa fille;
quand elle la remarqua elle essaya de la rassurer en lui expliquant
que le prétendu canon n'était qu'une lunette. Germaine n'en continua pas moins, pendant plusieurs jours encore, à soupçonner le
Monsieur des plus mauvais desseins, et ce fut avec une véritable
satisfaction que quinze jours plus tard elle vit le vilain homme
débarquer à Saint-Louis.

Pendant que l'ouvrière se laissait peu à peu absorber par de
tristes pensées et sentait peser sur elle une solitude inaccoutumée
au milieu de ce va et vient de soldats et de marins, un matelot
vint la prévenir que Mme la commandante la faisait demander dans
sa cabine.

— Par où faut-il passer pour y aller? demanda timidement Louise.

Le gabier se mit à rire de l'ignorance de cette passagère qui ne savait pas s'orienter dans un vaisseau, et volontiers il l'aurait envoyée dans une batterie de l'avant, mais comme il s'agissait de la commandante, il réprima vite cette velléité de mauvaise plaisanterie et répondit :

— Suivez-moi, je vais vous conduire.

— Ceux qui ont visité quelques-uns de nos grands navires de guerre connaissent le confortable, on pourrait dire le luxe de l'emménagement d'une cabine de commandant.

Louise fut émerveillée en entrant dans le petit salon où se tenait Mᵐᵉ de Lambescq.

L'espace n'était pas grand, mais chaque chose était si bien rangée, les meubles étaient si élégants, la table d'acajou si brillante, les fauteuils et le sopha si bien disposés, qu'il semblait que l'appartement fût spacieux.

Sa nouvelle maîtresse la reçut avec son affabilité ordinaire, s'informa de sa santé, embrassa Germaine, puis après lui avoir fait les honneurs de son appartement et lui avoir expliqué l'emménagement, elle la conduisit à une cabine toute voisine qu'elle avait fait préparer pour elle et sa fille afin qu'elles pussent s'y réfugier pendant le jour quand elles ne voudraient pas se tenir sur le pont.

Le réduit était étroit, mais d'une propreté extrême avec un hamac pour Germaine qui poussa un cri de joie en voyant sur son petit lit, au-dessous d'un petit tableau représentant la Reine du ciel, le gros angora de Champfleuri, couché en rond comme une grosse boule de fourrure.

Pendant que l'enfant et le chat se faisaient leurs amitiés, la bonne Mᵐᵉ de Lambescq ouvrait l'un après l'autre les tiroirs d'un petit meuble garni de tout ce qui est nécessaire à une ouvrière, depuis les aiguilles assorties jusqu'aux boutons, expliquait à Louise ce qu'elle aurait à faire et lui montrait, appendue contre la paroi, une gravure représentant Nouméa, lieu de sa future résidence, et tout à côté, roulée dans son étui, une carte détaillée de la Nouvelle-Calédonie avec la description exacte de l'île par Garnier et quelques livres de piété.

La pauvre Louise était émue jusqu'aux larmes.

— Vous n'aurez pas grand ouvrage ici, ajouta Mme de Lambescq, je ne suis ni difficile à servir, ni très-exigeante et le travail que je vous donnerai sera plus une distraction qu'une tâche ; lisez donc tant qu'il vous plaira, ma bibliothèque particulière est à votre disposition ; quant à Germaine il faut qu'elle travaille aussi et je me réserve de lui donner chaque matin une petite leçon de lecture ; ce sera pour elle une occupation utile et pour moi une distraction.

A partir de ce jour, ni Louise, ni sa fille ne regrettèrent plus Belle-Isle et leur temps distribué avec une régularité parfaite entre leur cabine qui remplaçait la petite chambre, et le pont qui tenait lieu de promenade au grand air, s'écoula sans tristesse ni ennui.

La seule maladie à craindre dans une longue traversée est la monotonie ; or, pour des personnes occupées la monotonie n'existe pas.

D'ailleurs, outre le spectacle de la mer qui rarement est le même, la route que suivait *le Magenta* le forçait à se rapprocher souvent de la côte et il n'y avait pas deux jours que l'on avait perdu l'Espagne de vue, lorsqu'un matin, pendant la promenade qui suivait le déjeûner, le mousse de vigie dans les haubans cria tout-à-coup de sa voix grêle :

— Terre ! Terre ! à trois quarts sous le vent.

L'homme à la lunette s'élança, pendant que Louise demandait à un matelot : quelle est cette terre ?

— L'île de Madère, répondit-il, le pays du bon vin, tenez à-bas, droit de mon doigt, voyez-vous cette montagne ?

— Je n'aperçois qu'un nuage.

— Ce nuage c'est Funchal, fit l'homme-de mer, un gros rocher qui domine le port et où j'ai fait sous les arbres un bon déjeûner avec les camarades chez la senora Agostina, une mulâtresse qui vous a des poings à faire reculer un gabier de misaine.

En continuant sa course, *le Magenta* passa assez loin de Madère pour que le passager au télescope pût seul en apercevoir les maisons qui, du bord de la mer, s'élèvent en s'échelonnant sur une pente rapide jusqu'au sommet du rocher de Funchal, mais il rangea d'assez près quelques-unes des îles désertes et en particulier la dernière des Salvages pour que Germaine pût contempler à loisir un spectacle des plus intéressants pour elle.

Monceau de rochers entassés les uns sur les autres dans un désordre qui rappelle le cahos, cette île volcanique sur laquelle il serait impossible de découvrir la moindre trace de végétation et que fréquentent seuls les pêcheurs de l'archipel madérien, renferme une population innombrable d'oiseaux de mer, mouettes, goélands, fous, cormorans, alcyons et autres, qui viennent y déposer leurs œufs dans des anfractuosités inaccessibles aux hommes et trop élevées pour que les vagues les plus furieuses puissent les atteindre.

Le bruit de l'hélice et le sifflement des machines, lorsque le navire ne fut plus qu'à quelques encablures, effraya cette pacifique multitude ; de tous les points de l'île, les oiseaux s'élevèrent par milliers avec des cris stridents, de grands battements d'ailes et des tournoiements insensés.

En un instant le soleil en fut obscurci comme par un nuage ; on eût dit que le tapage assourdissant que faisaient ces innombrables fuyards achevait de les affoler, plusieurs vinrent donner tête baissée dans les voiles même du *Magenta* ou s'embarrasser dans les agrès, au grand plaisir des matelots et des passagers que cette scène inattendue amusait fort.

Enfin après quelques minutes, le vaisseau continuant à s'éloigner, le calme parut renaître dans la république emplumée, les fuyards reconnaissant qu'ils n'étaient pas poursuivis s'élevèrent en décrivant de grands cercles à une immense hauteur, puis, après avoir plané quelques minutes au-dessus de l'écueil noir, redescendirent et se posèrent au sommet des rochers sur lesquels ils produisirent l'effet d'une neige nouvellement tombée.

Le lendemain, presque à la même heure, une seconde terre apparaissait à l'avant du navire et la vigie signalait le pic de Ténériffe, immense cône tronqué, couronné de neiges éternelles du milieu desquelles s'élève un panache de noire fumée.

Longtemps cette gigantesque cheminée grandit à l'horizon et tous les yeux étaient tournés vers elle quand tout-à-coup, étendant la main, Germaine s'écria :

— Maman, un serin !

Louise leva les yeux et, dans la direction que lui indiquait sa fille, vit un point jaune collé plutôt que perché sur un cable à dix mètres à peine au-dessus de sa tête.

— Ce ne peut pas être un oiseau, dit-elle, d'où serait-il venu ?

— C'en est parbleu bien un, fit un matelot; un grain l'aura poussé au large et il est venu se reposer ici ne pouvant plus voler; holà! l'Eveillé, arrive ici.

Un mousse accourut.

— Agante ce canari pour la pichote, lui dit le matelot, un provençal qui avait comme, du reste, presque tous les hommes de l'équipage, pris Germaine en amitié.

Le mousse enfonça son bonnet sur sa tête et s'élança dans les bastingages.

— Comment voulez-vous que ce pauvre garçon prenne un oiseau en liberté ? demanda Louise.

— Oh! bagasse! laissez-le faire, ce n'est pas le premier qu'il amarrera; le canari ne s'envolera pas ou s'il s'envole, il n'ira pas loin.

En effet, l'oisillon ne bougeait pas ; cependant quand il vit la main de l'Eveillé près de lui, il ouvrit les ailes et se laissa tomber plutôt qu'il ne vola sur un autre cordage.

L'Eveillé, sans se déconcerter, saisit une drisse et se laissa couler près de lui; le serin s'envola de nouveau, mais en se rapprochant toujours davantage du pont, car il ne pouvait plus s'élever.

En ce moment, un autre mousse l'avait aperçu et grimpait par une autre échelle.

Cette chasse à courre, dans des cordages, eut bientôt attiré l'attention de tous les passagers : il faut si peu de chose pour distraire à bord d'un navire.

Serré de près, l'oiseau s'était réfugié sur la maîtresse vergue, et en avait gagné l'extrémité.

Il n'y était pas arrivé, que l'Eveillé, sautant à califourchon sur la vergue, se mit à le poursuivre.

— Mon Dieu, il va tomber, murmurait Louise, épouvantée.

Les matelots ne faisaient que rire.

Quand il vit qu'il allait être saisi, le fugitif se pencha comme pour mesurer la distance qui le séparait du pont.

Il ne se sentit pas la force de la franchir.

Alors, il ébouriffa ses plumes, rejeta sa tête en arrière et menaça du bec son ennemi.

Tant de vaillance ne servit de rien, le mousse le saisit dans sa main droite, de la gauche souleva son bonnet, dans lequel il fourra son prisonnier, regagna la dune et s'affala jusqu'à terre.

Tous les passagers voulaient voir l'oiseau.

— Tiens, petit, je t'en donne vingt sous, dit le monsieur à la lunette.

L'Eveillé regarda le grand Timothée.

— Pardon, excuse, fit celui-ci, le canari il est à cette petite demoiselle.

Et, sans plus de façon, il le remit à Louise.

Elle aurait voulu refuser, pour ne pas priver le mousse de sa pièce, mais Timothée s'y opposa et, pour mettre fin à toute discussion, allongea une taloche à l'Eveillé, qui se tenait sur ses gardes et se sauva au plus vite.

L'ouvrière avait pitié de son petit prisonnier, dont elle sentait le cœur battre avec violence dans sa main; volontiers elle lui eût donné la liberté, mais outre qu'il aurait été repris aussitôt, elle ne voulait ni affliger sa fille, ni offenser le marin qui lui en avait fait cadeau.

Elle le porta donc dans sa cabine, pensant à l'y laisser voleter à son aise, lorsqu'en entrant elle entendit le miaulement du chat qui, descendu de son hamac, venait au-devant de Germaine, en faisant des ron-ron.

— Maman, si nous faisions promener ici le serin? dit Germaine.

— Le chat le mangerait; tu sais bien que les chats mangent les oiseaux.

— Alors, mets-le dans une cage.

— Nous n'avons pas de cage. ma fille, et nous n'avons pas, non plus, de grain pour le nourrir.

— Mais, alors, comment ferons-nous?

— Quand nous serons près de la terre, nous le porterons sur le pont pour lui permettre de s'envoler.

— S'envoler? Oh! non, gardons-le, je t'en prie

— Ce sera comme tu voudras, ma fille; mais, d'abord, écoute son histoire.

— Il a une histoire?

— Certainement; veux-tu que je te la raconte.

Pour toute réponse, l'enfant s'assit sur les genoux de sa mère et prit un air sérieux.

Non moins sérieusement, celle-ci lui raconta, de manière à être bien comprise, que le serin était né dans un bois d'orangers et de citronniers, où il vivait bien heureux, chantant sur une branche fleurie, pendant que sa compagne couvait de jolis petits œufs, posés dans un nid de mousse bien ouaté; les petits étaient éclos, mais ils n'avaient encore ni ailes pour voler ni plumes pour se couvrir, alors leur papa, pendant que leur maman les réchauffait doucement, était allé leur chercher leur déjeûner et leur dîner.

Un jour qu'il volait dans le ciel bleu, faisant ses provisions pour ses chers petits, le vent s'était mis à souffler si fort qu'il avait emporté bien loin par-dessus la mer le pauvre canari qui, ne pouvant plus se soutenir au-dessus des vagues, allait y tomber quand il avait aperçu le vaisseau, sur les mâts duquel il avait pu se reposer, et voilà qu'au moment où il se réjouissait d'aller retrouver sa famille, l'Eveillé l'avait pris. A présent il était en prison, bien triste en pensant à l'oranger fleuri, dans les branches duquel l'attendait sa nichée.

L'enfant écoutait avec émotion.

— Et maintenant, continua l'ouvrière, il est bien affligé, ses petits ont bien faim, et la mère, elle aussi, pleure en se disant : Si je vais chercher à manger à mes enfants, ils mourront de froid pendant mon absence; si je reste, ils mourront de faim. Voilà, ma fille, ce que disent le papa et la maman; maintenant, que dit Germaine?

— Maman, donne-lui un morceau de mon gâteau pour ses petits et ouvre vite la fenêtre pour qu'il le leur porte.

Louise la serra sur son cœur.

— Nous sommes encore trop loin de terre, ma chérie; mais ce soir, nous en serons tout proche, alors, tu lui donneras la liberté, n'est-ce pas?

— Oui, maman, je te le promets; permets-moi de le baiser.

— Certainement, ma fille.

Après cet adieu, la mère enferma le prisonnier dans un carton re ouvert d'une gaze, qu'elle plaça dans un tiroir un peu entr'ouvert et, avec Germaine, elle remonta sur le pont.

L'oiseau était déjà oublié : on entrait dans la rade de Sainte-Croix.

Cette rade, creusée en demi-cercle, dans l'est de l'île, est belle et spacieuse, ayant au centre un débarcadère en maçonnerie et en bois, derrière lequel s'arrondit la ville, précédée par une rangée de villas, sur la façade desquelles le soleil du midi faisait jouer ses rayons à demi-interceptés par de mobiles rideaux de fleurs et de feuillage.

Le Magenta, en approchant, ralentit sa course, arbora ses couleurs et salua le drapeau espagnol de 21 coups de canon, auxquels répondirent, coup pour coup, deux forts placés au nord, à un demi-mille environ l'un de l'autre et qui paraissaient occupés par une forte garnison.

Un moment après, le navire virait lentement de bord et laissait tomber son ancre, à quelques encâblures seulement de la ville, sur le quai de laquelle était accourue une foule nombreuse et sympathique à la France.

Le Magenta ne devait repartir que le lendemain, et Louise aurait bien désiré aller faire sa prière dans l'une des églises dont les flèches, fines comme des aiguilles, s'élançaient de tous côtés vers le ciel; mais, sauf quelques officiers supérieurs, personne n'eut la permission de débarquer, et l'ouvrière dut se contenter de regarder, sans la fouler du pied, cette île aux coteaux couverts de vignes et d'arbres fruitiers, étagés sur des mamelons, dont la masse confuse servait de piédestal au pic gigantesque que les voyageurs aperçoivent de si loin en mer.

En compensation de cette petite contrariété, Germaine eut tout le reste du jour le spectacle des barques apportant à bord des légumes frais et des fruits exquis, ainsi que celui de l'embarquement de plusieurs bœufs, dont l'enlèvement au bout des palans et la physionomie grotesque, lorsqu'ils montent, en tournant sur eux-mêmes, dans le vide, la tête et les jambes pendantes, ne peut être regardé sans rire.

Le départ du canari et sa joyeuse rentrée dans son île natale fut un événement plus frappant encore pour la sensible enfant; d'abord elle ne put réprimer quelques larmes, mais, le soir venu, elle s'endormit toute joyeuse après avoir ajouté à sa prière ces quelques mots :

« Mon Dieu, faites pour le papa de Germaine, comme Germaine a fait pour votre joli canari. »

Elle dormait encore lorsque le *Magenta*, pivotant sur lui-même, quitta, le lendemain, l'archipel des Canaries, pour se rapprocher de la côte d'Afrique et gagner Saint-Louis, en passant entre le continent et le groupe des îles du Cap-Vert, groupe aussi pauvre que stérile, dont le sol nourrit à peine une chétive colonie de nègres portugais.

Des Canaries à Saint-Louis, aucun incident particulier ne signala la traversée, et le *Magenta* ayant passé de nuit le long du banc d'Arguin, célèbre par le naufrage de *la Méduse*, en 1817, les passagers ne purent pas même jouir du spectacle extraordinaire des brisants sur lesquels, par la mer la plus calme, les flots se brisent avec violence, s'épanouissent en gerbes et retombent en blancs flocons d'écume.

Le lendemain du départ de Ténériffe était un dimanche, la messe fut célébrée à bord, sur le pont, par un temps admirable; Louise, trop malade, les premiers jours, pour assister à cette imposante cérémonie, y assistait pour la première fois.

Les marins avaient dressé l'autel à l'arrière, sur la dunette, occupée par l'état-major et les passagers de distinction; l'équipage, en grande tenue et en armes, se tenait sur le pont, en avant du bataillon d'infanterie de marine, officiers en tête.

Agenouillée à l'avant, l'ouvrière apercevait l'autel au bout d'une longue avenue de baïonnettes, à la pointe desquelles le soleil accrochait ses éclairs; le navire, pavoisé de drapeaux, s'avançait dans une mer unie comme un miroir et dont le bleu profond se confondait avec l'azur du ciel.

12

Jamais mise en scène ne fut plus splendide.

Au milieu du silence, dans l'immensité, on n'entendait que la voix du prêtre s'adressant au Créateur.

Tout-à-coup l'officiant, cessant de parler, s'abîma dans le recueillement, la brise sembla se taire, l'Océan réprimer son murmure : Dieu descendait dans le pain consacré.

L'abbé Manuel éleva les mains et la blanche hostie, saluée par les tambours, les clairons, le bruit sourd de huit cents hommes se prosternant tous ensemble, pendant qu'une détonation, produite par deux canons tirés à la fois, allait, en bondissant, s'éteindre dans les profondeurs de l'infini, resplendit dans l'azur et plana quelques instants au-dessus de tous ces hommes de rang différent dans le monde, mais égaux devant Dieu.

Rien n'est grand, rien n'est émouvant comme les cérémonies du catholicisme, surtout quand elles sont entourées de la pompe militaire, surtout quand elles ont lieu à bord d'un navire de guerre, et le touchant souvenir ne s'efface plus quand on a eu le bonheur d'en être témoin une fois.

Le surlendemain, dans la matinée, le navire jetait l'ancre à Saint-Louis, chef-lieu de l'établissement français déjà ancien du Sénégal, où il devait débarquer une partie de ses troupes et de ses passagers.

Plus heureuse qu'à Ténériffe, Louise eut la permission de descendre à terre; elle en profita pour visiter, avec sa fille, la mission des Pères Jésuites, où les conduisit l'aumônier *du Magenta*.

Comme ville, Saint-Louis n'offre rien de bien curieux; mais la population en est étrange, et Germaine qui, pour la première fois, voyait les nègres chez eux, habitant leurs cases de bambous, ombragées par des palmiers et des cocotiers, en fut plus vivement qu'agréablement impressionnée.

Cette impression ne tarda cependant pas à se dissiper lorsque, sur l'ordre d'un des Pères de la Mission, un négrillon, à cheveux cré-

pus et à dents blanches, apporta aux voyageurs quelques-uns des excellents fruits du pays et leur offrit, pour étancher leur soif, excitée
par la chaleur du climat, du lait de coco, aussi frais que parfumé.

Mais, ce qui charma surtout l'enfant, ce fut le cadeau, qu'au moment du départ, lui fit une bonne religieuse, d'une petite perruche
vert émeraude à collier rouge, de l'espèce de celles qui, par centaines, caquetaient dans les arbres, parfaitement privée et armée d'un
bec de corail, assez aigu pour faire respecter sa jolie propriétaire
par l'angora de la commandante.

Le lendemain, à l'heure où l'enfant se réveilla, Saint-Louis fuyait
à l'arrière du Magenta. Depuis quelques jours le commandant avait
fait établir, au moyen des voiles, une vaste tente sur le pont, car la
chaleur augmentant toujours à mesure que l'on approchait de la
Ligne, rendait l'intérieur du navire inhabitable.

Sur le pont du moins, on avait de l'air, non pas frais, mais
respirable, un air factice, créé par la vitesse de la marche du navire.

D'abord on avait eu les alizés, vents qui soufflent du nord-est;
puis, depuis le Cap-Vert, on était entré dans la région des brises
inégales et des longs calmes; passé la Ligne on rentrerait dans la
région du vent : mais il fallait l'atteindre.

Dans le ciel, tout annonçait le changement d'hémisphère, le soleil se rapprochait du nord et se mouvait de gauche à droite, la
nuit arrivait brusquement, sans crépuscule, et dans la profondeur
des ténèbres, des constellations inconnues s'élevaient au-dessus de
l'horizon, brillant d'une clarté plus vive et formant cortége à la
splendide croix du sud.

Depuis qu'on était arrivé à la région tropicale, Louise avait quitté
sa cabine pour passer ses journées près de la coupée du Magenta,
surveillant, tout en travaillant, la petite Germaine, que tous les
matelots faisaient jouer sur leurs genoux et à laquelle l'aumônier
enseignait pratiquement la géographie, en lui disant le nom et lui
racontant l'histoire des pays dont ils longeaient les côtes.

Il y a beaucoup à dire sur ce vaste continent, encore si inconnu malgré les courageux efforts d'intrépides voyageurs, dont le plus célèbre, le docteur Livingston, parcourt en ce moment, au péril de sa vie, les régions inexplorées.

Evidemment, l'abbé Manuel n'entra pas dans de grands détails sur cette terre africaine, mais il en savait assez pour intéresser vivement des auditeurs plus sérieux que Germaine.

Par ses familières et utiles causeries, Louise apprit, au moins sommairement, l'histoire de *Sierra-Leone*, colonie anglaise, toute peuplée d'esclaves noirs, pris à bord des négriers qui font l'infâme trafic de la chair humaine; de *Libéria*, autre colonie fondée et recrutée par des esclaves émancipés, fils d'esclaves américains; du *Dahomey*, dont le roi féroce fait périr, chaque année, plus de 4,000 prisonniers pour son plaisir, sans compter ceux qu'il vend, à pleines cargaisons, aux négriers, sur la côte tristement célèbre sous le nom de *Côte-des-Esclaves;* de la *Côte-d'Or* et de la *Côte-d'Ivoire*, ainsi appelées à cause de la nature de leur commerce; du *Gabon*, établissement français, où *le Magenta* ne fit que toucher; de la colonie portugaise où règne encore l'esclavage, et enfin de la célèbre colonie du *Cap*, appartenant aux Anglais.

Tout ceci ne fut pas débité de suite, mais à mesure que *le Magenta* rangeait ces diverses contrées, c'est-à-dire pendant un laps de plus de quinze jours.

L'aumônier ne distribuait sa science qu'à petite dose, et ses leçons, entremêlées de récits de chasses et d'aventures, de voyages et de missions, attirèrent peu à peu autour de lui un tel nombre de soldats, de matelots et de passagers, que vers la fin ses causeries devinrent de vraies conférences, sans rien perdre de leur finesse et de leur simplicité.

Il fallait bien cela pour faire supporter ces longues et chaudes journées, qu'aucune brise ne venait rafraîchir, et où le seul spectacle qui pût appeler l'attention, dans cette immensité de bleu, était celui des requins, rôdant à fleur d'eau, et des poissons volants qui, poursuivis par les dauphins ou les voraces bonites, venaient, dans leur vol rapide mais court, se heurter aux voiles et aux cordages et tomber sur le pont, où d'autres ennemis, non moins voraces, se hâtaient de ramasser cette manne de l'Océan.

Quelquefois aussi se montrait, dans le lointain, quelque énorme cachalot, faisant jaillir en panache irrisé, l'eau violemment comprimée dans ses évents.

Mais de tous les plaisirs, le plus goûté fut d'abord la pêche aux requins.

Sur la côte d'Afrique, ces dangereux et féroces poissons abondent; ils y atteignent des proportions énormes et une hardiesse telle que, même près du rivage, ils enlèvent les baigneurs.

On dirait que, de même que chez les grands fauves du désert, la chaleur augmente leur férocité.

Particulièrement friands des noirs, chez lesquels ils font, chaque année, de nombreuses victimes, ils dédaignent si peu les blancs, qu'on les voit suivre, pendant des centaines de lieues, des navires, tantôt se cachant, tantôt laissant apercevoir leur nageoire dorsale, mais toujours rôdant autour du vaisseau, toujours prêts à engloutir l'imprudent qui oserait prendre un bain, ou le malheureux qu'un accident ferait tomber à l'eau.

Entre eux et les marins c'est une haine à mort; ils ne pardonnent pas à l'homme, l'homme ne leur pardonne pas.

Qu'un capitaine permette à un matelot de jeter au bout d'un hameçon gros comme le doigt, pointu comme une aiguille et attaché à un bout de chaîne, un morceau de porc rance à un de ces énormes poissons bleus, et aussitôt la moitié au moins de l'équipage, passagers, matelots et officiers, interrompant causeries, promenades ou occupations, se portent vers les bordages et grimpent même dans les haubans pour assister à toutes les péripéties du drame, dont la fin sera le désappointement des spectateurs si le squale, repu, s'éloigne, ou sa joie s'il avale franchement le mets de haut goût servi à la gloutonnerie du poisson.

Malheureusement, dans beaucoup de circonstances, heureusement dans celle-ci, le requin a presque toujours faim. Aussi, à peine l'appât a-t-il touché l'eau, que le monstre, averti par le bruit, file entre deux eaux, avec la rapidité de la flèche, heurte le morceau de viande du bout de son nez arrondi, et comme son énorme gueule est placée au-dessous de la tête, se retourne sur lui-même, de manière à montrer son ventre blanc, ouvre sa gueule armée d'un triple rang de dents recourbées en arrière comme des crampons, engloutit l'appât, avec un ou deux pieds de chaîne et s'enfuit avec vélocité, semblable à un voleur qui emporte sa proie.

En ce moment, tous les yeux pétillent, les visages, les plus impassibles, s'animent, les physionomies se passionnent, et des applaudissements unanimes éclatent quand, arrivé au bout de la ligne, qui se tend subitement, le brigand de la mer, culbute sur lui-même, renversé par la violence du choc combiné avec la douleur que lui cause l'hameçon, dont le fer s'enfonce dans ses entrailles.

Le requin piqué n'est pourtant pas encore pris; il faut le fatiguer pour vaincre sa résistance, le ramener peu à peu le long du bordage, lui lâcher la ligne et la retirer avec prudence, jusqu'à ce qu'il soit à bout de forces.

Le silence s'est rétabli, l'anxiété a recommencé : cette seconde partie du drame dure quelquefois plus d'une heure; enfin le pêcheur dit, à demi-voix :

— Pare la bouline !

La bouline est un nœud coulant, que l'on fait glisser par-dessus la corde de la ligne et le corps de l'animal, jusqu'à ce qu'il arrive tout près de la queue.

— Hisse ! crie le pêcheur.

Le nœud se resserre, le requin est bien pris; les applaudissements contenus éclatent, et le monstre, qui se tord avec rage, est enlevé par les palans et jeté sur le pont, où il est encore à redouter, car ses coups de queue furieux pourraient assommer un homme ou tout au moins lui briser un membre.

Pour le mettre hors d'état de nuire, la première précaution, qui elle-même n'est pas sans danger, consiste à lui trancher, d'un coup de hache, son arme redoutable.

A ce moment, Louise quittait le pont, emmenant avec elle Germaine; elle était d'avis qu'il ne faut pas laisser des enfants assister à des scènes de cruauté, qui déflorent de jeunes âmes en émoussant leur sensibilité.

La pauvre petite ne demandait pas mieux, elle trouvait le requin bien méchant et s'indignait de sa cruauté; mais volontiers elle eût demandé sa grâce, quand elle le voyait pantelant sur le pont, et ses yeux se mouillaient de larmes en pensant qu'on allait le tuer.

Heureusement que sa jolie perruche, avec laquelle l'angora vivait en bonne intelligence, lui faisait oublier les scènes sanglantes qui se passaient sur le pont, où le féroce captif, expirait sous les coups de ses ennemis, dont le plus grand plaisir consistait à lui ouvrir le ventre pour en retirer ce qu'il avait englouti et à en faire l'inventaire.

Du reste, la vie de Germaine n'était point oisive; Mme de Lambescq lui continuait, avec une régularité de mère, ses leçons de lecture; l'aumônier lui enseignait le catéchisme; sa mère lui faisait réciter ses prières et lui parlait de son père. Le voyage même éveillait un monde d'idées dans cette intelligence qui s'épanouissait, comme une fleur embaumée, sous le soleil des tropiques; la brise de mer, l'air vivifiant de l'océan fortifiaient sa santé; souffreteuse et rêle à Paris, pâle et encore délicate à Belle-Isle, elle arrivait au Cap, le teint un peu hâlé, mais forte, bien portante et préparée d'avance, à supporter bravement la longue traversée du grand Océan.

CHAPITRE XI

Du Cap à Nouméa

Deux énormes rochers, auxquels leur forme singulière a fait donner le nom de *la Table* et *du Lion*, signalent de loin aux navigateurs la ville du *Cap*, chef-lieu de la colonie anglaise, formant l'extrême pointe du continent africain.

Autrefois, cette pointe de terre, pénétrant comme un coin dans l'Océan austral, immense nappe d'eau qui s'étend jusqu'au pôle antarctique, et dont les baies, dix fois plus vastes que la Méditerranée, sont elles-mêmes des mers séparant l'Afrique de l'Arabie, des Indes et de l'Australie, portait le nom de *Cap des Tempêtes*; aujourd'hui, par euphémisme sans doute, on a changé cette appellation en celle de *Cap de Bonne-Espérance*.

Il n'en est pas moins vrai que ces espérances, si elles sont conçues par les voyageurs, ne tardent pas à être déçues, et qu'il est bien peu d'exemples d'une traversée faite entre le Cap et l'Australie sans gros temps, orages ou véritables tempêtes, essuyés avant d'avoir atteint les Tropiques.

Jusques-là, le vent saute, fraîchit ou tombe à chaque instant, Point d'indication précise, impossibilité d'établir un calcul quelconque; les plus habiles marins n'y voient goutte : c'est le *pot au noir*, disent les matelots, et ils ont raison.

Le ciel, pur tout à l'heure, se couvre de nuages, et il tombe une pluie diluvienne; il faisait chaud, il fait froid; on grelottait il y a une heure, et à présent le goudron fond sur le pont, qu'un air embrasé rend intenable. Si l'on prédit le calme, un grain arrive, quelquefois un cyclone à tout rompre, on redoute une tempête et, pendant deux ou trois jours, les voiles pendent inertes, sans un souffle d'air pour les gonfler.

C'est à n'y rien entendre.

Il est cependant un indice qui trompe rarement les capitaines en station au Cap, c'est l'aspect du rocher de *la Table*; si le plateau se détache d'une manière bien distincte dans le ciel bleu, on peut être à peu près certain que, même au large, la journée sera belle, mais si sa tête chauve s'enveloppe de nuages, comme d'un épais turban, le mauvais temps ne tardera pas à régner.

Or, le matin même du jour fixé pour le départ *du Magenta*, un brouillard épais, accroché aux flancs du rocher, en dérobait la cime à tous les regards.

M. de Lambescq ne pouvait pas se tromper sur ce pronostic, mais ses heures étaient comptées, son navire solide et obéissant, et quand, avec cela, on peut compter sur son équipage et qu'en cas de tempête on a devant soi quatre ou cinq cents lieues de mer pour lâcher la bride à un vaisseau qu'emporte l'ouragan, il n'y a pas de crainte sérieuse à concevoir.

Ordre fut donné de lever l'ancre, et *le Magenta*, tournant sa proue vers la haute mer, quitta fièrement le port, dont il dédaignait le refuge.

Quelques heures après, Louise, qui travaillait, suivant son habitude, au pied du grand mât, fit remarquer à Timothée quelques nuages gris, semblables à des toiles d'araignées, fuyant dans l'espace.

— C'est un grain qui arrive, répondit le gabier, en lui montrant les voiles serrées le long des vergues; nous sommes parés pour le recevoir.

— Qu'est cela un grain ?

— Un coup de vent carabiné, qui va faire danser les vagues et nous avec.

— Ah ! mon Dieu, si nous allions toucher !

Le matelot se mit à rire, en s'écriant :

— Pour cela, soyez sans crainte, nous avons sous *le Magenta* quelque chose comme 9,000 mètres d'eau ; à coup sûr nous ne talonnerons pas : le matelas est assez épais pour amortir le coup.

— Comment, neuf kilomètres de profondeur, fit Louise, en pâlissant.

— Mieux vaut cela que 50 mètres, répartit l'aumônier, en souriant, du moins le navire est en sûreté et, quant à nous, peu importerait, si nous coulions, d'avoir dix kilomètres ou seulement un mètre d'eau par-dessus la tête.

— Ce serait moins effrayant, dit-elle.

— Peut-être, mais assurément beaucoup plus dangereux ; dans tous les cas, si j'ai un conseil à vous donner, c'est de ne pas attendre le grain pour rentrer dans votre cabine ; il viendra subitement, et comme vous n'avez pas encore le pied marin, vous auriez probablement de la difficulté à vous tenir sur le pont.

Elle se leva pour suivre cet avis, et déjà elle avait presque atteint l'escalier, quand tous les passagers se précipitèrent vers les bastingages pour assister aux ébats bruyants d'un troupeau de plusieurs centaines de marsouins, qui bondissaient lourdement autour du navire.

L'ouvrière prit sa fille dans ses bras pour lui montrer ces énormes poissons noirs, semblables à des outres de cuir, dont chaque bond faisait jaillir une gerbe d'eau diamantée par le soleil.

— Dépêchez-vous de descendre, croyez-moi, lui dit l'aumônier, en passant près d'elle.

L'ouvrière ne se le fit pas répéter une troisième fois, et descendit précipitamment.

Il n'y avait pas trois minutes qu'elle était rentrée quand la porte s'ouvrit.

— Vous êtes ici, Louise? Voilà qui va bien, dit Mme de Lambescq; je craignais que vous ne fussiez restée sur le pont. Ne vous effrayez pas, nous allons avoir du gros temps, mais nous ne risquons absolument rien; rassurez la petite, je vais en faire autant pour nos passagères qui ne sont pas encore habituées à la mer.

Louise s'était levée à l'arrivée de sa maîtresse, un violent mouvement de roulis la fit retomber assise sur un sopha, assuré comme les autres meubles par de forts crampons. La perruche ébouriffa ses plumes, en poussant un cri d'effroi, et Germaine, épouvantée, se réfugia, en chancelant, dans les bras de sa mère.

L'orage venait de se déchaîner tout-à-coup. Voilé par d'épais nuages, d'un gris plombé, le soleil n'envoyait plus de lumière, le vent mugissait dans l'espace, ou sifflait à travers les cordages, et rasait l'eau, emportant avec lui des flocons d'écume, qu'il dispersait au loin.

Secoué par la tempête, *le Magenta* craquait dans toute sa membrure, chaque fois qu'une montagne d'eau, s'abattant sur le gaillard d'arrière, balayait son pont de bout en bout; les mâts pliaient comme des roseaux, tantôt plongeant leurs vergues dans la mer, tantôt se redressant comme s'ils eussent voulu se renverser en arrière. La mer, fouettée par l'orage, se creusait en profonds sillons ou se gonflait en vagues monstrueuses, qui se tordaient, brisaient, mugissaient et se couronnaient d'une écume phosphorescente, que l'ouragan faisait tourbillonner comme des flocons de neige.

Épouvantée par ce déchirement des éléments, Louise priait avec ferveur pour le salut de tous, mais surtout pour sa fille, pâle et tremblante; elle s'attendait à voir l'abîme, entr'ouvert, les engloutir.

Et pourtant *le Magenta*, en athlète habitué à vaincre, supportait ces attaques furieuses, sans même dévier de sa route.

Parfois, à demi-submergé et incliné sur le flanc, comme prêt à sombrer, il se relevait tout-à-coup, secouait sa coque ruisselante comme un coursier agite sa crinière, prenait son élan, franchissait les lames sans être atteint et, s'enfonçant d'un coup de poitrine dans une montagne liquide, la pourfendait victorieusement.

La tempête dura tout un jour; ni le commandant, ni l'équipage ne paraissaient s'en apercevoir; M. de Lambescq, calme comme d'habitude, travaillait dans sa cabine, tandis que les matelots vaquaient à leurs travaux habituels avec ce sang-froid que donne une longue pratique de la mer.

Il n'en était pas de même des passagers, les plus intrépides avaient disparu de dessus le pont et, deux ou trois seulement, vinrent s'asseoir à table, non pas pour y manger, mais pour se vanter plus tard d'y avoir paru.

Le lendemain, sur le soir, le gros temps persistait encore, quoique le vent fût tombé, lorsque *le Magenta*, après avoir longé, pendant plusieurs heures, la grande île africaine de Madagascar et coupé le Tropique du Capricorne par 50 degrés de latitude, vint prendre son ancrage dans le port de l'Ile-Bourbon, l'une des rares colonies françaises demeurées à la France, à la suite des funestes guerres de la République et de l'Empire contre l'Angleterre.

Là encore, Louise et sa fille ne descendirent pas à terre et durent se contenter de considérer, du haut du pont, cette riche colonie, dont deux hautes montagnes, *le Piton*, couvert de neiges, et *le Gros-Morne*, volcan aujourd'hui éteint, dominent de leur masse grise, couverte de scories, les plantureuses campagnes où croissent en abondance les cannes à sucre, le caféier, le tabac, le cotonnier, le riz et le maïs.

Du reste, après la tempête que les voyageuses venaient d'essuyer, elles n'avaient pas besoin du splendide panorama de l'île pour la trouver délicieuse et, quoique pressées d'arriver au but de leur lointain voyage, ce ne fut pas sans regret qu'elles s'éloignèrent de

13

cet éden pour faire route vers Timor, en passant en vue de l'île Maurice, arrachée à la France en 1812, et de plusieurs autres îlots, de moindre dimension, semés comme des corbeilles de fleurs dans la mer des Indes.

Mais tout cela ne dura que deux jours, après lesquels *le Magenta* se retrouva seul dans un océan sans bornes, avec quelques rares albatros flottant comme des flocons de neige dans l'azur du ciel, et çà et là des masses noires, émergeant tout-à-coup de l'azur de la mer et s'y replongeant.

Le vent était tombé, la chaleur revenue et les **rayons du soleil** faisaient resplendir les flots aplanis comme une cuirasse d'airain.

Un soir, abattue par cette température énervante, Louise dormait à demi dans son hamac, lorsqu'une lumière subite la réveilla; étonnée, elle se redressa, regarda autour d'elle et, à travers les hublots, aperçut le navire entouré de flammes. Sur le pont on entendait des bruits de pas précipités, les portes des cabines s'ouvraient bruyamment; des exclamations se croisaient dans les chambres comme dans les batteries; elle ne douta pas que le feu ne fût au navire et, prenant sa fille entre ses bras, comme s'il lui était possible de fuir d'un vaisseau en flammes, elle se précipita dans l'escalier.

Au même moment, une voix criait, d'en haut :

— Clémentine, venez donc vite voir; c'est magnifique, c'est admirable.

L'ouvrière comprit que sa frayeur était sans fondement et faillit se trouver mal d'émotion.

La menace du danger, qui avait décuplé ses forces, n'existant plus, il ne lui restait plus que sa faiblesse.

Cette défaillance, qui souvent a lieu dans des circonstances analogues, ne dura cependant pas longtemps et l'ouvrière, revenue à elle-même, put rentrer dans sa cabine pour y réparer le désordre de sa toilette avant de monter sur le pont, où la curiosité l'appelait.

Là, elle fut témoin de l'une de ces scènes, dont les marins sont souvent témoins sous les Tropiques, mais qui ne peuvent manquer de frapper vivement ceux des passagers qui les voient pour la première fois.

Aussi loin que la vue pouvait s'étendre, c'est-à-dire jusqu'aux limites de l'horizon, la mer était éblouissante de lumière; fortement éclairé par la phosphorescence des flots, *le Magenta* semblait naviguer au milieu des flammes d'un immense bol de punch.

Moins éclatantes que les rayons du soleil, ces flammes avaient une teinte verdâtre et laiteuse, de plus, elles ne voltigeaient pas et semblaient comme plaquées sur la surface de l'eau et avaient le miroitement de la moire.

Seul le sillage du navire offrait, au loin, l'image d'un sillon ardent tracé dans la braise, et un seau lancé du pont dans la mer, par ordre du commandant, fit jaillir en tombant une gerbe d'étincelles.

L'écume produite par la marche du navire, autour de sa coque, ressemblait aussi à une broderie de feu.

A la clarté produite par cet embrasement, il était possible de lire dans les cabines, et un des passagers put, sans aucun autre secours, distinguer parfaitement l'heure marquée par les aiguilles sur le cadran de sa montre.

Plusieurs baquets remplis de cette eau, sur le pont, projetaient la même clarté, qui augmentait singulièrement à la moindre agitation.

Louise ne pouvait pas se persuader que cette eau ne fût pas bouillante, et fut très-étonnée, en y plongeant la main, après beaucoup d'hésitation, de ne pas lui trouver une température plus élevée que d'habitude.

Si l'ouvrière n'avait plus peur, ce fut le tour de Germaine d'être épouvantée; la main que sa mère venait de retirer du baquet paraissait toute en flammes : l'enfant crut que sa mère brûlait vive et se mit à pousser de grands cris.

Louise voulut essuyer sa main et la porta à sa poche, pour en retirer son mouchoir, ce fut alors la robe et le mouchoir qui devinrent phosphorescents, comme un mur contre lequel, la nuit, on frotte une allumette.

Enfin la frayeur s'apaisa, et la petite fille voulut se rendre brillante à son tour : résultat qu'elle obtint d'autant plus facilement que cette phosphorescence, résidant dans une sorte de gomme qui donne à l'eau une consistance presque sirupeuse, s'attache facilement à tous les corps qui y sont plongés.

Chacun expliquait le phénomène à sa manière et avec cet imperturbable aplomb que donne l'ignorance; entre ces versions diverses, l'ouvrière aurait eu fort à faire pour déterminer quelle était la bonne; le docteur vint à son secours en démontrant scientifiquement aux passagers de distinction réunis autour de lui, que ce prétendu vernis, comme l'appelait Timothée, n'était autre chose qu'une couche graisseuse, de plusieurs millimètres d'épaisseur, formée par d'innombrables œufs de poisson, surnageant, en vertu de leur légèreté spécifique, et tellement serrés les uns contre les autres qu'ils semblaient ne former qu'une nappe huileuse.

Pour prouver la vérité de son assertion, il fit vider un des baquets sur un tamis de soie, assez fin pour retenir cette écume lumineuse, et promit, le lendemain, de faire reconnaître, à l'aide du microscope, aux plus incrédules, l'existence des œufs générateurs de la lumière verdâtre.

Le lendemain, l'expérience eut lieu, en effet, mais la purée jaunâtre, échauffée pendant la nuit, avait déjà une telle odeur de poisson pourri, qu'il y eut peu d'incrédules assez curieux pour braver l'infection au profit de la science.

Les jours suivants, la chaleur redoublant à mesure qu'on se rapprochait de la ligne en remontant, et le vent étant entièrement tombé, tous les passagers, fuyant la température insupportable des cabines, se réfugièrent sur le pont où, pour tromper leur ennui, ils

n'eurent plus que le spectacle, devenu monotone, des grands cétacés se montrant, de loin en loin, à la surface des flots, et le combat d'un espadon ou poisson à épée contre un cachalot, duel bruyant
dont ils ne virent que le commencement sans pouvoir connaître le
résultat de ce duel émouvant, dans lequel on voyait tour à tour l'espadon s'élancer comme une flèche, à plusieurs mètres de hauteur,
pour retomber, son épée en avant, sur le corps de son rival, et le
cachalot bondissant à son tour pour écraser son audacieux ennemi
sous le poids de sa masse énorme.

Rien ne faisait prévoir de spectacle plus intéressant, ni de nouveaux dangers à courir, lorsqu'à l'entrée de cette immense baie, au
fond de laquelle se trouve Timor, et que ferment à demi, d'un côté
la courbe gigantesque de la terre de Witt, et de l'autre, les îles de
Batavia, Sumbova et Florès, une rencontre aussi inattendue que rare
dans les annales des voyages maritimes, vint exciter au plus haut
point la curiosité, non-seulement des passagers, mais de tout l'é-
quipage du *Magenta.*

Il était à peu près midi; sans être grosse, la mer était houleuse,
et le navire tanguait assez fortement pour que Louise eût cru devoir, par prudence, garder sa fille auprès d'elle, sans lui permettre
de courir sur le pont vacillant. Tout en travaillant, elle lui faisait
réciter sa leçon de catéchisme et tâchait, par des explications à la
portée de l'intelligence de l'enfant, de lui faire comprendre le sens
des phrases apprises par cœur.

A quelques pas de là, M. de Lambescq, appuyé sur le bastingage,
laissait errer son regard dans le ciel, bleu et sa pensée loin des lieux
où il se trouvait en ce moment.

— Commandant, fit tout-à-coup Timothée, en se rapprochant,
son bonnet de laine à la main, la vigie signale un débris flottant par
babord.

— Peut-être un canot chaviré, fit le capitaine.

— C'est rouge, et ça ressemble à un cheval mort.

— Je crois plutôt, reprit un enseigne, que c'est un paquet d'herbes.

— Pardon, mon officier, on dirait une barrique.

— C'est un animal, et je vois ses pattes, reprit M. de Lambescq, en abaissant sa lunette; lieutenant, faites gouverner de ce côté.

L'ordre fut exécuté, et *le Magenta* se dirigea droit sur la bouée vivante, qui grossissait à vue d'œil.

Toutes les lunettes étaient braquées sur ce point, qu'examinaient avec leurs yeux de lynx une vingtaine de matelots postés dans les haubans.

Bientôt il n'y eut plus de doute à avoir, on se trouvait en présence d'un de ces monstres effroyables, dont l'apparition, à la surface des flots, cause parfois un étonnement rempli d'horreur aux équipages les plus aguerris.

C'était un poulpe colossal, de l'espèce des *encornets*; son corps, mesurant cinq à six pieds de longueur, d'un rouge brique, renflé vers le centre, avec deux yeux énormes, glauques, fixes, vitreux, grands comme des assiettes, plantés dans une tête terminée par huit bras de la grosseur d'un homme, d'une longueur double du corps, et armés de ventouses arrondies, disposées par paires, au nombre de quarante sur chacun d'eux.

L'approche *du Magenta* n'effraya pas le redoutable animal, qui flottait à demi-plongé dans l'eau, au-dessus de laquelle il élevait sa queue charnue, épanouie en un lobe épais et visqueux.

En un instant tout fut en mouvement à bord, les fusils furent chargés, les harpons emmanchés, les nœuds coulants préparés.

A tout prix l'équipage voulait s'emparer de ce prodigieux colosse, le plus grand qu'il eût jamais rencontré.

L'attaque commença par une décharge de mousqueterie; plus de vingt balles frappèrent l'encornet en plein corps, sans paraître produire aucun résultat, car il continua à se laisser bercer par les vagues et flotta bientôt au long *du Magenta*.

Malgré sa terreur, Louise, clouée par là curiosité, se tenait près du bord, tenant Germaine dans ses bras.

— Le harpon! cria le commandant.

D'une main se cramponnant à la drise, de l'autre balançant sa longue lance, Timothée planait au-dessus du monstre.

Il ramena son bras en arrière, visa deux ou trois secondes et lança le terrible javelot.

L'acier barbelé brilla comme un éclair et disparut dans le corps de l'encornet, au moment où un nœud coulant, s'abattant sur la queue, s'enroulait au-dessous de l'épanouissement.

— Hourah! rugirent cent voix.

— Hisse! commanda M. de Lambescq.

Alors seulement, comme si toutes ces taquineries lui devenaient déplaisantes, le monstre fit un brusque mouvement qui, d'un seul coup le débarrassa du harpon et, abandonnant au câble, qui tenait prisonnière sa queue visqueuse, une partie du lobe gélatineux qui fut ramené à bord, plongea lentement, pour aller ressortir de l'autre côté du navire, aussi impassible que s'il n'eût pas été touché.

Dix fois l'attaque recommença; criblé de blessures, l'animal vomit de l'écume, du sang et des matières gluantes répandant une forte odeur de musc, mais il fut impossible de l'amarrer, et rien ne put le provoquer à fuir ou à se défendre.

On eût dit qu'il était insensible.

L'exaspération des matelots s'était changée en rage; ils se regardaient comme insultés par cette indifférence, et tous, officiers en tête, supplièrent leur commandant de leur permettre d'amener le canot, pour essayer de garrotter de nouveau l'encornet.

Peut-être y fussent-ils parvenu, si M. de Lambescq, effrayé du danger que pouvaient courir ses hommes, dans une lutte corps à corps avec un animal assez fort pour chavirer l'embarcation, rien qu'en lançant par-dessus l'un de ses bras redoutables armés de ventouses, ou pour étouffer le plus robuste marin, en l'enlaçant dans ses fouets redoutables , chargés d'effluves électriques , dont la décharge paralyse quand elle ne tue pas, n'avait résisté à ces prières et ordonné, au contraire, de cesser une chasse compromettante.

Il fallut bien obéir.

Le Magenta reprit donc sa course , laissant flotter derrière lui ce géant des abîmes sous-marins et emportant, comme trophée ,, une portion de sa queue, substance molle, presque transparente, pesant une quinzaine de kilogrammes et répandant une forte odeur de musc.

Quoi qu'il en soit, c'en fut assez pour réveiller toutes les mystérieuses légendes de l'Océan et évoquer le souvenir de ces kraken fabuleux, grands comme des montagnes, que d'anciens navigateurs prétendent avoir été vus dans les mers de Norwége, des syrènes, des poissons évêques, de toute la mythologie des eaux salées, et l'on parlait encore, à bord *du Magenta*, du grand serpent de mer, mesurant 40 kilomètres de longueur, et de la baleine blanche, cette reine des cétacés, que personne ne peut voir sans mourir , lorsque la vigie, perchée dans les haubans, cria tout-à-coup :

— Terre à l'avant !

On arrivait à la dernière escale, l'île de Timor.

Tant que *le Magenta* fut à bonne distance des côtes, il conserva son allure, en gouvernant droit sur le détroit qui sépare l'île de Rotti de celle de Timor ; mais, arrivé à l'entrée de la passe, le commandant fit carguer les voiles et modérer la vapeur, de manière à ne plus naviguer qu'avec une extrême lenteur.

Environné de tous côtés par les terres luxuriantes de verdure qui, de droite et de gauche, émergeaient du sein de la mer comme des corbeilles de verdure, le navire glissait, semblable à un cygne, sur un lac d'une transparence inouïe, laissant apercevoir, à travers le cristal de ses eaux, des prairies sous-marines, tapis de verdure émeraude, émaillé de fleurs animées et de longs rubans aux couleurs les plus vives ou les plus délicates.

Çà et là des touffes de broussailles roses de corail formaient omme de petites forêts, entre les branches desquelles se jouaient des bandes de poissons nacrés ou revêtus de cuirasses étincelantes ; des troupeaux de tortues aux pieds palmés et au bec de perroquet, erraient par bandes, broutant le gazon vert, tandis qu'autour du vaisseau bondissaient les poissons aux formes les plus étranges, aux couleurs les plus variées.

— Quelle charmante promenade, s'écria une des passagères qui, sujette au mal de mer, n'avait pour ainsi dire pas quitté sa cabine depuis le départ ; Timor me rappelle Smyrne et Smyrne ces beaux vers de mon poète favori :

> Smyrne est une princesse
> Avec son frais chapel ;
> L'heureux printemps sans cesse
> Répond à son appel,
> Et comme un riant groupe
> De fleurs dans une coupe,
> Dans ses mers se découpe
> Plus d'un frais archipel.

— N'êtes-vous pas de cet avis, docteur?

— Certainement, madame, les vers et le paysage sont délicieux.

— Et je suis persuadée que votre commandant voudrait bien que toutes les mers fussent comme celle-ci.

— En cela, madame, je me permets de croire que M. de Lambescq ne partage pas votre opinion.

— Oh! vraiment! Et pourquoi cela?

— Eh! mon Dieu, tout simplement parce que ces parages sont on ne peut plus dangereux.

— On dirait la mare d'Auteuil.

13.

— C'est possible; mais une frégate n'est pas faite pour naviguer dans une mare

— Quand je dis mare, c'est une façon de parler, car enfin c'est une mer, une mer qui s'appelle.....

— La mer de corail.

— Oui, c'est cela, du corail; un bien joli nom aussi.

— Mais une bien vilaine chose encore, madame.

— Le corail, vilain?

— Charmant, au contraire, quand'il est taillé, serti d'or, monté en bijoux et porté par vous, madame; mais, caché sous la quille d'un navire et formant, sur le fond d'un bassin soulevé par des mouvements volcaniques, des arêtes aussi tranchantes que des lames de rasoirs, rien n'est plus dangereux.

— Vous croyez donc que le fond de cette mer s'élève?

— Oui, madame, à chaque instant; tout le fond de la mer de corail est destiné à être un continent un jour; les îles que vous voyez en sont les premières pointes; toutes ces roches, roses, blanches, fleuries, éblouissantes sont animées.

— Vous plaisantez, docteur?

— Je parle très-sérieusement, au contraire; les coraux ou à parler plus strictement, les madrépores ne sont autre chose que dés cellules pierreuses, secrétées par des myriades d'insectes microscopiques, infiniment petits, si petits que, dans une seule goutte d'eau, on pourrait en compter plusieurs millions, parfaitement distincts et vivant de leur vie propre.

» Ces insectes se fixent sur les roches, y construisent leurs cellules juxtaposées, s'y reproduisent et y meurent.

» Or, comme l'a dit un savant observateur, ce travail, imperceptible à nos plus puissants instruments d'optique pour un seul de ces animalcules, se multiplie par des nombres tellement incalculables qu'il résulte de la vie et de la mort des polypes sur les rochers, un enduit blanc, jaune, rosé, rouge, aux reflets brillants, à la cassure lisse qu'on appelle corail. C'est comme un vêtement de fête que la nature a mis sur la roche pour la montrer à la lumière avec une parure digne d'elle. Ce monument s'élève, assises par assises, sous les efforts de ces travailleurs infatigables, jusqu'à la surface de la mer; là il s'arrête, et le travail se bornerait à des écueils à fleur d'eau, si les tempêtes, au lieu de les détruire, n'achevaient l'œuvre commencée.

— Et voilà où, moi, je cesse de comprendre, s'écria un passager de première classe, qui se croyait un grand naturaliste, parce qu'il savait que le corail, comme l'éponge, est l'œuvre d'insectes à peu près invisibles.

— Je fais comme ce monsieur, pensa Louise qui, assise près de là, écoutait cette conversation.

— Rien de plus simple, cependant.

— Vous trouvez?

— Très-certainement.

— Et moi je suis de votre avis, docteur, fit la dame au collier de corail, à condition toutefois que vous veuilliez bien vous expliquer.

— Madame, je m'empresse d'obéir, répondit le docteur, en riant, et voici mon explication:

« Les travaux des madrépores ne s'exécutent pas tous sur une large surface plane; quelquefois, souvent même, il arrive que les premiers constructeurs ont jeté les assises de leur œuvre séculaire sur une pointe de rocher sous-marin ou sur l'arête vive d'un bloc profondément immergé. Dans ce cas, les couches madréporiques successives ne présentant jamais une surface plus étendue que la base, s'entassent régulièrement de manière à former, soit une colonne soit une muraille, sur la crête de laquelle la vague vient déferler. Si solide que soit le corail, vous comprenez qu'un jour vient qu'une tempête brise colonne ou muraille, en roule les débris sur le récif voisin et les y entasse quelquefois à plusieurs mètres de hauteur, avec des fucus, des fragments de coquillages et d'autres épaves, qu'elle tasse et agglomère, pour ensuite les abandonner à l'air et au soleil.

» Ces amas durcissent, adhérant les uns aux autres comme un ciment, dont quelques parties forment peu à peu une sorte de terre végétale, sur laquelle le vent, ce grand semeur de graines, où les oiseaux viennent déposer des germes féconds.

» De rose ou blanc qu'il était, l'îlot devient vert; c'est un petit monde en miniature, un monde naissant qui, arrêtant au passage ce que les flots roulent sur le récif qui lui sert de base, grossit et grandit, se soude à un îlot voisin, puis à un second, puis à un troisième, jusqu'au jour où, en partie désagrégé par l'action combinée de l'air et de la pluie, défendu par de nouveaux attérissements contre la fureur des flots, une vague lui jette en passant une noix de coco qui, dans dix ou vingt ans, devenue palmier, l'ombragera de son ombre et, se dressant de toute sa hauteur au-dessus de la plaine bleue, signalera au navigateur surpris l'existence d'une terre nouvelle là où sa carte marine ne lui indiquait qu'un écueil. »

— Vous êtes un peu poète, docteur, fit le demi-savant, en riant.

— Je ne suis qu'historien, monsieur, reprit l'officier, l'historien d'un monde que les insectes édifient sous nos pieds, d'un monde qui s'appelle aujourd'hui la mer de corail, et qui dans l'avenir, s'appellera nouveau continent.

— Et quand verrons-nous ce monde?

— Dieu seul le sait, monsieur, lorsque le déluge couvrait la terre, rien n'était d'abord visible que l'eau, puis peu à peu la cime des montagnes se montra de çà et de là, comme se montrent aujourd'hui Timor, Rotti, l'Australie et ces millions d'îles semées dans cette partie de l'océan qu'on appelle le monde maritime, Malaisie, Mycronésie, Polynésie, etc.; ce ne fut que plus tard que se dessinèrent les vallées, puis les plaines et que la terre ferme dessina nettement ses contours, il en sera de même très-probablement pour...

— Récifs à bas bord! cria la vigie.

Tout le monde se précipita pour voir l'écueil signalé.

A moins d'une encâblure, de grosses têtes de roche noire s'élevaient au-dessus des flots ou disparaissaient au-dessous, semblables à un troupeau de monstres marins occupés à plonger dans l'écume, à secouer leur verte crinière d'algues ou de fucus, et à replonger de nouveau en faisant jaillir une poussière d'eau irisée de toutes les couleurs de l'arc-en-ciel.

— Oh! maman, regarde ces grosses bêtes, s'écria Germaine, en reculant avec effroi, ce sont des requins peut-être.

— Non, mademoiselle, fit le monsieur décoré, ce sont des mondes nouveaux qui éprouvent le besoin de respirer au grand air.

L'enfant le regarda avec étonnement, puis répéta sa question à sa mère.

— Brisants à tribord! cria la vigie.

— Ah! décidément, docteur, vous avez raison, s'exclama la dame au corail, les mondes poussent trop vite ici.

— Heureusement pour nous que ceux-ci sont déjà connus, répondit-il, et le double cri du guetteur ne signifie qu'une chose.

— Laquelle, docteur?

— Que nous sommes arrivés, madame.

En effet, en regardant devant soi dans la direction du boute-dehors, on apercevait à moins d'une demi-portée de canon, la ville de Coupang assise au fond de son port, d'où la mer après avoir étalé commençait à se retirer.

Une heure ne s'était pas écoulée, que comme un essaim d'abeilles quittant la ruche en bourdonnant, matelots et passagers s'élançaient dans les canots pour gagner la terre.

La mer était basse, et sur le rivage rocheux, tout constellé de larges flaques d'eau ou petits lagons, de nombreuses troupes de malais, aux cheveux longs et au teint cuivré, s'occupaient à recueillir les épaves abandonnées par les flots.

A demi-nus, ces hommes bronzés, au regard fier et à la dé-
marche hardie, conservaient sous leurs haillons la physionomie
pleine de noblesse des descendants des premiers conquérants de
l'archipel indien.

Entrant dans les lagons jusqu'à mi-jambes pour fouiller sous les
rochers, ils rejetaient sur le rivage poissons, molusques, crustacés,
testacés, que des femmes et des enfants entassaient dans des corbeilles de bambous.

Germaine n'avait jamais assisté à une pêche aussi abondante, et,
comme clouée au rivage par ce spectacle, elle tirait sa mère par sa
jupe pour regarder autour d'elle.

Les zoophytes solides ou madrépores attiraient surtout son attention.

«Tout le rivage, raconte un officier, était formé par eux ; toutes
les roches sur lesquelles on marchait alors à pied sec étaient vi-
vantes, animées, et se présentaient sous tant de formes bizarres et
singulières, avec des couleurs si variées, si riches et si pures, que
les yeux en étaient comme éblouis. Ici, l'animal du *tubipora mu-
sica*, tout fier de l'éclat de sa demeure, étalait ses beaux tentacules
verts et frangés ; on eût dit, en voyant au-dessus des flots les grandes
masses demi-globuleuses qu'elle forme, autant de pelouses de verdure, reposant sur un sol de corail : ailleurs se projetaient d'énormes rochers madréporiques de 5 à 6 mètres de diamètre aussi durs
que le marbre, affectant les couleurs les plus variées et les plus délicates. Ce sont eux qui jouent le rôle principal dans l'encombrement progressif de la baie de Baboo ; ce sont ces masses gigantesques qui en forment toutes les petites îles, et qui s'étendent
chaque jour davantage par les mêmes agents qui leur donnèrent
naissance. Au milieu des montagnes de l'intérieur de Timor, dans
le sein profond des vallées et des torrents, on retrouve partout les
débris de ces étonnants animaux, sans que l'imagination puisse concevoir par quels moyens la nature put soulever ces grands plateaux

madréporiques à des hauteurs aussi grandes au-dessus du niveau présent des mers. »

Quoique appartenant aux Hollandais, Coupang n'a guère pour habitants que des malais pêcheurs ou portefaix, et des chinois qui, peu à peu, ont accaparé le commerce.

La ville, du reste, n'offre que peu de monuments, perdus dans des maisons en bois légers, et de grands magasins de briques servant de dépôt pour l'huile de baleine que plus de 80 baleiniers viennent fondre chaque année, soit dans la baie, à bord des navires, soit sur le littoral de l'île.

Mais ce n'était ni les monuments, ni la beauté sévère du paysage, qui avait attiré Louise à Coupang, ce qu'elle y cherchait, et qu'elle y trouva facilement, ce fut une modeste église dont, du pont du navire, elle avait aperçu l'humble clocher, surmonté d'une croix.

La porte était ouverte, et la femme du déporté vint s'agenouiller au pied du tabernacle, et répandre ses larmes et ses prières en présence de Celui qui a dit :

« Venez à moi, vous tous qui êtes affligés, et je vous consolerai. »

Pauvre femme ! elle avait en effet bien besoin de consolations. Les mois avaient succédé aux mois sans qu'elle eût reçu de nouvelles de Vincent ; qu'était-il devenu depuis son départ, jouissait-il d'une bonne santé, malgré les souffrances et les privations inséparables d'un si long voyage fait dans de semblables conditions ? Etait-il enfin arrivé à cette Nouvelle-Calédonie, séparée de la France par les vastes abîmes de plusieurs océans ?

Si elle s'inquiétait de son corps, elle était bien plus tourmentée au sujet de son âme. Comment, lui si faible de volonté, si peu énergique, si facile à entraîner à tout courant, aurait-il résisté aux dangers incessants des conversations et des conseils d'une armée de bandits devenus, de par la loi, ses inséparables compagnons.

Elle avait bien prié pour lui, bien fait prier sa fille chaque matin et chaque soir, mais la grâce s'offre et ne s'impose pas ; Louise le savait, elle ne doutait pas que, dans sa miséricorde, Dieu n'eût frappé souvent à la porte de ce cœur ulcéré, hélas ! comment ce divin consolateur aurait-il été reçu, n'avait-il pas été rebuté et n'avait-il pas passé outre abandonnant celui qui l'abandonnait.

Oh ! si du moins, il y avait eu un prêtre à bord du *Magenta*, mais il ne s'en trouvait point à bord quand *la Guerrière* avait pris la mer emportant le troupeau des condamnés, et pas une voix peut-être, pendant toute cette longue traversée, ne s'était élevée pour dire une bonne parole, pour donner un bon conseil à ces vaincus du crime et de l'impiété.

Germaine voyait pleurer sa mère, elle en savait la cause, elle n'ignorait pas pourquoi, toutes les deux, elles traversaient l'immensité des mers, et, joignant ses petites mains, elle se prit à pleurer aussi, demandant à Dieu de protéger son père et de consoler sa mère

Cette double prière de l'innocence et du dévouement s'éleva comme une fumée d'encens jusqu'au trône de Celui qui peut tout ce qu'il veut ! et il sembla à l'ouvrière qu'elle entendait une douce voix qui lui disait : Ma fille, ayez confiance, votre prière est exaucée.

Elle sortit de l'église toute consolée, promena sa fille une heure ou deux dans les rues de la ville, où le costume des marchands chinois, les lanternes de couleur suspendues sous les vérandas, les écriteaux suspendus en formes de tables chargées d'hiéroglyphes, à des mâts surmontés de petits drapeaux de toute couleur, captivaient son attention, lui acheta quelques fruits délicieux des tropiques, et regagna le navire par un des derniers canots.

— Troun de l'air ! je vous croyais en bordée, s'écria le grand Timothée, en lui tendant sa main caleuse pour lui aider à franchir la coupée, voici près d'une demi-heure que madame la commandante vous a fait demander.

— Oh ! mon Dieu, je suis désolée de l'avoir fait attendre, elle est sans doute à sa cabine.

— Je le crois, cependant elle était là, il n'y a qu'un instant, même qu'elle m'a dit :

— Timothée, elle m'appelle Timothée ni plus ni moins, Timothée, n'avez-vous pas vu Louise ? elle avait l'air bien en colère, ajouta-t-il en riant.

— J'ai eu tort de demeurer si longtemps à terre, murmura la pauvre femme confuse ; viens, Germaine, descendons vite.

Un instant après, elle frappait à la porte de la cabine.

— Entrez, répondit une voix douce.

— Je savais bien qu'elle n'était pas fâchée, fit Germaine à demi-voix.

— Ah ! vous voici enfin, ma chère Louise, s'écria Mme de Lambescq, en se levant avec un joyeux empressement, jamais je ne vous avais attendue avec autant d'impatience.

— D'après ce que Madame m'avait dit ce matin, j'avais cru pouvoir débarquer et disposer de quelques heures, répondit Louise.

— Ah ! vous étiez à vous amuser à terre, fit Mme de Lambescq, en s'adressant à Germaine.

— Maman m'avait menée à l'église, dit simplement l'enfant.

— Pourquoi faire ?

— Pour prier Dieu.

— Et que lui as-tu demandé à Dieu ?

— Qu'il me rende bien sage, qu'il conserve papa et qu'il fasse avoir de ses nouvelles à maman.

— Eh bien ! mon enfant, comme Dieu écoute toujours ceux qui font bien leur prière, pendant que tu étais dans l'église, il a envoyé un de ses beaux anges me porter ceci pour ta maman, s'écria la commandante, en tendant une lettre à l'ouvrière.

Louise poussa un cri de joie, et prit le papier d'une main tremblante.

— Ils sont donc arrivés ? murmura-t-elle.

— Oui, depuis quelques jours, puisque déjà mon mari a pu

recevoir, par paquebot anglais, les dépêches de Nouméa. Il paraît que les derniers jours de la traversée ont été rudes, car le scorbut était à bord; toutefois, grâce à des vivres frais, la maladie a diminué d'intensité à partir du jour où *la Guerrière* a touché Melbourne, où, fort heureusement pour les malades et aussi pour les bien portants, elle a embarqué un missionnaire en partance pour la Nouvelle-Calédonie, et quand le transport a jeté l'ancre à la pointe Ducos, il n'y avait plus que quatre à cinq malades en voie de convalescence.

— Mon Dieu! mon Dieu! le scorbut était à bord, mon pauvre mari....

— Votre pauvre mari, ma chère Louise, interrompit la commandante, ne risque plus rien puisqu'il vous écrit; mais allez donc lire votre lettre à tête reposée, je garde Germaine avec moi, pour m'aider à ranger ma corbeille à ouvrage, je vous la rendrai quand vous reviendrez m'apporter des nouvelles.

La femme du déporté était trop émue pour répondre, ses yeux étaient pleins de larmes, ses lèvres tremblantes, son teint d'une pâleur de marbre; elle fit un signe de croix et se sauva comme un voleur qui emporte un trésor.

Dix minutes se passèrent, au bout desquelles, ne la voyant pas revenir, Mme de Lambescq alla la chercher et la trouva agenouillée, priant et n'ayant pas encore osé retirer la lettre de son enveloppe.

Il fallut que l'excellente dame la rassurât.

Louise se décida alors à lire, mais elle ne pouvait pas, ses yeux troublés ne distinguant pas un seul mot.

— Voulez-vous me permettre d'être votre lectrice? lui demanda la commandante.

L'ouvrière lui passa la lettre.

Le déporté y racontait simplement son voyage, sans commentaire d'aucune sorte, et ne parlait pas même du scorbut; mais, en revanche, il faisait de tous ses chefs des éloges exagérés ; comme le font souvent les prisonniers qui savent que leurs lettres seront lues.

« L'abbé Louis, que tu connais déjà, ajoutait-il, en terminant, et que nous avons pris à bord, à Melbourne, a été particulièrement bon pour moi ; c'est par lui que j'ai appris que tu dois te trouver, avec Germaine, à bord du *Magenta*. Ses excellentes paroles nous ont fait beaucoup de bien et nous sommes tous disposés à suivre docilement ses conseils..... »

La lettre continuait sur ce ton pendant près de quatre pages, qui n'apprenaient rien à Louise, sinon que son mari était arrivé en bonne santé, et que le Père Louis avait fait avec les déportés une partie de la route.

Elle était donc sûre, en arrivant, de retrouver son cher Vincent et de pouvoir compter sur un protecteur, dont elle ne pouvait mettre en doute ni le zèle ni la sainteté.

Depuis bien des mois la pauvre femme n'avait éprouvé une joie aussi douce.

Deux cent cinquante lieues seulement séparent l'Australie anglaise de la Nouvelle-Calédonie.

Deux cent cinquante lieues, qu'est-ce que cela dans un voyage où la ligne la plus courte se décompose ainsi :

De Paris à Toulon,	950 kilom.
De Toulon à Port-Saïd,	500 lieues marines.
De Port-Saïd à Aden,	476 lieues.
D'Aden à Ceylan,	710
De Ceylan à Singhapour.	500
De Singhapour à Nouméa	1,270
Soit, en ligne directe,	3,700 lieues.

Avec les détours qu'il avait faits, *le Magenta* avait déjà tracé un sillon de plus de *six mille lieues*; arrivé dans le détroit de Torrès, il n'avait plus devant lui que 260 lieues de mer à traverser, en ligne droite.

Il est vrai que ces 260 lieues étaient semées d'écueils, mais M. de Lambescq les connaissait et, en déjeûnant, il avait dit à ses passagers :

— Messieurs, si nous n'avons pas de gros temps à essuyer, lundi matin, vers 8 ou 9 heures, nous franchirons les derniers récifs dont la ceinture forme la grande baie de Nouméa.

Cette parole avait été répétée au carré des officiers, à la table de l'équipage, dans les cabines comme sur les ponts ; les plus pressés parmi les passagers rassemblaient leurs effets épars dans les cabines et bouclaient leurs valises pour la dernière fois.

Il y avait encore cinq jours à attendre cependant, et quand on attend, cinq jours sont cinq siècles.

Heureusement que pour distraire les voyageurs, les bonites, les poissons volants, et surtout les baleines se mirent de la partie.

Mais ces dernières ne se montraient que de loin, comme de noirs rochers, du sommet desquels jaillissaient avec un bruit sourd et à des intervalles égaux, des jets d'eau salée, s'éparpillant en poussière ou s'évanouissant en fumée.

Le matin et le soir surtout, les vigies ne cessaient de signaler à tous les points de l'horizon, ces jets d'eau qu'ils appellent des *Souffles*.

De nombreux navires baleiniers, éparpillés dans la plaine immense, couraient sus aux monstrueux cétacés.

Le Magenta n'avait pas fait cinquante lieues, depuis sa sortie du détroit de Torrès, quand, en pleine mer, il passa tout près d'un de ces navires, le long duquel était amarré un humpback d'un noir brillant, de plus de quinze mètres de long.

Collé, pour ainsi dire, dans toute la longueur de son corps aux flancs du navire, dont il suivait les mouvements de roulis, le monstre découvrait à chaque balancement sa tête énorme et son dos sur lequel une dizaine de matelots, chaussés de bottes à crampons, travaillaient, au milieu d'un tourbillon d'oiseaux voraces, à détacher, au luchet, de longues bandes de graisse qu'ils jetaient dans la soute au gras.

Cette opération donna au docteur l'occasion de raconter tout ce qui a rapport aux grandes pêches. Narration que l'aumônier rendit beaucoup plus intéressante pour Germaine, en la mettant à la portée de sa jeune intelligence.

Sans se laisser distraire par ces récits, le *Magenta* continuait à s'avancer avec l'allure régulière et rapide d'un cheval qui sent l'écurie, comme le répétait Timothée, un bon provençal qui avait toujours le mot pour rire.

CHAPITRE XII

La fin du voyage

———

— Encore cinq jours et nous retrouverons ton père, disait, un matin, Louise à sa fille, assise sur ses genoux.

L'enfant ne répondit pas, distraite qu'elle était par les évolutions concentriques autour du *Magenta*, d'une troupe de ces énormes oiseaux auxquels leur grosseur a fait donner le surnom de moutons du Cap, et leur voracité celui de goulus par les marins, dont le plus grand plaisir, pendant les loisirs d'une longue traversée, est de les chasser ou plutôt de les pêcher.

— Tu dois être bien contente de revoir papa? reprit l'ouvrière.

— Oh! oui, fit l'enfant, avec un léger tressaillement qui indiquait que ce bonheur n'était pas pour elle sans appréhension.

— Tu le verras dans cinq jours.

— C'est plus long que demain?

— Oui, ma fille, il faut que tu dormes quatre fois avant que.....

— Regarde bien, pichotète (petite fille), interrompit Timothée, dans son jargon provençal, en lui montrant une croix de bois, formée par deux bouts de planche cloués l'un à l'autre au centre, et dont chacun des bras égaux se terminait par une forte ficelle d'un mètre, avec un morceau de porc rance attaché à l'extrémité; tu vas voir danser les goulus.

— Oh! non! non! je ne veux pas, s'écria Germaine, en joignant les mains; ça leur fait trop de mal, à ces pauvres oiseaux.

— N'aie pas peur, il n'y a pas de crochets dans la viande aujourd'hui, répondit le matelot, le commandant l'a défendu, et c'est seulement histoire de rire.

— Alors, on ne leur coupera pas les pattes?

— On ne leur arrachera pas même une plume, fit Timothée, en s'enlevant à la force du poignet sur le bordage où, un pied suspendu sur l'abîme, d'une main se retenant à la drisse, il balança un moment son engin et le lança au loin sur la vague, où le rétenait à distance du vaisseau, un long bout de fil de carret, dont le chasseur fixa l'extrémité, par un nœud, à une cheville.

Une dizaine de matelots s'élancèrent dans les haubans pour jouir du spectacle comique dont la vue ne manque jamais d'exciter l'hilarité des équipages.

— C'est-il bien sûr que vous ne leur ferez pas de mal? demanda Louise.

— Aucun mal, ma petite dame, répondit Timothée; la commandante nous l'a fait défendre sous peine de punition et, à présent, il nous faut respecter les moutons comme des passagers de première classe.

Pour comprendre les appréhensions de la passagère, il faut se souvenir que dans leurs jeux les marins sont souvent aussi cruels que les enfants et que, pour se distraire de l'oisiveté forcée d'un long calme, ils s'amusent de la façon la plus barbare à faire souffrir inutilement les gros cormorans auxquels leur gloutonnerie, jointe à une forte dose de stupidité, ne permet pas de deviner le danger caché sous l'appât.

Dans les mers des Tropiques, ces oiseaux suivent par troupes les navires, se précipitant sur tout ce que l'on jette du bord, le saisissant au vol avec leur bec crochu, le lançant en l'air et puis l'engloutissant avec une avidité sans pareille.

Huileuse, coriace, nauséabonde, leur chair, quoiqu'en disent certains vieux loups de mer, est à peu près absolument immangeable; mais l'os de l'aile, blanc comme de l'ivoire et long de plus de 60 centimètres, sert à faire des tuyaux de pipes, et certaines parties de la peau, revêtue de ses plumes, ou les pattes palmées, à façonner des sacs à tabac, que les marins aiment à rapporter à leurs amis ou à vendre dans les ports.

Pour se procurer ce misérable butin, les chasseurs ont recours à une méthode barbare. Ils attachent au bout de quelques brasses de filin un gros hameçon ou tout simplement un clou tordu, qu'ils enfoncent dans un morceau de vieux lard et le jettent à la mer, où il flotte dans le sillage.

A peine l'appât a-t-il touché l'eau, souvent avant qu'il y arrive, le cormoran fond dessus comme un éclair, l'engloutit et veut s'envoler, mais la corde est là pour l'en empêcher; le clou pénètre dans l'estomac, le déchire, et le malheureux prisonnier, hâlé par des mains vigoureuses, est amené sur le pont, au milieu des éclats de rire.

Là, son bec serait encore à redouter, mais la corde le maîtrise, un coup de bâton l'étourdit; on lui coupe les pattes. Parfois on lui arrache les ailes, ou bien, si les tuyaux de pipe ne font pas défaut, les pattes seules sont tranchées, on attend qu'il soit revenu de son étourdissement, on coupe le fil ras du bec et on laisse le pauvre mutilé s'envoler; jusqu'à ce que, comprenant l'inutilité de ses efforts, il se laisse tomber sur la crête d'une vague où il meurt, balancé par le flot, à moins qu'un requin ne l'engloutisse.

Témoin de ces cruautés, Mme de Lambescq avait réclamé l'intervention de son mari qui, après avoir défendu absolument la chasse au goulu, avait fini par autoriser l'amusement beaucoup plus innocent de la pêche sans hameçon.

C'était celle-ci à laquelle, au grand plaisir des mousses, des gabiers et même des passagers, allait se livrer l'ingénieux timonnier.

14

Comme des acteurs qui n'attendent, dans les coulisses, que le signal donné par les trois coups pour entrer en scène, les cormorans tourbillonnaient, épiant les faits et gestes de Timothée; aussitôt que la croix de bois tomba dans la mer, dix d'entre eux s'abattirent autour, chacun s'efforçant de s'emparer de l'appât et de l'avaler le premier.

Mais, le tangage du navire, combiné avec le mouvement des vagues, rendait superflues les tentatives désespérées des goulus qui, ballottés de droite et de gauche, et rudement secoués, se voyaient forcés de rejeter leur butin déjà à demi-englouti, et sur lequel, sans être plus heureux, se ruaient des rivaux affamés.

Rien n'était grotesque comme les contorsions de ces gros oiseaux, traînés à la remorque, quatre à la fois, tournant sur eux-mêmes comme d'énormes toupies, criant, glapissant, se disputant, s'arrachant le morceau qu'aucun d'eux ne pouvait garder.

Germaine en trépignait d'aise, et dans les haubans c'était une cascade d'éclats de rire, brodés des plus pittoresques exclamations du vocabulaire maritime.

Peu à peu les passagers, attirés par le joyeux tumulte, s'étaient assemblés à l'avant, et tous ne songeaient qu'à prendre part à la fête, quand soudain, sous le groupe des nageurs, trop occupés de leur dispute pour surveiller ce qui se passait autour d'eux, la mer prit une teinte plus foncée, comme si un nuage montait du fond des abîmes; une ombre longue et effilée dessina les formes d'un gigantesque poisson, puis avec une incroyable rapidité, cette forme, encore indécise, roula sur elle-même, le ventre blanc du requin brilla comme un éclair, sa bouche énorme s'ouvrit béante et, se refermant soudain, engloutit un des cormorans, qui disparut dans le gouffre, sans avoir eu le temps de pousser un cri.

— Le requin! le requin! rugirent les matelots, pendant que les compagnons du goulu disparu, faisant bouillonner l'eau sous leurs coups d'ailes, fuyaient éperdus, abandonnant ce qui restait de l'appât au bout des ficelles, flottant autour de l'engin désemparé.

— Le brigand ! voici plus de deux cents lieues qu'il nous suit, s'écria Timothée, en montrant le poing au squale, qui s'enfonçait lentement.

— Deux cents lieues ! ricana un passager. En êtes-vous bien sûr, matelot ?

— Parfaitement, et je le reconnaîtrais entre mille, répondit Timothée.

— Vous avez donc son signalement ? Seriez-vous assez bon pour me dire à quoi vous le reconnaissez ?

— A sa taille d'abord, et puis à une blessure qu'il a reçue à la bouche ; ce n'est pas un conscrit, il a avalé au moins une fois l'émérillon qui, en s'accrochant, lui a déchiré la lèvre.

— Vous devriez le reprendre pour nous convaincre, ajouta une dame, aussi incrédule que le passager.

— Ceux-là ne se repiquent plus, répliqua le gabier, froissé de ces railleries. Il faut n'avoir jamais navigué que sur un étang pour ne pas le savoir.

Et, roulant majestueusement sa corde, il se retira d'un air méprisant.

— Pensez-vous réellement qu'un requin puisse suivre un navire pendant deux cents lieues ? demanda au docteur le passager qui tenait à son opinion et espérait la faire triompher.

— Un requin, monsieur, répondit celui-ci, s'attache au navire qu'il rencontre et l'accompagne souvent pendant quinze jours ou un mois, quelle que soit la vitesse du vaisseau. Il le précède, le suit, évolue autour, se couche dans son sillage, nage tantôt à fleur d'eau, tantôt s'enfonce à de grandes profondeurs, mais sans s'éloigner.

— Mais, enfin, à quoi le reconnaître ?

— A des indices souvent infaillibles. Tenez, je vais vous en donner un exemple :

« Il y a quelques années, le second de *la Glorieuse*, à bord de laquelle je faisais ma première campagne, eut un petit chien, auquel il tenait beaucoup, enlevé par un coup de mer, par le travers d'Annabon, sur la côte de Guinée; naturellement le chien disparut sans que l'on s'occupât de le repêcher. Nous doublâmes le cap, et nous entrions dans le canal de Mozambique, lorsque nos hommes capturèrent un de ces squales féroces, auxquels la forme de leur tête a fait donner le surnom de marteau. Les marins s'amusèrent à faire l'inventaire de ce qui se trouvait dans son estomac; tout ce qu'on en retira provenait du navire, mais l'objet le plus curieux, fut sans contredit un petit grelot d'argent qui, retenu par une épingle, s'était fixé à la paroi stomachale; or, ce grelot n'était autre que celui du chien enlevé par la mer et qui, dévoré à Annabon par le requin, n'avait laissé d'autre trace de son passage dans le corps du terrible animal que ce fragment de son collier. »

Pendant cette énumération, Timothée, toujours en proie à la mauvaise humeur, était revenu s'asseoir, sur un rouleau de cordages, près de Louise, pour mieux entendre la réponse du docteur. Remis en gaieté par la confusion de celui qu'il appelait le bourgeois, il prit sur ses genoux sa petite amie Germaine et, lui montrant dans le lointain un îlot volcanique, s'élevant, en forme d'obélisque, à plus de 800 mètres de hauteur :

— Vois-tu, petite, lui dit-il, c'est le chien de garde de la Nouvelle-Calédonie, où tu vas; après cela, tu ne verras plus qu'une petite île, si basse qu'on ne l'aperçoit que lorsqu'on est dessus.

— Vous avez été dessus, vous? demanda naïvement l'enfant.

— Non, ma fille, mais mon pauvre père, Dieu ait son âme, l'a habitée quinze jours, avec trois autres, échappés comme lui au naufrage d'un navire de commerce, le *Saint-Pierre*, et il m'en a parlé si souvent qu'il me semble l'avoir habitée moi-même.

— Votre père est-il allé aussi dans la Nouvelle-Calédonie ?

— Il en revenait précisément, avec un chargement de bois de teck, à destination de Sidney, qui en est à 360 lieues environ, lorsque le malheur lui arriva.

» Entraîné par des courants, dont la direction change chaque jour, le Saint-Pierre se trouva tout-à-coup, pendant la nuit, à quelques encâblures des brisants, que l'obscurité rendait invisibles, mais dont le bruit des vagues, déferlant avec fureur sur les bancs de corail, ne signalaient que trop le voisinage.

» Le capitaine, éveillé en sursaut, était accouru sur le pont. Vieux loup de mer, du premier coup d'œil il comprit le danger et ordonna de mettre la barre au vent; mais le Saint-Pierre obéissait mal au gouvernail, au lieu de virer en plein, il présenta le flanc à la lame, talonna et se coucha à demi.

» Si calme que soit la mer, ses vagues brisent avec violence sur les coraux. Il n'y avait pas à s'y tromper, encore quelques heures et le vaisseau serait démoli. Sept hommes seulement se trouvaient à bord; ils mirent le canot à flot, y déposèrent les papiers, les instruments et tout ce qu'il y avait de plus précieux pour gagner l'îlot.

» De jour, c'eût été possible, mais la nuit, au milieu de brisants, il n'est pas facile de conduire une embarcation; cinq minutes après, elle s'ouvrait sur des pointes de corail et coulait à pic.

» Mon père avait eu la chance d'empoigner un aviron qui flottait; la bonne Mère de Notre-Dame-de-la-Garde, qu'il invoqua, vint à son secours et, au moment où il croyait périr, il sentit sous ses pieds une pente sablonneuse qui le conduisit jusqu'à un îlot, où il se laissa tomber, tout sanglant et épuisé.

» Le lendemain, il s'éveilla, brisé, mais déjà à demi-séché par le soleil; il rouvrit les yeux, ne se souvenant plus de rien et regarda autour de lui.

» Au-delà des brisants qui, abandonnés par la mer basse, se dressaient, comme un troupeau de monstres noirs, entre lesquels on pouvait distinguer quelques débris du malheureux navire, l'Océan resplendissait, uni comme une glace, sous les rayons du soleil; des plaques bleues, vertes ou jaunes, indiquaient les différences de pro-

14.

fondeur de l'eau qui, en dedans de la ceinture de rochers, brillait comme un bloc de cristal, d'une transparence telle qu'on voyait sur le sable une quantité d'énormes coquillages, et surtout des bénitiers, sorte d'huîtres gigantesques, dont mon père se proposa de tirer parti pour sa nourriture.

» L'îlot sablonneux pouvait avoir 1,000 pas dans sa plus grande longueur, sur 200 de largeur, et n'avait pour toute végétation qu'une espèce d'arbrisseaux rabougris, cassants, de l'espèce des tamaris, mais pouvant à la rigueur servir à faire du feu et à construire une hutte pour s'abriter contre le soleil et la pluie.

» Dans son malheur, c'était encore beaucoup. Mon père était bon chrétien, il se mit à genoux pour remercier Dieu, puis se mit en marche, suivant le bord de la mer, dans l'espoir que quelques camarades pourraient avoir atteint la terre en quelque autre endroit.

» Beaucoup de petits îlots, encore plus petits que le sien, étaient semés de tous côtés; mon père se fit un porte-voix de ses mains et se mit à appeler.

» Un aboiement lui répondit et, du milieu des broussailles, Marsouin, un superbe terre-neuve, appartenant au capitaine Bernard, s'élança en hurlant.

» Le brave animal ne venait pas seulement pour saluer mon père, il le tira par le pan de sa vareuse, comme pour lui faire signe de le suivre, et le conduisit à l'endroit où, après avoir sauvé son maître des flots, il l'avait déposé sous une touffe de palétuviers qui, de ce côté, s'avançit jusque dans les flots.

» Le capitaine, blessé à la tête, gisait, sanglant, sur le sable, privé de sentiment et comme mort.

» L'arrivée de mon père le sauva; des frictions le ranimèrent, et une heure ne s'était pas écoulée, que déjà il pouvait se tenir assis et s'entretenir d'une voix faible avec son sauveur.

» Ses premières paroles furent pour s'informer des nouvelles de l'équipage.

» Mon père ne pouvait pas lui en donner.

» Ensuite il demanda à boire.

» A boire, mon père n'y avait pas encore songé, ce mot réveilla en lui des craintes affreuses ; de l'eau, il ne devait pas y en avoir : ils allaient mourir de soif.

» — Donne-moi à boire, répéta le capitaine ; mon gosier brûle !

» Mon père baissa la tête et dit :

» — Il n'y a pas d'eau.

— Allons, fit M. Bernard, Dieu a voulu nous sauver l'un par l'autre ; sans toi, je serais mort de faiblesse, sans moi tu serais mort de soif. Je connais ces îles, mon ami, l'eau ne s'y montre nulle part, mais s'y trouve partout ; de toute celle que la pluie y verse, il ne se perd pas une goutte, retenue qu'elle est dans les cavités madréporiques Cherche l'endroit où pousse un peu de gazon et creuse à un mètre de profondeur, tu rencontreras l'eau en abondance.

» — Où sommes-nous donc ici ? demanda mon père.

» — Sur l'îlot des Tortues, un groupe de récifs dont font partie, avec cet îlot, la pyramide de Ball, une masse basaltique de plus de 800 mètres de hauteur et d'un accès difficile, et l'île aux Oiseaux, qui doit se trouver au nord de celle-ci. Ni les poissons, ni l'eau, ni les tortues, ni les oiseaux ne nous manqueront ici.

» — Il y en aurait eu pour tous les camarades, fit mon père, en aiguisant par le bout un pieu pour creuser le sol.

» Comme l'avait annoncé le capitaine, l'eau ne fut pas difficile à trouver, et se rencontra en abondance au fond du trou que Marsouin, aidé par son instinct, aida mon père à déblayer.

» Une fois certains de ne pas manquer des provisions les plus nécessaires, les prisonniers de l'Océan se mirent à s'installer du mieux qu'ils purent.

» Trois jours après, remis tous les deux de leurs fatigues, ils n'avaient plus à regretter que leur liberté et tenaient conseil sur ce qu'ils avaient à faire.

» Leur premier soin fut d'allumer de grands feux, dont la fumée pût éveiller l'attention de ceux de leurs compagnons qui se seraient réfugiés sur les îlots voisins.

» Contre tout espoir, cette tentative fut couronnée de succès, car, deux jours plus tard, ils aperçurent une sorte de drapeau bleu au sommet de la falaise.

» Le pic était peu éloigné, de 500 pas à peine au-delà de la ligne des brisants, mais comment franchir cette distance?

» M. Bernard était un homme inventif; il attacha ensemble quelques barils vides, que la mer avait jetés à la côte, établit dessus une sorte de plancher fait avec des fascines solidement tressées, tailla un aviron, de la même dimension que celui grâce auquel mon père s'était sauvé, et attendit, pour s'aventurer dans la passe, que le calme fût complet.

» Pendant que tous les deux travaillaient ainsi avec ardeur, Marsouin ne perdait pas son temps; il avait découvert, dans l'île, une espèce de gros oiseaux, de la taille de nos dindons, au plumage blanc, la tête surmontée d'une membrane rouge et charnue, si lourds qu'ils ne pouvaient pas voler et n'avaient d'autre moyen de se sauver que la fuite.

» Seul, Marsouin en serait difficilement venu à bout dans les halliers, mais, avec l'aide d'un chasseur, il les forçait facilement, et chaque jour fournissait pour le repas un rôti succulent, dont il avait pour sa part les os et la carcasse [1].

» Enfin ils purent mettre leur radeau à flot et arriver heureusement au grand récif, où ils retrouvèrent Michel le Ponentais, que les vagues avaient jeté sur les rochers; le malheureux était exténué;

[1] Cet oiseau, qui jamais n'a été décrit, a presque disparu des îles désertes où il vivait. Depuis, les matelots qui, les premiers, abordèrent sur les récifs, lui ont fait, à coups de pierre ou de bâton, une guerre d'extermination. (GARNIER. *Voyage autour du monde.*)

privé de bois pour faire du feu, il avait dû se contenter de coquillages crus et d'œufs d'oiseaux, qu'il allait récolter, au risque de se rompre le cou au sommet de la falaise.

» C'était tout ce qui restait de l'équipage du *Saint-Pierre;* les quatre autres matelots avaient péri dans le naufrage et étaient sans doute devenus la proie des requins, car le flot n'avait apporté aucun cadavre.

» Michel leur raconta que, tout près de l'écueil, mais de l'autre côté, se trouvait une autre île, couverte aussi de broussailles en partie, et qu'il appelait l'île aux Oiseaux, à cause de la multitude de ces animaux qu'il voyait chaque soir y arriver au soleil couchant.

» Avant de retourner à l'autre île, que mon père avait surnommé le Banc-du-Salut, les trois compagnons voulurent profiter de la grossière embarcation pour visiter cette troisième partie de leur domaine.

» Ce que leur en avait dit Michel n'avait rien d'exagéré, la terre était littéralement couverte de nids, sur chacun desquels était couchée une couveuse, d'un noir de jais et de la grosseur d'un pigeon.

» C'était à ne savoir où poser le pied, et chaque pas des promeneurs faisait soulever un nuage épais et noir qui, suspendu quelques instants au-dessus de la tête des intrus, se rabaissait sur le sol dès qu'ils avaient passé.

» Les mâles étaient dehors, au large, pêchant pour nourrir leur jeune famille; sans doute ils aperçurent les assaillants, car bientôt les trois explorateurs les virent revenir, sous la forme d'un nuage noir qui, s'avançant avec un bruissement indescriptible, qui rappelait le son grave d'un tuyau d'orgue, s'abattit sur l'île avec des cris aigus [1].

[1] Tous ces détails, rigoureusement vrais, et qu'il importe à nos lecteurs de connaître pour se faire une idée du monde dont fait partie la nouvelle Calédonie, sont confirmés par tous les voyageurs. (Voir entre autres le voyage en Océanie, de Tiercelin. Tome 1er, page 214.)

» En un instant le sable disparut sous cette multitude qui, rassurée par l'attitude paisible des inconnus, car le capitaine avait pris la précaution de tenir Marsouin en laisse, s'enleva de nouveau de terre, puis, sans s'éloigner beaucoup, s'abaissa sur l'eau du lagon, qu'elle recouvrit en partie d'un drap noir, tout composé d'oiseaux vifs, frétillants, nageant serrés les uns contre les autres; se chamaillant pour le moindre petit poisson et picorant dans l'eau comme un vol d'alouettes dans un champ nouvellement ensemencé.

» L'île aux Oiseaux ne présentait rien de particulier outre cette singulière population, et les trois marins, après avoir prélevé comme tribut une quantité considérable d'œufs, pour en faire une omelette énorme, regagnèrent le Banc-du-Salut, en contournant le rocher, sur la cime duquel il fut convenu que, dès le lendemain, on apporterait des fagots de tamaris, pour allumer, la nuit, des feux; afin de servir de signaux de détresse.

» Les jours suivants ne furent pas employés moins utilement, et Michel, le nouveau venu, se signala par une découverte qui fut d'un grand secours à ses compagnons.

» En se promenant sur le bord de la mer, pour pêcher des homards, car sans hameçons il était inutile de songer à se procurer du poisson, il remarqua sur le sable certaines traces, qu'il crut reconnaître pour les marques du passage des tortues marines.

» Cela n'avait rien d'extraordinaire, ces animaux abondant sur toutes les terres, tous les rochers, toutes les plages de l'Océanie, où n'habite pas l'homme, leur plus impitoyable ennemi.

» Il en fit part à ses amis et, à la nuit, tous les trois allèrent s'embusquer sur la lisière du bois.

« Un quart d'heure s'était à peine écoulé, quand il se fit un clapotement au bord de l'eau, d'où sortit lentement une grosse masse noire, sous le poids de laquelle on entendit crier le sable.

» A ce bruit, Marsouin avait relevé la tête. M. Bernard s'en aperçut à temps et lui posa la main sur la gueule pour lui imposer silence.

» La tortue, car c'en était une, avait cependant entendu, elle aussi, un bruit suspect; dix minutes, elle se tint immobile, puis, se croyant à l'abri du danger, elle continua à avancer.

» Elle approcha tout près du bois, creusa le sable avec ses fortes pattes, taillées en forme de rame, demeura une demi-heure immobile sur le trou qu'elle avait fait, puis le recouvrit de sable fin et se remit en mouvement pour gagner la mer.

» Les guetteurs n'attendaient que cela; ils se précipitèrent à sa poursuite, en ayant soin de ne pas s'exposer aux cailloux que ces animaux lancent en arrière avec une grande force en fuyant, l'attaquèrent, tous à la fois, par bâbord ou tribord et, passant un pieu au-dessous d'elle, la renversèrent sur le dos.

» A partir de ce moment, la pauvre tortue, une femelle, non pas énorme, mais pesant bien quatre-vingts livres, se débattit dans le vide, sans pouvoir reprendre sa première position. Les chasseurs auraient pu la tuer, ils l'abandonnèrent pour le moment, sachant bien qu'elle ne leur échapperait pas et coururent fouiller le trou qu'elle venait de recouvrir.

» Ils y trouvèrent ce qu'ils y cherchaient, une vingtaine d'œufs très-gros, recouverts d'une membrane grisâtre, et qu'ils avalèrent tout chauds, en en donnant sa part à Marsouin, qui s'en lécha les lèvres comme un vrai matelot.

» La chair de la tortue n'est pas moins exquise, mais ils étaient rassasiés et ils la réservèrent pour la faire cuire le lendemain, à la caraïbe, c'est-à-dire dans un lit de sable, chauffé avec des cailloux rougis au feu.

— Dans son écaille? demanda Germaine, avec inquiétude.

— Bagasse! je le crois bien, et ils auraient eu peine à trouver un meilleur plat que la carapace. Moi qui vous parle, j'en ai vu d'assez grandes pour pouvoir, après qu'on en a enlevé ou brisé le plastron, servir de lit à un enfant de la taille de la petite.

— Et ils la mangèrent toute? continua la curieuse.

— Toute, et deux autres encore, pas d'un seul coup, cela va sans dire, et avec l'aide de Marsouin, qui pourtant préférait la dinde rôtie; c'est égal, je me contenterais bien de cet ordinaire, reprit le matelot, et je laisserais bien, pour une nageoire de tortue, accommodée comme un pied de veau, une écuellée de gourganes ou une gamelle de fayaux; mais tout ça ne fait rien à l'affaire, et pour en revenir aux naufragés, ils étaient en train de dépecer leur quatrième prise, quand, au large, ils aperçurent une voile qui, attirée par la fumée du feu allumé sur les falaises, gouvernait droit sur eux.

» Oh! il ne fallut pas les appeler deux fois; ils coururent sur le rivage en poussant des cris et en agitant une vareuse au haut d'une perche; puis, s'élançant sur leur radeau, ils le poussèrent vers les récifs, que le navire ne pouvait pas franchir.

» Mais, déjà le canot avait trouvé une passe pour entrer dans le lagon; ils furent tous recueillis à bord par les marins de l'*Alcmène*, envoyée en exploration sur les côtes de la Nouvelle-Calédonie, et commandée par M. d'Harcourt.

— Il prit bien aussi le bon Marsouin, ce commandant? fit Germaine, qui ne voulait pas que le brave chien fût abandonné dans l'île déserte.

— Certainement, répondit le matelot, Marsouin fut sauvé avec son maître, le capitaine Bernard, mieux sauvé que lui, mêmement, puisque celui-ci fut mangé dans la Nouvelle-Calédonie, tandis que le chien revint à Marseille avec mon père.

— Il y a donc de gros loups, là-bas? murmura l'enfant, avec effroi.

— Non, lui dit sa mère; il n'y a ni loups, ni serpents, ni aucun animal malfaisant.

— Mais, cependant, puisque le capitaine fut mangé? reprit l'enfant, avec son inexorable logique.

— Ah! voilà l'affaire, s'écria Timothée; ce ne furent pas les animaux qui le mangèrent.

— Alors, qui donc?

— Les habitants de ce pays, des sauvages qui vont tout nus et croquent les hommes, les femmes et les petites filles, gronda le matelot, en faisant la grosse voix.

Germaine, épouvantée, se serra contre sa mère; évidemment la Calédonie perdait en ce moment beaucoup de son charme à ses yeux : elle n'avait pas envie d'être mangée.

— A présent, il n'y a plus d'ogres dans ce pays, lui dit sa mère; n'est-il pas vrai, monsieur Timothée?

— Qu'il y en ait encore, certainement, il y en a, répondit-il; mais, depuis que les Français leur ont donné une leçon, ils n'osent plus dévorer les blancs, ils se contentent de se manger entre eux, dans quelques tribus tout-à-fait sauvages, quand la faim les presse trop et que la terre, dont ils se nourrissent, ne suffit plus à leurs besoins.

— Comment, ils mangent de la terre aussi?

— Oui, une espèce de craie blanche et molle qu'on trouve dans tout le nord-est et qui ressemble à la poudre qui sert à faire glisser les bottes; c'est une manière de tromper la faim sans l'assouvir, aussi les sauvages ne la recherchent-ils que dans les temps de grande famine, et alors ils sont tellement maigres que, n'était leur peau noire, on verrait le jour à travers.

— Peut-être n'avaient-ils pas mangé depuis longtemps, quand ils dévorèrent M. Bernard?. reprit Germaine, qui cherchait à se rassurer au sujet du cannibalisme des Néo-Calédoniens.

— Sans doute, sans doute, fit Timothée; dans ce temps-là, il n'y avait dans leur île, ni bœufs, ni moutons; mais, à présent, les Français leur en ont porté en abondance, et il n'y a plus que quelques scélérats qui, de temps en temps, mangent les enfants qui ne sont pas sages.

— Oh! moi, je serai toujours bien obéissante, s'écria Germaine, et maman me gardera.

15

— Oui, mon trésor, n'aie pas peur ; nous n'irons pas là où sont ces méchants, et d'ailleurs, à présent, les Français les ont si bien punis qu'ils n'oseraient plus recommencer.

— Le fait est que nous leur avons donné quelques bonnes leçons, ajouta le gabier, et.....

— Racontez-nous donc l'histoire de ce pauvre M. Bernard, interrompit Louise, curieuse de s'instruire de tout ce qui regardait les naturels, parmi lesquels la faute de son mari l'obligeait à aller s'établir.

— C'était en l'année 1851, répondit le matelot, en retirant d'entre ses lèvres sa courte pipe noircie par un long usage; après avoir relevé plusieurs positions, la corvette venait de jeter l'ancre à Balade, un port qui est presque à l'extrémité opposée de l'île, par rapport à Nouméa où nous allons aborder.

» Le commandant voulait faire tracer la carte de l'île, il fit armer une chaloupe montée par douze hommes d'équipage, un chef de timonnerie et deux officiers, MM. de Varennes et de Saint-Phal. On embarqua des vivres, des munitions, 4 fusils en cas de besoin, et M. Bernard ayant obtenu la permission de partir avec l'expédition, l'embarcation mit le cap sur une pointe éloignée tout au plus d'une dizaine de lieues de Balade.

» A la vue du canot, les naturels s'étaient émus, on les voyait courir le long du rivage, s'appelant en soufflant dans des conques marines, gesticulant avec fureur, et brandissant des casse-têtes, des zagaies et des tomahawks ; plusieurs étaient peints en noir, et au milieu d'eux se montrait un sorcier, la tête couverte d'un masque monstrueux qui, avec une espèce de massue, faisait toute sorte de gestes et de contorsions.

» Les officiers pensèrent qu'il serait imprudent d'aborder à la tombée de la nuit au milieu de cette multitude hostile, et comme en cet endroit il y a le long du rivage une foule de petites îles qui semblaient abandonnées, il leur parut plus prudent de passer la nuit dans l'embarcation, puis de s'établir le lendemain matin sur le plus grand des îlots, pour opérer les relèvements hors de portée des zagaies et des flèches des indigènes.

» Mon père faisait partie de l'équipage, et, certes, c'était un brave marin, eh bien ! il tremblait en me racontant ce qui suit :

» Le lendemain, au point du jour, on descendit sur l'îlot, un vrai paradis terrestre, ombragé par une forêt de magnifiques cocotiers, entre lesquels se balançaient d'énormes guirlandes de lianes comme des ponts de fleurs jetés d'une colonne à l'autre [1].

» Cinq ou six matelots avaient déjà sauté sur le rivage avec les deux officiers, les autres carguaient la voile, on se croyait aussi en sûreté qu'à bord de l'*Alcmène*.

» Tout-à-coup, de derrière chaque arbre, les sauvages s'élancent avec des hurlements terribles et munis de toutes leurs armes ; à peine avait-on eu le temps de les apercevoir, que M. de Varennes tombait frappé à la tête de deux coups de hache, deux matelots accourent pour le relever et sont massacrés, le pilote est percé d'un coup de lance, les autres, mis hors de combat à coups de flèches ou de pierres ; M. de Saint-Phal se défendait avec son épée, elle se brise, il est tué ; en même temps, trente ou quarante sauvages s'élancent dans l'embarcation, surprennent les matelots qui cherchaient à dégager les armes, et les assomment avec leurs casse-têtes ; seul mon père avec deux camarades s'enfuient dans différentes directions et parviennent à échapper à la première fureur des sauvages.

» Pendant ce temps, on était bien tranquille sur le pont de l'*Alc-*

---

[1] Inutile de répéter que le massacre de l'équipage de l'*Alcmène*, comme tous les autres détails sur la Nouvelle-Calédonie, sont d'une rigoureuse exactitude. Il en sera de même pour tout ce qui sera dit plus tard de la configuration du sol, de ses productions, de ses habitants, de la vie des déportés, etc.

même, les naturels y venaient vendre leurs noix de cocos, ou échanger leurs armes contre des verrotteries ; on eût dit les hommes les plus inoffensifs du monde.

» Huit jours se passèrent.

» Les camarades tardent bien, disaient les matelots, le commandant commençait à froncer le sourcil.

» Cependant il commençait à courir des bruits suspects, l'équipage s'exaltait d'heure en heure.

» Un jour, à l'heure où l'on bat le rappel du soir, les matelots crient : ce ne sont pas nos hommes qu'il nous faut, ce sont des fusils !

» Le tumulte était à son comble et menaçait de dégénérer en révolte, le commandant monta sur le pont, c'était un homme sévère, mais juste ; dès qu'il parut il se fit un grand silence.

» — Rien ne prouve encore qu'il soit arrivé malheur à vos camarades, dit-il, à voix haute ; si le bruit se confirme, soyez sans crainte, les enfants de la France seront vengés par leurs camarades ; maintenant de l'ordre, de la discipline, et tout le monde à son poste.

» Le lendemain, en effet, une nouvelle embarcation fut envoyée à la découverte ; le soir elle revint ramenant la chaloupe vide, mais tachée de sang ; sur la plage on avait retrouvé les traces d'un combat sanglant et de l'affreux repas qui l'avait suivi.

» Des prisonniers faits par l'équipage avouèrent en tremblant que les sauvages de leur tribu avaient éventré les cadavres, les avaient salés, et qu'après avoir envoyé à leurs alliés des îles voisines une part de ces membres déchirés, avaient fait avec le reste un horrible festin.

» Trois matelots seuls avaient échappé, sans que l'on pût savoir ce qu'ils étaient devenus ; probablement ils s'étaient réfugiés à la nage sur la grande terre, dont les habitants se trouvaient en guerre avec ceux des îles, mais là on ignorait ce qu'ils étaient devenus.

» Ce fut le commandant qui, chapeau bas et la voix tremblante, annonça la catastrophe à l'équipage.

» Un rugissement terrible répondit à ses paroles, les hommes étaient fous de colère.

» — Silence, cria M. d'Harcourt, il ne s'agit pas de vociférer comme de vieilles femmes, c'est du sang qu'il faut et non des paroles ; lieutenant, faites armer toutes les chaloupes.

» Dix coups de sifflets se firent entendre, les servants se précipitèrent aux palans, deux minutes plus tard, les sept embarcations étaient à flot, et le capitaine d'armes faisait aux matelots la distribution des fusils, des cartouches, des haches et des sabres.

» Moins de deux heures plus tard la flotille se présentait devant l'île du massacre, et se rangeait de manière à balayer le rivage avec son artillerie, si les sauvages, que l'on apercevait aux trois quarts cachés par les arbres et brandissant leurs armes, osaient s'avancer à découvert.

» Mais malgré leurs cris et leurs menaces, ceux-ci ne bougeaient pas, il fallut débarquer.

» L'opération n'était pas difficile, car les scélérats épouvantés ne songeaient même pas à s'y opposer. Malheureusement le débarquement prit du temps, et avant que les compagnies de fusiliers se fussent développées, l'ennemi avait disparu dans les fouillis de verdure.

» Enfin, l'ordre de marcher en avant fut donné.

» Il était trop tard.

» Presque tous les sauvages, soit à la nage, soit en canot, avaient fui de l'autre côté, vers la grande terre, au risque de s'y faire dévorer par leurs ennemis ; les marins ne trouvèrent plus qu'une vingtaine de naturels qu'ils massacrèrent sans pitié, mais leurs villages et ceux des trois îles voisines furent incendiés, et plus de six mille cocotiers, c'est-à-dire toutes leurs richesses abattues à coups de hache, de manière à rendre inhabitables, pendant plusieurs années, ces îlots, où la principale nourriture des sauvages consiste en noix de coco.

» Pendant qu'on achevait cette œuvre d'extermination et qu'on changeait en un rocher nu ces oasis naguères pleins d'ombre et de fraîcheur, un canot détaché de la grande terre ramena les trois fugitifs, exténués, blessés, presque nus, mais vivants encore, et qui, sauvés par l'expédition d'une mort certaine, versaient des larmes de joie.

» Tous les ossements recueillis sur le rivage, et dont plusieurs portaient la trace des dents des sauvages, furent ensuite réunis et déposés solennellement dans une fosse, sur laquelle les matelots élevèrent un monticule surmonté d'une croix de bois, qui depuis a été changé en un petit monument entouré d'une grille, que vous pourrez voir si le hasard vous conduit un jour de ce côté.

» Si incomplète que fût cette leçon, elle frappa de terreur les habitants de la Nouvelle-Calédonie; depuis, les festins abominables de cette nature ne se sont pas renouvelés, du moins aux dépens des blancs. On dit même qu'ils deviennent de plus en plus rares parmi les tribus les plus farouches, parce qu'ils sont sévèrement punis par les Français, et que d'ailleurs les prédications des missionnaires commencent à porter la civilisation dans les endroits les plus inexplorés de la grande terre. »

— C'est égal, monsieur Timothée, fit Louise, votre récit est bien effrayant.

— Allons donc, ma petite dame, il ne faut pas trembler pour si peu, je vous parle d'il y a plus de vingt ans, et ici, voyez-vous, chaque année est plus que cent ans chez nous; rien ne se perd vite comme les habitudes de la vie sauvage, là où les blancs posent le pied. Là où il n'y avait que des broussailles, habitées par des Kanaks nus et féroces, à cette époque, vous trouverez -en arrivant des maisons élégantes, des rues, des trottoirs et des magasins, les fabriques poussent comme par enchantement au bord des cours.

d'eau, les églises s'élèvent au centre de chaque bourgade devenue village ; dans dix ans vous serez éclairée au gaz, et il n'y aura pas un homme, descendant des assassins de l'île du Massacre, qui ne porte le pantalon et la redingote, ne soit électeur et ne lise son journal. Votre mari, lui-même, s'il se range, comme il se rangera, sera propriétaire d'une belle ferme où il cultivera la vigne, aura des bœufs et des moutons ; moi, voyez-vous, si ce n'était que la mer m'appelle et que je ne puis vivre autrement qu'en me bourlingant, je tiendrais café à Nouméa, et je passerais ma vie à boire des petits verres et à jouer au billard.

— Vous pouvez l'employer mieux que cela, monsieur Timothée.

— Je ne dis pas, mais c'est façon de causer, pour vous dire combien tout change vite ici ; tenez, j'y suis venu pour la première fois dix ans après la fameuse aventure de mon pauvre père. Eh bien ! le croiriez-vous, quand je suis arrivé et que j'ai demandé où était l'île aux Serpents, elle avait disparu et personne dans le pays n'a pu me montrer l'endroit où elle a coulé.

— L'île aux Serpents ? je ne l'ai pas vue sur ma carte.

— Parbleu, je crois bien, puisque la première carte a été faite après qu'elle s'est enfoncée au fin fond de la mer, et ce n'est pas moi qui irai la pêcher cette île de malheur.

— Qu'avait-elle donc de particulier ?

— Nom d'un tonnerre, ce qu'elle avait de particulier, elle avait que c'était une île maudite [1], habitée par des serpents, dont le plus petit aurait dépassé la grande vergue en longueur, et le mât d'artimon en grosseur.

— C'est singulier que je n'en ai jamais entendu parler.

— Oh ! les bourgeois ne connaissent pas les mystères de la mer ;

[1] L'île aux Serpents n'a existé que dans l'imagination des matelots, qui ne l'ayant jamais vue, en racontaient cependant l'étrange légende que nous plaçons dans la bouche du marin.

c'est le soir, pendant le premier quart de nuit, quand tous les gabiers sont réunis autour de la mèche, fumant leurs courtes pipes et
mâchant leur chique, qu'il faut entendre les anciens, les vieux
loups, raconter l'histoire de la reine des baleines, du poisson d'or,
qui ne se prend que le vendredi saint, du kraken, gros comme une
montagne, du poulpe rouge qui, avec ses grands bras, vous cueille
les matelots comme des cerises au plus haut des mâts de perroquet,
du poisson-évêque, de la syrène aux cheveux verts; vrai, ça vous
fige le sang dans les veines, et si la chaîne vient à grincer à l'écu-
bier, on tressaille, comme si on entendait la voix d'un noyé qui
vous appelle sous les vagues grises.

Germaine ouvrait de grands yeux et n'attendait pas que la chaîne
grinçât pour avoir peur.

— Voilà ce que l'on conte, poursuivit le matelot, et tout cela
n'est rien encore auprès de l'histoire de l'île aux Serpents.

— Mon Dieu! c'est donc bien terrible?

— Connaissez-vous la Nouvelle-Calédonie? fit Timothée, en posant ses mains sur ses genoux.

— Je n'y suis jamais allée encore; mais, la carte.....

— Ah! ouais! Ne me parlez pas de vos cartes, où l'on ne voit
que du noir sur du blanc; écoutez-moi bien, et en quatre mots je
vais vous faire son portrait.

— Voyons.

— Vous savez bien ce que c'est qu'une omelette, pas vrai?

— Parfaitement.

— Bon. La grande terre est une omelette allongée, bombée par le
milieu, plate sur les bords; bref, une omelette pour la forme.

— C'est vrai, la forme est la même.

— Maintenant, vous savez aussi ce que c'est qu'un plat
long?

— Certainement.

— Supposez ce plat rempli jusqu'au bord d'une sauce bleue.

— C'est facile.

— Posez votre omelette au milieu.

— C'est fait.

— Coupez des cornichons à gros morceaux, que vous mettez au hasard autour de l'omelette et qui fassent saillie sur la sauce.

— Tant que vous voudrez.

— A présent, supposez votre plat ébréché en cinq ou six endroits et la sauce débordant par là sur la nappe.

Louise fit un signe d'acquiescement.

— Eh bien! vous avez en plein le portrait de la Nouvelle-Calédonie, s'écria Timothée, triomphant.

— L'omelette c'est la grande île, la sauce bleue les lagons ou mer intérieure, les bords du plat la ceinture de récifs, les morceaux de cornichons les petites îles, les brèches du plat, les échancrures ou passes et la nappe l'Océan.

— Au fait, c'est parfaitement juste, répondit l'ouvrière, en riant.

— A l'époque dont je vous parle, continua Timothée, fier du succès de sa comparaison culinaire, le plus gros morceau de cornichon c'était l'île des Serpents; mais, disons-le, c'était aussi le plus difficile à avaler.

» Figurez-vous un amas de rochers, deux fois gros comme l'île des Pins, toujours battus par des vagues furieuses, et dont les pointes rouges et noires se dessinaient dans un brouillard épais à couper au couteau, comme les tours d'un château d'enfer, bâti par les sorciers. La nuit, tout cela s'éclairait de flammes rouges et violettes, qui semblaient danser, se poursuivre et se battre.

» Que se passait-il là-dedans? On disait que des géants y gardaient les trésors recueillis au fond de la mer après les naufrages : de l'or à faire couler un trois mâts, des perles, des diamants à remplir la soute du *Magenta*, mais personne n'y allait voir....

» Une nuit, trois équipages de baleiniers, français, anglais et

15.

américains, descendus sur un îlot, pour y fondre leur gras, causaient de ces richesses ; ils avaient bu largement, juraient comme
des païens, et chantaient des chansons à mettre leur patron en fuite.

» — Eh! les camarades, fit l'un d'eux tout-à-coup, un Anglais
au poil roux et crépu, avec des yeux qui brillaient comme des
charbons ardents, si nous allions garnir nos poches à l'île aux
Serpents.

» — Tu es fou, dit un autre; ce serait tenter Dieu.

» — Dieu! fit le bandit, **avec** un éclat de rire, je m'en soucie
comme de cela.

» Et il avala un grand verre d'eau-de-vie.

» — Allons, y a-t-il ici de bons matelots qui veulent me
suivre?

» — Camarade, tu parles mal, dit un ancien; si tu ne crains pas
Dieu, prends garde au moins au diable.

» — Le diable est le cousin des bons enfants, riposta le failli
chien, et c'est lui qui nous aidera. Allons! allons! sur cinquante
que nous sommes, n'y a-t-il pas une douzaine de solides gaillards
qui ne tremblent pas devant un goupillon; il y aura bonne part de
prise pour chacun.

» Les buveurs se consultèrent du regard ; puis, les plus bandits
de la troupe se levèrent en trébuchant et, tous ensemble, ils descendirent sur le rivage où la pirogue se balançait doucement.

» Là, ils se comptèrent.

» Ils étaient treize.

» — Douze pour les avirons, un pour la barre ; voilà qui va
bien, cria le rouge, en s'asseyant au gouvernail.

» Les autres prirent place sur les bancs, on largua la voile et les
voilà partis.

» D'abord tout alla bien, l'embarcation glissait sur le lagon
comme un cygne sur un lac; mais bientôt on arriva à un archipel
de corail, dont les pointes aiguës trouaient les bordages.

» — A la rame ! commanda le rouge.

» Beaucoup, qui étaient partis avec lui, auraient voulu revenir en arrière ; on heurtait par bâbord et par tribord, la membrure craquait et se fendait, l'eau entrait dans l'embarcation, de longs serpents gris à queue plate s'enroulaient autour des avirons et les mordaient avec rage.

» — Encore quelques coups d'avirons, hurlait le timonnier, en continuant à blasphémer, et nous sommes arrivés ; nagez ferme par bâbord, scie par tribord. Une, deux ; une, deux ; allons, du nerf, et vive l'enfer !

» Ils approchaient en effet ; mais, à mesure qu'ils avançaient, aux serpents gris se mêlaient des couleuvres rouges et vertes, dressant leurs têtes plates et dardant leurs aiguillons empoisonnés en faisant entendre des sifflements aigus ; les flots se soulevaient, sombres, menaçants, se tordant avec d'effroyables secousses et couvrant de leur écume furieuse les rameurs, dont les bras se raidissaient avec l'énergie du désespoir.

» Tout-à-coup, l'avant toucha sur le rocher humide et l'arrière talonna sur les cailloux.

» — Nous y sommes ; vive l'enfer ! rugit l'homme roux d'une voix tonnante. A moi, mes braves !

» Et, d'un bond, il s'élança à terre.

» Ses camarades le suivirent ; ils étaient terrifiés, mais il n'y avait plus à reculer.

» Lui, bondissait de rocher en rocher, avec une agilité effrayante. Arrivé au sommet de l'île, il s'arrêta et frappa le rocher avec l'aviron qu'il tenait à la main, en criant :

» — A moi ! à moi ! à moi !

» Aussitôt le roc s'entr'ouvrit, laissant jaillir des flammes ; son aviron se changea en un trident de fer, son corps grandit démesurément, sa jaquette de matelot devint un grand manteau rouge, et à travers une vapeur de soufre embrasé, les malheureux qu'il avait entraînés reconnurent le roi des ténèbres.

» Ils voulurent fuir vers le canot.

» Une vague énorme le brisa en mille morceaux et des légions de serpents, sortant de la mer, s'avancèrent en sifflant avec fureur, s'enroulèrent autour de leurs corps, les broyèrent entre leurs anneaux et, ouvrant leurs gueules énormes, les engloutirent jusqu'au dernier.

» Il n'en resta pas un pour donner des nouvelles de ses compagnons, seulement les flots rejetèrent, deux jours après, les débris de l'embarcation sur le rivage des îles voisines; et pendant trois nuits consécutives le rocher maudit fut éclairé par des flammes sinistres, du milieu desquelles on entendait sortir des cris de désespoir. »

L'histoire ou plutôt la légende de Timothée avait duré longtemps; au moment où il la terminait, le soleil, se dépouillant de ses rayons, plongeait à demi derrière l'immense horizon, étendant sur les flots paisibles son splendide manteau de pourpre brodé de pierreries étincelantes, qui scintillaient au milieu d'un brouillard chaudement coloré et flottant comme de la poussière d'or.

C'est l'heure à laquelle, chaque soir, le drapeau descend lentement du haut du mât, où il ne doit reparaître que le lendemain matin.

De toutes les manœuvres quotidiennes, à bord d'un vaisseau de guerre, il n'en est pas de plus solennelle; loin de la patrie, le drapeau en est l'image ou plutôt le symbole vénéré, et il faut que la mer soit bien mauvaise pour que les passagers ne viennent pas, sur le pont, s'associer aux honneurs qui lui sont rendus, quand le moment est venu, non pas de l'amener, mot funeste qui signifie se rendre à l'ennemi, mais de le rentrer.

Le capitaine d'armes venait d'enlever aux factionnaires de l'avant, de l'arrière et des passavants leurs armes de jour pour les changer contre des armes nouvellement chargées; la garde montante se rangeait sur les gaillards faisant face à l'arrière et la musique achevait de se grouper sur la dunette.

L'aumônier qui passait en cet instant, donna une petite tape sur la joue de Germaine et lui dit :

— Salue bien le drapeau de ton pays, ma fille, car c'est aujourd'hui que tu le verras rentrer pour la dernière fois.

— Pourquoi donc, monsieur l'abbé? demanda Louise.

— Parce que demain nous serons arrivés, répondit le prêtre, et qu'au point du jour nous traverserons les récifs pour entrer dans le port de Nouméa.

— Vous croyez? s'écria l'ouvrière, en pâlissant d'émotion.

— Si nous avions encore quatre ou cinq heures de jour, nous pourrions distinguer, avant ce temps, la ligne des brisants ; mais.....

Trois coups doubles, piqués sur la cloche, par le timonnier, coupèrent la parole à M. Marcel.

Toutes les conversations cessèrent comme par enchantement ; chacun se leva, faisant face à l'arrière, les matelots attardés dans la mâture demeurèrent immobiles, le bonnet à la main et, depuis le commandant jusqu'au dernier des mousses, tout le monde se découvrit.

Debout sur son banc, et la tête nue, l'officier de quart cria au matelot qui se tenait la main sur la drisse :

— Rentrez !

La garde présenta les armes, les factionnaires firent feu, les tambours battirent au drapeau, les clairons sonnèrent, la musique joua une marche guerrière et, lentement, le pavillon descendit de la corne où il flottait, jusqu'aux mains du matelot, se reployant sur lui-même, comme un oiseau qui ferme ses ailes au moment de toucher la terre.

Jamais Louise ne s'était sentie plus émue, il lui semblait que pour la seconde fois elle venait de dire adieu à la France ; elle prit Germaine par la main et descendit avec elle à sa cabine, silencieuse et recueillie.

Là, elle pria longtemps, sa fille dormait depuis des heures de son sommeil d'ange, souriant et paisible, quand l'ouvrière se jeta dans son hamac, moins pour y reposer que pour penser au passé et à l'avenir.

Le jour vint lentement, un long et sourd murmure l'annonça, c'était la voix plaintive de la mer déferlant sur les récifs.

Enfin, le soleil brilla de nouveau à l'horizon, la femme du déporté s'approcha de Germaine, l'enfant dormait toujours ; pour ne pas l'éveiller, la mère sortit d'un pas furtif, et vint s'accouder aux bastingages.

Le *Magenta*, bercé par les vagues, traversait en ce moment la passe la plus rapprochée de l'ancien Port-de-France ; puis, glissant mollement à travers les eaux calmes du grand lac intérieur, entrait dans une grande rade, au fond de laquelle de riantes habitations, environnées de jardins, et capricieusement étagées sur les flancs d'une verte colline, adoucissaient un peu l'aspect presque farouche d'un paysage sombre, accidenté, volcanique, dont les montagnes ocreuses et couleur de rouille, s'emportent avec vigueur sur le fond d'azur de la mer et du ciel.

— Qu'est-ce que ce village ? demanda l'ouvrière à un matelot qui, assis sur un seau renversé, épissait un cordage.

— Nouméa, répondit-il, sans détourner la tête.

— Et cette presqu'île qui s'allonge dans la mer.

— La prison des déportés, fit-il laconiquement.

— Voilà donc où nous allons vivre, pensa-t-elle, et baissant la tête : Oh ! mon Dieu, murmura-t-elle, qui donc aurait pu prévoir, quand nous avons quitté Mareuil, que ce fût pour venir ici ?

— Du courage, mon enfant, répondit près d'elle une voix bienveillante, celle de l'aumônier, Dieu n'abandonne jamais les siens.

— Qu'il ait donc pitié de nous et que sa volonté soit faite, reprit la courageuse chrétienne, en faisant un signe de croix.

Moins d'une heure après, le *Magenta*, doublant la presqu'île

Ducros, laissait tomber ses ancres qui mordaient dans le corail, et après son long voyage, s'endormait pour quelques jours dans le port de Nouméa.

Une vie nouvelle allait commencer pour Louise, mais les rudes épreuves par lesquelles elle avait déjà passé étaient loin d'être terminées.

FIN DU PREMIER VOLUME.

TABLE DES MATIÈRES

Premier volume

www.ingramcontent.com/pod-product-compliance
Lightning Source LLC
Chambersburg PA
CBHW071821020726
47502CB00004B/1190